Fluchtträume

Olga Maria Eggart

Olga Maria Eggart

Fluchtträume

Roman

Shaker Media

Bibliografische Information der Deutschen Nationalbibliothek
Die Deutsche Nationalbibliothek verzeichnet diese Publikation in der Deutschen Nationalbibliografie; detaillierte bibliografische Daten sind im Internet über http://dnb.d-nb.de abrufbar.

Printed in Germany.

ISBN 978-3-86858-836-1

Shaker Media GmbH • Postfach 101818 • 52018 Aachen
Telefon: 02407 / 95964 ... Telefax: 02407 / 95964 - 9
Internet: www.shaker-media.de • E-Mail: info@shaker-media.de

Inhalt

Teil III: Die Suche

Teil I: Aufbruch

Denn wenn man die Vergangenheit nicht
plündert, verzehrt einen die Abwesenheit.

MICHAEL ONDAATJE, Divisadero

Chimo

Etwas hat sie geweckt. Sie braucht eine Weile, um in der Dunkelheit die Schattenrisse als das Mobiliar ihrer Wohnung zu erkennen. Ihre Augen suchen nach dem Wecker auf dem Schreibtisch. Auf halb drei stehen die Zeiger, die schwach gelbgrün schimmern im Nachleuchten irgendeiner chemischen Substanz.

Dann sieht sie den Hund in der Zimmerecke und erschrickt. Sie will um Hilfe rufen, bringt jedoch nur ein Schluchzen zustande – das Wimmern eines Kindes, das sich verlassen fühlt.

Der Hund schüttelt sich, tappt zu ihr, stupst mit feuchtkalter Nase ihre Hand. Sie verkriecht sich unter der Bettdecke. Das Hecheln des Tieres dringt nur noch gedämpft zu ihr durch. Trotzdem scheint es ihr unerträglich. Sie presst sich die Fäuste auf die Ohren. Warum lassen sie sich nicht genauso einfach schließen wie Augen?

Endlich Stille.

Doch nun tut ihr der Rücken weh. Sie ist gewohnt, mit angewinkelten Beinen auf der Seite zu liegen. Dabei kann sie sich allerdings die Ohren nicht richtig zuhalten. Gespannt horcht sie in den minimalen Hohlraum zwischen Körper und Decke hinein. Da ist es wieder. Als stünde der Hund über ihr.

„Ich bin ganz ruhig. Ich bin ganz ruhig." Wie oft soll man das sagen? Hat die Trainerin zehn oder fünfzehn Mal gesagt?

„Ich bin ganz ruhig."

Irgendwann muss sie eingeschlafen sein.

Traumfetzen jagen durch ihren Schlaf. Amorphe Gestalten schauen aus Winkeln hervor – heimlich, als wollten sie unbemerkt bleiben. Edda seufzt. Ein erschöpfter, resignierter Atemzug. Ohne aufzuwachen, wischt sie sich über die Stirn, um das Mal abzustreifen, den Stempel, weithin sichtbar. Überall weichen die Menschen vor ihr aus, schlagen die Fensterläden ihrer Häuser zu, schließen die Türen vor ihr ab. Mit wehenden Kutten laufen Nonnen hinter ihr her. Die im Wind flatternden schwarzen Gewänder kommen unaufhaltsam näher. Gerade noch rechtzeitig springt sie von einer Brücke. Doch das Mal auf der Stirn löst sich nicht im Wasser. Es ist eingebrannt.

Als am Morgen die Sonne durch die vorhanglosen Fenster in den Raum scheint und ihre Matratze erreicht, blinzelt sie und dreht sich zur Seite.

Da steht der Hund vor ihr und sieht sie durchdringend an. Intelligent und wach. Zugetan.

„Wir können Freunde sein", sagt der Blick. Und weiter: „Du kannst dich auf mich verlassen. Ich pass auf dich auf."

Was immer der Blick auch sagt, er bewirkt, plötzlich und unwiderstehlich, dass sie das Fell des Hundes streichelt. Als wäre sie wieder das Kind, das noch keine Angst kennt. Er fühlt sich gut an – dieser pulsierende, flauschige Körper, der sich in ihre Hand drängt. So lebendig und kraftvoll.

*

Edda wohnte im vierten Stock eines Berliner Hinterhauses. Einer dieser heruntergekommenen Altbauten, die den Bombenhagel des 2. Weltkriegs überstanden hatten, doch deren Besitzer in den mehr als zwanzig Jahren, die seither vergangen waren, keinen Pfennig in die Instandhaltung investiert hatten.

Wegen der niedrigen Mieten waren diese Wohnungen begehrt. Vor allem bei jungen Leuten – Studenten und Wehrdienstverweigerer, die im Berlin der Westalliierten vor dem Zugriff der Bundeswehr sicher sein konnten. Sie störten sich nicht daran, dass der Ölanstrich im Treppenhaus abgeplatzt war und jede zweite oder dritte Sprosse des Geländers fehlte.

Auch Edda machte sich nichts daraus. Schlimmer war für sie von Anfang an etwas anderes gewesen: Die Gefahr, der Hündin zu begegnen, die im ersten Stock mit ihrer Besitzerin lebte. Die Boxerhündin mit dem schlaffen Hängebauch machte jedes Verlassen der Wohnung und jedes Heimkommen zu einer Mutprobe. Edda hatte sogar schon überlegt, ob sie sich eine andere Bleibe suchen sollte. Doch sie liebte die Wohnung: die beiden Zimmer hatten weiße Kachelöfen mit verschnörkeltem Stuckaufsatz, der bis zur Decke reichte. Außerdem waren die Räume hoch, sicher über drei Meter. Wie ein Künstleratelier, fand sie.

Wegen ihrer absurden Angst die Wohnung aufgeben? Es war schlimm genug, dass sie deshalb immer wieder die Straßenseite wechselte, ja sogar Umwege machte. Und dazu die guten Ratschläge. Im hämischen Tonfall äffte sie die Kommentare nach:

Du darfst keine Angst haben. Hunde spüren, wenn jemand Angst hat. Das reizt ihren Jagdinstinkt und dann beißen sie.

Wie das geht, keine Angst zu haben, hatte ihr nie jemand gesagt.

Bereits als Kind war sie Vierbeinern immer ausgewichen. Immer? Nein, nicht immer. Soweit sie wusste – wer hatte ihr das eigentlich erzählt? – soll sie als Drei- oder Vierjährige jede Promenadenmischung, die ihr begegnete, voll Hingabe gestreichelt haben. Allen Warnungen der Erwachsenen zum Trotz. Bis sie einmal gebissen wurde.

Wer bloß hatte ihr das erzählt? Edda erinnerte sich nicht an ihre frühe Kindheit. Ihre Erinnerungen reichten allenfalls bis in die ersten Schultage zurück. Da war sie schon sechs. Sie hielt das für normal. Wenn andere von Erlebnissen aus ihrer Vorschulzeit erzählten, glaubte sie jedes Mal, dass es sich dabei um Erfindungen, um phantasievolle Ausschmückungen handelte. Im Grunde wollte sie auch gar nichts über ihre ersten Lebensjahre wissen. Wer Fragen stellt, muss die Antworten aushalten können.

Die Alpträume, die sie hin- und wieder heimsuchten? Träume, in denen sie um ihr Leben rannte, verfolgt von gesichtslosen Gespenstern.

Mit einer ungeduldigen Handbewegung fuhr sie sich über die Stirne, als wollte sie etwas wegwischen.

Ach was. Die Geschichte von dem Hundebiss kannte sie wahrscheinlich von ihrer Ziehmutter. Außerdem gab es die Narbe am rechten Daumen, immer noch gut sichtbar nach über zwanzig Jahren. Der Hundebiss bot eine so selbstverständliche wie beruhigende Erklärung dafür – beruhigend, weil sich damit alle weiteren Fragen erübrigten. Die Alpträume waren wahrscheinlich auch nichts weiter als eine Reaktion auf diesen Vorfall. Irgendwo hatte sie einmal gelesen, dass traumatische Ereignisse immer wieder in Träumen auftauchen. Verwunderlich nur, dass in ihren Alpträumen gar keine Hunde vorkamen. Aber war es nicht so, dass sich in Träumen alles verwandeln konnte: Gefühle in Menschen oder Tiere und ein Haus oder ein Baum in eine Person?

Wenn sie es geschafft hatte, in ihrer Wohnung anzukommen, legte sie eine Schallplatte auf, stellte sich in die Mitte des Zimmers und schlang die Arme um ihren Körper. Dabei stellte sie sich vor, sie, die große Edda, tanzt mit einem Kind, schaukelt es, als würde sie es trösten oder in den Schlaf wiegen. *Hey jude, don't make it bad, take a sad song and make it better.*

Es kam immer wieder vor, dass sie eine Vorlesung versäumte, weil sie vor der Boxerhündin im Treppenhaus zurück in ihre Wohnung geflüchtet war.

Du darfst keine Angst haben. Hunde spüren, wenn jemand Angst hat. Das reizt ihren Jagdinstinkt und dann beißen sie.

Edda holte sich aus den Regalen der *Gedenkbibliothek* Bücher über Hunde anstatt Literatur für eine Seminararbeit. Darin stand alles Mögliche, nur nicht, wie sie ihre Angst loswerden konnte. Immerhin lernte sie die Namen einiger Hunderassen kennen.

Danach ging sie in das nahegelegene Studentencafé, hoffte, dort ihre Freundin Rita anzutreffen.

Rita bemerkte sie zunächst nicht. Mit der einen Hand rührte sie den Löffel in der Schokoladentasse, die seitlich von ihr auf dem Wandtisch stand, mit der anderen Hand hielt sie das Buch, in das sie gerade vertieft war.

Edda setzte sich neben ihre Freundin, ohne etwas zu sagen. Sie verstand sich darauf, ihre Anwesenheit so zurückzunehmen, als gäbe es sie gar nicht. Still schaute sie zu, wie Rita gedankenverloren den Löffel zum Mund führte und genüsslich daran saugte.

„Edda?", murmelte Rita verwundert, als sie aus ihrer Lektüre auftauchte, dann lachte sie und streckte die Arme vor sich hin, gleich einer Katze, die nach längerem Ausruhen die Glieder dehnt.

„Was gibt es Neues?" Rita gähnte träge.

Edda berichtete von der Hündin im ersten Stock.

Natürlich übertrieb sie, wollte die Gefahr, der sie sich ausgesetzt sah, als außergewöhnlich darstellen, wollte verwischen, dass sie ihre Angst selbst absurd und lächerlich fand.

„Du brauchst einen Hund, der dich vor anderen Hunden schützt."

Edda widersprach nicht.

Als jedoch Rita resolut bestimmte: „Komm! Wir fahren nach Lankwitz ins Tierheim", schüttelte Edda entgeistert den Kopf.

„Mach schon! Gib deinem Leben eine Chance! Es ist ganz einfach."

Solche Sprüche waren typisch für Rita. Edda musste schmunzeln. Ein bisschen kläglich, aber immerhin. Genau das mochte sie an ihrer Freundin. Diese Bestimmtheit, so frech und keck, dass ein Lachen in ihr hochstieg, anstelle des Trotzes, zu dem sie sonst so leicht neigte.

Der Anruf von letzter Woche fiel ihr ein. Eine Männerstimme, die Obszönitäten flüsterte. Schon das dritte Mal innerhalb kurzer Zeit. Woher hatte der Mann ihre Nummer? Womöglich kannte er auch ihre Adresse. Ein Hund würde sie schützen.

Rita streichelte Eddas Hand. „Du musst dich ja zu nichts verpflichten. Wir schauen uns nur mal um."

„Sicher?"

„Ja. Ganz sicher. Nimm es als eine Übung, damit du dich an Hunde gewöhnst."

Als der Wärter die Metallschiebetür des langgestreckten Flachbaus aufschloss, begann ein Höllenspektakel. Sämtliche Insassen dieses Baus, mindestens hundert, bellten gleichzeitig los. Außer dem Lärm schlug ihr beißender Gestank entgegen. Edda hielt sich die Hand über Mund und Nase, wäre am liebsten sofort umgekehrt, aber Rita schob sie hinein in den Gang, an dessen beiden Seiten die Zwinger sich aneinander reihten. Die Tiere stellten sich an den Gittern auf, manche mit blutunterlaufenen Augen, andere mit tropfenden Lefzen, alle aufgeregt heulend oder winselnd.

Sie schluckte, zog den Kopf ein und die Schultern hoch, huschte an den Gittern entlang. Dabei stieß sie ihren Atem schnell vor sich hin, wollte möglichst wenig von den Ausdünstungen in sich hineinlassen.

Trotzdem taten ihr die Tiere leid. Jeder Käfig kam ihr vor, wie die letzte Station eines Hundeschicksals, und in jedem Kläffen hörte sie die Aufforderung, diese verlassenen Kreaturen zu erlösen.

Da entdeckte sie den Hundebären – dichtes, fuchsrotes Fell, dazu niedliche runde Ohren und ein breiter Schädel mit hoher Stirn. Kein großer Hund, aber auch kein kleiner. Anders als all die anderen hier war dieser Rote ganz ruhig. Umhüllt von einer Aura aus würdevollem Ernst.

Der Rote legte seinen Kopf ein wenig zur Seite und betrachtete sie aufmerksam. Intelligent und wach. Zugetan.

Dieser Augenblick reichte.

Den Betrag legte ihr Rita aus und mit Hund samt Halsband, Leine und Besitzurkunde verließen sie das Gelände.

Edda wollte ihn Chimo nennen.

„Chimo?“

„Eine Abkürzung für China und Eskimo.“ In ihrer nicht allzu genauen Vorstellung brachte er die beiden wesentlichen Merkmale eines Chow-Chows auf einen Nenner: seine Abstammung aus China und eine buschige Rute, wie die eines Eskimohundes.

Der Hund lief so bereitwillig mit, als gehörte er schon immer zu ihr.

„Lass ihn frei laufen“, meinte Rita. Aber soweit vertraute Edda ihm nicht. Vielleicht würde er weglaufen und überfahren werden.

Die Treppen hinauf zu ihrer Wohnung ging er ganz langsam. Vorsichtig setzte er eine Pfote vor die andere.

„Was ist?“, fragte Edda.

„Das geht vorbei“, sagte Rita mit der Sicherheit einer Expertin für tierische Verhaltensformen.

In der Wohnung ließ sie ihn von der Leine. Sofort begann er, den Raum zu erkunden, kroch unter den dottergelb gestrichenen Schreibtisch, stellte sich am Fenster auf die Hinterpfoten und schaute hinaus, dann steckte er seine Schnauze in den Zwischenraum hinter dem Kachelofen, anschließend in den Papierkorb. Er tapste über die am Boden liegende, mit blauem Cordstoff bezogene Schaumstoffmatratze und hinterließ deutlich sichtbare Abdrücke seiner Pfoten auf ihrer Bettstatt. Dabei wackelte sein Hinterteil so heftig, dass Edda Sorge hatte, der buschige Schweif würde die Kaffeetasse von der gleichfalls gelb lackierten Apfelkiste fegen, die sich zwischen Matratze und einigen Sitzkissen als Tisch behauptete. Auch ihr Bücherregal, dessen Konstruktion aus ebensolchen Obstkisten ohnehin zu Schwankungen neigte, sah sie in Gefahr. Aber er warf nichts um.

Rita holte aus dem Supermarkt ein paar Futterdosen, dann verabschiedete sie sich.

„Du wirst sehen, es ist alles ganz einfach", sagte sie und strich dabei ihrer Freundin eine Haarsträhne aus der Stirne.

Es ist alles ganz einfach, murmelte Edda vor sich hin und legte eine Decke in den Korridor. Daneben platzierte sie den gefüllten Futternapf auf Zeitungspapier. Innerhalb weniger Sekunden hatte der Hund die Schale geleert.

Es ist alles ganz einfach.

Beim nächsten Treffen mit Rita schwärmte Edda bereits, dass Chimo ein wunderbarer Angsttherapeut sei.

„Hab ich es dir nicht gleich gesagt."

Edda nickte. Im Augenblick hätte sie allem zugestimmt, was Rita sagte. Mit einer Stimme, nicht so leise wie sonst, beschrieb sie Chimos Vorzüge. Wie leicht er Freundschaften schließe, jeden würde er begrüßen, ganz gleich ob Rassehund oder Streuner.

„Und wenn ihm einer nicht gefällt, geht er erhobenen Hauptes weiter. Er sieht dann so würdevoll aus."

Die ersten Wochen nahm sie Chimo überall mit. Zu Einkäufen und zu Behörden, zu den Vorlesungen in die Universität oder wenn sie sich mit Kommilitonen in einer Kneipe traf. Der Hund lag friedlich zu ihren Füßen oder verkroch sich unter einer Bank oder einem Tisch, hielt sich so still, dass er oft gar nicht bemerkt wurde. Wenn er sich dann unvermittelt erhob, schraken die Leute zusammen.

Sie spürte die Blicke auf sich, wenn sie mit Chimo über das Universitätsgelände ging. Noch vor kurzem hätte es ihr Angst gemacht, so aufzufallen. Jetzt genoss sie es. Jetzt war sie plötzlich wer – die mit dem roten Hund. Eine Märchenfigur, flankiert von einem Fabelwesen, das über sie wacht.

Ihr Tagesablauf veränderte sich. Sie stand zeitiger auf, damit der Hund gleich am Morgen seinen Auslauf hatte. Während sie früher viel in Bibliotheken gelesen hatte, trug sie die Bücher nun mit nach Hause. Sie nahm ihren ganzen Mut zusammen und fragte in Gaststätten nach Fleisch- und Knochenresten. Sie strich ihre Kinobesuche und bummelte nicht mehr so oft durch Kaufhäuser. Obwohl ihr all das durchaus Mühe bereitete, klagte sie nicht. Das Gefühl, für jemanden wichtig zu sein, gab ihr mehr als das andere. Es war nicht mehr beliebig, was sie tat oder unterließ, es hatte Folgen, sie war nun verantwortlich.

Es fiel ihr schwer, Chimo länger alleine zu lassen – sie kam sich dann jedes Mal so vor, als hätte sie ihm wer weiß was angetan, etwas, das sie kannte, jedoch aus ihrer Erinnerung löschen wollte.

War es doch einmal unmöglich, Chimo mitzunehmen, bat sie Rita, ihr den Hund vorbeibringen zu dürfen. Nur für ein, zwei Stunden. Sie setzte den Zeitrahmen so eng wie möglich, auch wenn sie dachte, dass er kaum einzuhalten war. Aber jemanden für sich in Anspruch zu nehmen, empfand sie als ungehörig. Und nur weil sie es für Chimo tat, brachte sie es über sich, die Bitte zu stellen.

„Kommen Sie gleich", sagte die Zahnarzthelferin am Telefon, „sonst ist erst wieder nächste Woche ein Termin frei!"

In Eddas Gehirn erstarb jegliche Aktivität. Das geschah häufig, wenn von ihr eine schnelle Entscheidung erwartet wurde. Woher sollte sie wissen, was das Richtige war. Die Zukunft ließ sich doch nicht vorhersehen. Sich entscheiden hieß aber, sich festlegen. Es gab dann kein Zurück mehr. Als wäre ein Fluchtweg versperrt. Irgendwie schaffte sie dennoch ein paar Überlegungen.

Mit Rita konnte sie so kurzfristig nicht rechnen. Da fiel ihr Frau Schmittke aus dem ersten Stock ein. Sie trafen sich jetzt fast täglich am Mariannenplatz. Während ihre Hunde auf der Wiese tollten, plauderten sie über das Wetter oder Preiserhöhungen.

„Meine Cleo mag Chimo", hatte die Nachbarin immer wieder versichert.

Edda verwarf den Gedanken. Wenn überhaupt, dann kam nur jemand in Frage, der ihr vertraut war. Die Hilfe von Frau Schmittke anzunehmen, würde die unverbindliche Leichtigkeit ihrer Treffen am Mariannenplatz gefährden.

Und so hielt sie die Zahnschmerzen noch eine Woche lang aus.

Eines Tages – sie war in Eile, wollte noch die U-Bahn erwischen, um sich ein paar Bücher aus der Bibliothek zu holen – galoppierte ein schwergewichtiger Rüde auf sie zu. Sie kannte ihn bereits. Vom Aussehen eigentlich recht sympathisch. Ein Mischling mit hängenden Ohren und dem Fell in der Farbe von verdorrtem Weizen – ein Hovawart gekreuzt mit einem Leonberger. Irgendetwas in der Art. Jedes Mal, wenn sie am Gatter des kleinen Vorgartens in der Waldemarstraße vorbei gegangen war, ob mit Chimo oder ohne, hatte sich der Kerl aufgeführt, als müsste er das Anwesen seiner Leute vor einer Invasion feindlicher Mächte bewahren. Jetzt hinderte ihn kein Holzzaun, und zweifelsohne würde er die Gelegenheit nutzen, sie endlich zu zerfetzen, um dieser Bedrohung seines Reviers ein für alle Mal den Garaus zu machen.

Edda blieb stehen, presste den Rücken an die hinter ihr liegende Mauer, drückte die Knie durch, stemmte die Beine in den Boden. Als das Tier nach ihr schnappte, schrie sie: „Hau ab!" Dabei stampfte sie mit dem Fuß auf das Pflaster. Der Hund gehorchte augenblicklich.

Inzwischen war ein Mann im Trainingsanzug herangekommen, nahm das Tier an die Leine und entschuldigte sich vielmals. Edda verlangte Namen und Anschrift von ihm. Ihre Hose hatte einen Riss bekommen, dafür sollte er zahlen. Danach war sie sehr zufrieden mit sich.

Am Abend stellte sie Chimo eine extra Portion hin.

Victor

Auf einem Faschingsball des Instituts für Paläontologie, an dem er als Assistent arbeitete, begegneten sie sich zum ersten Mal.

Zu dem Fest hatte Rita sie gedrängt und ihr Chimo abgenommen. Wenn sie nicht mehr unter Menschen käme, hatte sie gesagt, würde Edda zu einem dieser verhuschten Frauchen, die ihre Hunde so sehr vergötterten, dass sie jeden potenziellen Liebhaber in die Flucht trieben.

Für diesen Abend hatte sie sich vorgenommen, aufzufallen. Nicht durch Schönheit. Sie konnte sich nicht vorstellen, jemanden schön zu erscheinen, selbst wenn sie sich silbern- oder goldglitzernde Schuppen aufsprühte. Vielleicht aufreizend, jedoch ohne die Wertschätzung, die wirkliche Schönheit hervorruft und andere auf Distanz hält. Wertschätzung, die begehrliche Annäherung ausschloss. Sie wollte nicht begehrt werden. Das machte ihr Angst. Doch gleichzeitig hatte sie Lust, sich zu zeigen. Schließlich hatte in diesem Widerstreit der Gefühle die Lust über die Angst den Sieg davongetragen.

Die Hexe, in die sie sich verwandelte, war keine Furcht erregende Medusa oder zauberkundige Herrscherin. Mit ihrer roten Perücke und den dürftigen Stofffetzen fühlte sie sich eher wie Rotkäppchen – verloren im Wald. Der Wald, das waren die tanzenden Paare, die mit erhobenen Armen im Rhythmus der Musik schaukelten – ein wogender Wald schwarzer Flammen im Gegenlicht der Scheinwerferkegel.

Victor fasste sie bei der Hand, zog sie zu sich heran und wirbelte sie herum. Wie eine Naturgewalt, eine Meeresbrandung, die mit ihrem Körper spielt.

Halb in Trance bemerkte sie kaum den Kreis, der sie beide umschloss, sie anfeuerte mit Rufen und Klatschen. Ein frecher

Haudegen durchbrach den Zirkel, wollte sie mit sich reißen. Am liebsten wäre sie geflohen. Zurück in die Anonymität der wogenden Masse. Anonymität? – Ja, Anonymität. Gesichtslosigkeit, sich nicht unterscheiden. Jemand hatte ihr einmal erzählt, dass die Raubtiere der Serengeti – Löwen, Geparden – so lange eine Antilopenherde belauern, bis sie unter den vielen Leibern ein einzelnes Tier ausmachen, das sie dann überfallen. Doch Victor hielt sie fest, tanzte weiter, als gäbe es keine Bedrohung, und es war der andere, der Haudegen, der in der wogenden Masse untertauchte.

Der Frühling brachte in diesem Jahr zeitig hochsommerlich warme Temperaturen. Wie viele andere lagerte Edda auf dem Rasen vor dem Audi Max, um sich herum Bücher, neben sich Chimo, und arbeitete an Seminaraufgaben. Sie ließ sich leicht ablenken – von einem Schwarm Tauben, der über den Dächern der Universitätsgebäude kreiste, hielt nach dem Buntspecht Ausschau, der ganz in der Nähe sein musste, so nah klang sein Trommeln, träumte den Wolken hinterher, die in den Luftströmungen ständig die Formen änderten, bisweilen nickte sie ein.

Einmal saß Victor neben ihr, als sie aufwachte. Er hatte eine Tüte mit Schrippen dabei und eine Packung Käsescheiben. Das ging ihr lange nach. Sie war es nicht gewohnt, dass jemand für sie sorgte. Ein anderes Mal spürte sie, wie sich seine Hände unter ihren Kopf schoben, während sie mit geschlossenen Augen dalag. In der Wölbung seiner Hände ruhte ihr Kopf wie in einem Nest. Seine Hände zitterten leicht. Als trüge er eine schwere Last. Sie wollte keine Last sein und versuchte, den Kopf selbst zu halten, schaffte es aber nur einen kurzen Augenblick. Er drehte ihren Kopf mit großer Vorsicht zur Seite und schaute sie an. Sie hielt dem Blick stand und vergaß für Bruchteile von Sekunden zu atmen.

In den Tagen danach schwand der Refrain eines Liedes nicht aus ihrem Kopf. Unentwegt summte sie vor sich hin:

Sie war nur armer Leute Waisenkind
und wollte, dass er bliebe,
dieser Sommerwind.

Auf einem ihrer Spaziergänge mit Victor und Chimo um den Grunewaldsee blieb der Hund längere Zeit verschwunden. In Eddas Rufen und Pfeifen mischte sich zunehmend Besorgnis. Eine Gruppe am nördlichen Seeufer fiel ihr auf. Wie erstarrt blickten die Menschen auf ein wütendes Schäumen im ufernahen Bereich. Es zeigte sich, dass dort zwei Hunde miteinander kämpften. Ein drahtiger Rottweiler und einer mit rotem Fell.

„Chimo", schrie sie und rannte los.

Als Victor und sie ankamen, war der Kampf bereits entschieden. In eindeutiger Siegermanier stand der Rottweiler über dem Chow und drückte dessen Kopf mit seinen Vorderpfoten unter Wasser, in der unmissverständlichen Absicht, ihn zu ertränken.

Ein paar Leute hatten sich am Ufer versammelt und redeten aufgeregt auf den Besitzer des Rottweilers ein. Ohne Erfolg. Breitbeinig stand er da, die Arme über der Brust verschränkt und starrte mit ausdruckslosem Gesicht auf das Wasser.

Das Folgende geschah so schnell, dass Edda es im Augenblick nur ungenau erfasste.

Victor brach einen Ast vom nächststehenden Baum, ging zu dem Rottweilermann und sagte so langsam, dass ihr jedes Wort wie eine bleischwere Kugel vorkam: „Hol deinen Hund raus, sonst schlag ich dich tot!"

Der Mann reagierte unmittelbar. Ohne die Schuhe auszuziehen, platschte er ins Wasser, zerrte seinen Hund am Halsband an Land und verschwand mit ihm.

Abends, vor dem Einschlafen, erlebte sie alles noch einmal. Victor mit dem Ast in der Hand, seine Stimme. Sie dachte zurück an ihre erste Begegnung. Der Kreis, in dem sie getanzt hatten. Ein Schutzwall, der nur mit Victors Zustimmung betreten werden durfte. Wie hastig der Haudegen die Flucht ergriffen hatte und jetzt dieser Rottweilermann.

Im Juni gingen sie aufs Standesamt. Genau am 6.6.1970.

„Vierundzwanzig Jahre sind Sie?“, sagte der Standesbeamte zu ihr, „bestes Alter für eine Ehe“.

An die Zeremonie erinnerte sie sich später kaum noch. Solche Feierlichkeiten waren ihr nicht wichtig. Es machte sie nur verlegen, so im Mittelpunkt zu stehen. Doch die Reise danach grub sich ihr tief ins Gedächtnis.

Sie flogen nach Barcelona, in Victors Heimatstadt – ohne Chimo.

„Niemand nimmt in Spanien einen Hund mit ins Hotel“, hatte Victor erklärt. Das sei nicht erlaubt. Anders als sie hatte er keine Hemmung, Rita zu fragen, und da sie zustimmte, ließen sie Chimo bei ihr.

Zum ersten Mal saß sie in einem Flugzeug. Beim Start schloss sie die Augen, griff nach Victors Hand, spürte seine Wärme, hörte seine Stimme:

„Pass auf den Moment auf, wenn der Vogel abhebt!“

Sie stellte sich vor, ein schwerer Vogel nimmt Anlauf, immer schneller rast er dahin, seine Füße rotieren, steigern sich zu Höchstleistung.

Es half nichts. Bleich, mit Schweißperlen auf der Oberlippe, presste sie sich in das Polster. Das Flugzeug war kein Traumvogel lautlos im Aufwind. Das Dröhnen der Motoren, das Rasen der Maschine, das Mitgerissenwerden war für sie ein Zerrissenwerden zwischen Schwerkraft und Zeit. Das Rasen der Vergänglichkeit dem Tod entgegen.

Victor redete pausenlos. Auch wenn sie vom Inhalt nichts aufnahm, wirkte der vertraute Klang beruhigend auf ihre verängstigten Sinne. Sie lehnte die Stirn gegen das kalte Plastik der Fensterluke, öffnete langsam die Augen, sah weit unten ein Fleckenmuster aus grauen, grünen und braunen Farben, lauschte auf das gleichmäßige Wummern der Triebwerke und allmählich legte sich ihre Aufregung.

Der erste Besuch galt Tante Teresa. Es klang so liebevoll, wenn Victor den Namen aussprach. Teresa, die Schwester seiner Mutter, hatte ihn großgezogen. Er war sechs, als sein Vater, ein Kaufmann, der mit Textilien gehandelt hatte, unter den Rädern einer Straßenbahn verblutete. Seine Mutter hatte ihrer Körper mit Alkohol getränkt, bis sie an Leberzirrhose einging. Aus Gram über den Tod ihres Mannes. Mit acht Jahren war er Vollwaise. Also auch er ein Waisenkind. Noch etwas, das sie positiv bewertete, weil sie sich darin wiederfand.

Die Tante schaute Edda lange an und nickte versonnen. Edda nahm es als Zeichen, dass die alte Frau Victors Wahl guthieß. Teresa ermahnte Victor: „Pass gut auf dein Mädchen auf!“ Sie sagte nicht: „La teva dona“ – deine Frau, sondern „la teva noia“ – dein Mädchen. Abends servierte die Tante Fischgerichte oder Kaninchen, dazu Gemüse von Pinienkernen durchsetzt. Edda hatte den Eindruck, die alte Dame verfüge über hellseherische Fähigkeiten, so genau traf sie ihre Vorliebe für ein bestimmtes Gaumengefühl: trockene Festigkeit, die unter den Zähnen mühelos nachgab.

Das feuchtheiße Klima der Stadt zwischen den Bergen Montjuic und Tibidabo machte ihr zu schaffen. Mehrmals am Tag wechselte sie die Blusen, die schweißdurchnässt auf der Haut geklebt hatten. Am nächsten Morgen schaukelten sie frisch gewaschen und gebügelt auf Kleiderhaken. Die Tante verwöhnte sie jetzt genauso, wie sie von jeher Victor verwöhnt haben mochte.

Voller Staunen beobachtete Edda die vielen Kinder. Auf betonierten Plätzen inmitten der Häuserschluchten, auf dem holprigen Pflaster schmuddeliger Seitenstraßen, auf jedem festen Grund, der es zuließ, waren quadratische Felder mit Kreide gezeichnet. Ein Bein angewinkelt, hüpften die Kinder von einem Feld zum nächsten. Unermüdlich, stundenlang. Wer gewann, wurde umarmt oder bejubelt oder beides zugleich. Als sie in diesem Alter gewesen war, hatten sich Kinder nur angefasst, um sich wehzutun. Als wäre dies die einzige Form, sich zu vergewissern, am Leben zu sein.

Nach dem Besuch bei der Tante kurvten sie mit einem gemieteten Citroën über die Straßen im Hinterland der Costa Brava. Sie durchstreiften Pinienwälder, badeten in Bächen, ruhten im Schatten von Madroños – Erdbeerbäumen.

Sie stießen auf verlassene Klöster und Friedhöfe, durchstöberten die Ruinen einstiger Bauerngehöfte, die weitab von jeglicher Dorfgemeinschaft lagen. Victor war von allem, was mit Verfall zu tun hatte, unwiderstehlich angezogen. Und er zog sie mit sich, lachte über ihre Angst, ein Balken könnte sie erschlagen oder morsche Dielen würden unter ihnen zusammenbrechen. Insgeheim ärgerte sie sich über ihre Ängstlichkeit, die ihm doch auf die Nerven gehen musste, wünschte sich, mutiger zu sein.

Manchmal schien er regelrecht getrieben: löste vorsichtig Kacheln von den Wänden, um den Skorpionen genügend Zeit zu lassen, sich zu verkriechen, lüftete vermodertes Gerümpel – ausgebleichte, mottenzerfressene Sofas, verkohlte Bettgestelle – hob zerbrochenes Geschirr auf, suchte zwischen Scherben so konzentriert, als gälte es, ein Geheimnis über den Ursprung der Geschichte aufzudecken.

Da er sie dabei kaum beachtete, entschuldigte sie sich und wartete draußen auf ihn. Sie war froh, der Dunkelheit entkommen zu sein und zugleich fühlte sie sich zerknirscht. Sie hätte ihm beistehen sollen, nichts weiter als dabeistehen, das alleine hätte ihm gut getan. Stattdessen schaute sie den Eidechsen zu, die aus Spalten hervorschossen und wieder verschwanden, grüßte einen Milan, der sich ohne einen Flügelschlag vom Wind tragen ließ, legte Ameisen Brotkrümel hin.

Von jeher hatte sie Tieren gerne zugeschaut – vorausgesetzt, sie fühlte sich in Sicherheit. Sie vergaß dabei alles andere. Sie spürte dann die Zeit nicht mehr, war in einem anderen Reich.

Während Victor in Ruinen stöberte, lag sie in der Sonne und sog den Geruch der Landschaft ein, diesen Sommerduft aus harzigen Ölen. Victor hatte ihr erklärt, dass Stechginster, Zistrosen, Rosmarin und all die anderen Strauchpflanzen der Macchia Öl ausdünsten, um in der Sonnenglut nicht auszutrocknen. Sie lernte so viel von ihm.

Das Sirren unzähliger Zikadenstimmen lag über der grünen Endlosigkeit aus Pinien und Erdbeerbäumen, machte sie träge und schläfrig. Ruhe war in diesem Land weder dunkel noch still. Ruhe war hier flimmernde Helligkeit, sirrende Eintönigkeit. Sie schloss die Augen und lauschte dem Anschwellen und Abklingen, den unvermittelten Pausen im Summen und Zirpen der Insekten und schlief ein. Bis Victor vor ihr stand – strahlend, ohne Spinnweben in den Haaren, ohne Schmutzspuren auf seiner Leinenhose und dem schwarzen kragenlosen Hemd.

Einmal hielt er eine schlanke, hohe Flasche in den Händen.

„*Oli de llangardaix* – Eidechsenöl. Die Tante sagt, das beste Mittel gegen Rheuma. Sie wird sich freuen.“ Er schüttelte das Gefäß, das mit einer öligen Flüssigkeit und etwas Dunklem gefüllt war. Der verschrumpelte Eidechsenkörper bewegte sich langsam, als besäße er noch Leben und stieß gegen das Glas – ein schwarzes Gespenst ohne Augen in den Höhlen. Auf der Rückfahrt nach Barcelona lief etwas von dem Öl aus und bildete auf der Bodenmatte im Auto einen Fleck. Bis sie bei der Tante waren, hatte sich der Fleck in ein Loch verwandelt.

Es kam vor, dass sie ungewollt Tiere in den alten Gemäuern aufscheuchten. Einen Vogel, der mit weit aufgespannten Flügeln über sie hinweg aus dem Fenster rauschte, so groß, dass sie erschrocken, doch zugleich beglückt über die Einzigartigkeit der Begegnung, ausrief:

„Ein Adler, Victor schau, ein Adler."

„Hast du die Ohrbüschel gesehen? Das war kein Adler, Dummerchen – das war ein Uhu."

Verschämt über ihren Irrtum strich sie sich durch die Haare und rückte ihre Brille zurecht.

Er nannte sie oft Dummerchen, und sie hatte nichts dagegen, hörte dabei nur die Zärtlichkeit, die darin mitschwang.

Ein anderes Mal überraschten sie ein Pärchen Schleiereulen, das ihr vorkam, wie die letzten, vergessenen Nonnen der Klosteranlage, in deren Mauerresten sie ihren Unterschlupf hatten. Ein Fuchs, der sie aus wilden, verwirrten Augen anstarrte, bevor er auf leisen Pfoten das Weite suchte, erinnerte sie an Chimo. Wie gerne sie ihn bei sich gehabt hätte. Aber alles war nicht möglich, sagte sie sich und bei Rita wusste sie ihn in guten Händen.

Auf dem Flug zurück nach Berlin, war eine Trauer in ihr, als hätte sie ein Paradies verloren. Victor versprach, sie würden wiederkommen – mindestens einmal im Jahr, um die Tante zu besuchen.

Erst als Chimo an ihr hochsprang, ihr Gesicht leckte und sich minutenlang nicht beruhigen konnte, wusste sie wieder, wohin sie gehörte.

In Berlin bewohnten sie eine geräumige Altbauwohnung. Nicht weit entfernt lag der Schlossgarten Charlottenburg – das ideale Auslaufgebiet für ihren Hund.

Wie sich alles in ihrem Leben zum Guten fügte, dachte sie voller Staunen. Verliebt, verlobt, verheiratet. Mit einem Mann – stark, klug, erfolgreich. Das unscheinbare Mädchen ohne Eigenschaften und der stolze Katalane. Was brauchte sie mehr? Geborgen und geschützt in einer Einheit, deren Glanz und Größe sich durch ihn bestimmte.

Er flüsterte ihr schöne Dinge ins Ohr: *deine Haut – so samtig, wie valencianische Pfirsiche.* Sie musste kichern, weil die Folge von Zischlauten ihr im Ohr kitzelte und schob ihn protestierend zur Seite.

Endlich gab es jemanden, der ihren Körper mochte. Welch Glück ihr da widerfahren war. Ein unverdientes Glück zwar, ein Glück, zu dem sie nichts beigetragen hatte, aber trotzdem Glück. Sie würde es ausgleichen, würde alles tun, um ihn zu unterstützen, was immer er anstreben sollte. Nichts Eigenes mehr sein. Nur noch Teil sein von ihm.

Sie versuchte, Victors Erwartungen zu erspüren, bevor er sie aussprach, sie kochte für ihn, kümmerte sich um seine Kleidung, sie wartete auf ihn, bis er nach Hause kam, servierte das Essen, ließ sich von seiner Arbeit berichten. So musste ihn auch die Tante verwöhnt haben, stellte sie sich vor.

Morgens, beim Frühstück, wenn sie gedankenverloren den Kaffee schlürfte und an dem Marmeladentoastbrot endlos kaute, plante Victor seinen Tag in einer Art Selbstgespräch, ein lautes Nachdenken darüber, was alles erledigt werden musste. Nicht, dass er ihr Anweisungen gab. Aber es war für sie selbstverständlich, dass sie ihm dabei half.

Als Entwicklungsbiologe hatte sich Victor auf Tiere der Eiszeit spezialisiert und publizierte in Fachzeitschriften und Büchern seine Forschungsergebnisse.

Sie tippte seine Manuskripte mit der Gewissenhaftigkeit eines Menschen, der davon überzeugt ist, an bedeutungsvollen Dingen mitzuwirken. Sie legte Register für seine Arbeiten an, telefonierte trotz ihrer Schüchternheit mit Verlagen, schrieb seine Termine in einen Kalender und hängte ihn über seinem Schreibtisch auf. Er lobte ihre Tatkraft, ihren Einfallsreichtum. Das sei doch nicht der Rede Wert, sagte sie, das sei doch nichts, jedenfalls nichts im Vergleich zu dem, was er leiste und lehnte sich an seine Schulter.

Ihre Haltung veränderte sich. Sie hielt den Kopf gerader und vergaß, den Bauch einzuziehen. Dadurch bogen sich ihre Schultern nicht mehr so auffallend nach vorne.

Victor schenkte ihr weite, buntbedruckte Leinenkleider, die ihrer Figur etwas Fließendes gaben. „Meine blonde Afrikanerin", sagte er und schaukelte sie in seinen Armen.

Einmal zeigte er ihr einen Zeitungsausschnitt mit der Abbildung einer Frau am Strand. Er strich ihr die Haare aus der Stirn und fasste sie hinten zusammen.

„So siehst du ihr ähnlich."

Sie ging zum Friseur und sah sich danach in jeder spiegelnden Fläche an: in den Schaufenstern der Geschäfte und Kaufhäuser, in den Scheiben der Autos, in Glastüren und Keramikfassaden. Wie gut sie aussah – jetzt, nachdem ihre wuschelige Mähe auf ein paar Zentimeter gekürzt war. Die kurzen Haare ließen ihre Augen größer erscheinen.

„Wie lange willst du eigentlich noch studieren, Frau Professor?", neckte Victor sie eines Tages.

Einen anderen Tag fragte er: „Wer ist der Mann, mit dem du dich vor dem Hörsaal unterhalten hast?" Seine Stimme klang scharf. Als hätte sie einen Schlag versetzt bekommen, zog sie den Kopf ein.

„Wo warst du solange mit dem Hund?"

Sie brach ihr Romanistikstudium ab. Ohnehin hatte sie es mehr aus Verlegenheit gewählt, war einfach ihrer Freundin Rita gefolgt, die für sich genau wusste, was sie wollte, die davon träumte, Übersetzerin oder Lektorin zu werden.

Edda hingegen träumte mehr in den Tag als in die Zukunft hinein. Am meisten gefielen ihr noch die Seminare über die Mythen der alten mediterranen Kulturen. Wie Musik konnten sie ihre Stimmung beeinflussen. Mit der Zeit kam eine andere Empfindung hinzu, nicht so vordergründig, schwerer spürbar. Die Freude über das Verstehen war wie ein Heimkommen –

das Durchschreiten einer Tür, die sich unversehens öffnete, nachdem sie lange davor gestanden hatte.

Hin- und wieder hatte sie die Vorlesungen von Professor Gramai besucht. Der Professor sprach so mitreißend, wenn er die Bemühungen vorstellte, wie Denker von der Antike bis zur Gegenwart *das Gute* zu erfassen suchten. Nicht nur der Professor, auch das Thema fesselte sie. Seit sie selbst darüber nachdachte, faszinierte es sie, wie andere selbstverständlich davon ausgingen, im Recht zu sein, auf der Seite des moralisch Guten zu stehen. Woher nahmen sie diese Sicherheit? Edda hingegen suchte nach dem *Guten*, als könnte sie sich damit reinwaschen und das Mal auf ihrer Stirn, das sie in ihren Alpträumen quälte, endlich loswerden.

„Es ist gut, dass ich damit aufgehört habe", versicherte sie Victor, obwohl er gar nicht danach gefragt hatte. Als erwarte sie einen Tadel, dem sie zuvor kommen wollte, stellte sie ihm in Aussicht, sie hätte jetzt mehr Zeit, ihm beim Tippen seiner Arbeiten zu helfen. Nervös rieb sie sich die Stirn, als müsste sie dort etwas beseitigen.

Doch sie war fest dazu entschlossen, ganz für ihn dazusein. Endlich hatte sie eine Aufgabe gefunden, die ihrem Dasein Substanz gab – eine tiefere Berechtigung zum Leben.

Untereinander redeten sie spanisch. Spanisch beherrschte sie besser als das Katalanische. Die spanische Sprache war ein Bestandteil des Schutzraumes, den Victor um sie beide gezogen hatte. Überaus nützlich, wenn sie mit öffentlichen Verkehrsmitteln unterwegs waren.

Einmal saß ihnen in der U-Bahn ein Mann gegenüber und unterbrach ihr Gespräch mit lautem Grölen: *Spanien olé, Spanien olé*. Victor schaute ihn kalt an, riss unvermittelt den Arm mit ausgestreckter Hand hoch und rief: „Deutschland, Heil Hitler". Auch dafür bewunderte sie ihn – seine Geistesgegenwart, seine Schlagfertigkeit.

Das Lob Victors bedeutete ihr mehr als jede Anerkennung durch einen Lehrer. *Hablas muy bien en castellano, tesoro mio – wie gut du spanisch sprichst, mein Schatz.* Da war er wieder, der sommerliche Südwind, der den Himmel leer fegte und die Erdenschwere der Dinge mit sich nahm.

„Ich bin, weil ich mich unterscheide", hatte Victor ihr das Prinzip des Selbstbewusstseins erklärt. „Ich bin, weil mich die anderen anerkennen. Mein Name, der Name Sanz, sagt den Leuten etwas."

Das passte zu ihm, fand sie, das entsprach seinem Format, war sozusagen eine natürliche Ergänzung ihrer Unscheinbarkeit und Ängstlichkeit.

Mit ihm zusammen tauchte sie auf aus der Anonymität, wagte sie auszubrechen aus der Herde wogender Konturlosigkeit, traute sich mehr zu sein, als nur ein Schemen. Niemand würde sich erdreisten, den Schutzwall zu durchbrechen. Auch würde niemand sich unterstehen, einen erfolgreichen Wissenschaftler und seine Frau anzugreifen, es riskieren, etwas Schlechtes über sie zu sagen. Schon gar nicht über Victor, vor dessen scharfer Zunge keiner sicher sein konnte.

Frau Dr. Edda Sanz stand auf einigen Briefen an sie. Frau Doktor. Es störte sie keineswegs, dass es sich dabei meist nur um Werbematerial für Urlaubsorte oder Küchengeräte und dergleichen handelte.

Sie nahm seine Arbeitsbesessenheit klaglos hin, die Zeitnot, mit der er von einem Termin zum nächsten jagte. Sie sagte sich, dass Erfolg schließlich auch ein Liebesbeweis sei, sogar der größere, größer, weil er mehr Menschen bewegt hatte, ihnen wohlgesonnen zu sein.

Edda fand, dass sie glücklich war.

Trotzdem, etwas fehlte. Nichts Bedeutsames. Jedenfalls wollte sie dem keine Bedeutung geben. Sie träumte nachts nicht mehr. Natürlich war sie froh, dass die Fluchtträume aufgehört hatten. Aber sie träumte überhaupt nichts mehr.

Früher, bevor sie mit Victor zusammenlebte, hatte sie oft von Tieren geträumt. Meist Bilder ohne Handlung. Von einer Weihe, die lautlos über Ginsterdünen gleitet. Oder sie träumte von einem Steinbock, hoch oben auf einem Felsvorsprung, das Gesicht von erhabener Würde, wie das einer Sphinx. Oder von einer Bärin. Das kam am häufigsten vor. Immer das gleiche Motiv. Sie lief als Kind durch einen Wald mit meterhohen Stämmen. Die Kronen verzweigten sich so dicht ineinander, dass nur fahles Dämmern bis zum Boden drang. Sie lief und lief, bis sie ein Licht erblickte, ein heller Schimmer nur, der rasch verschwand, doch wiederkehrte und gleichsam mit ihr lief, sich entfernte und wieder näher kam. Bis sich das Tier erkennen ließ. Es nahm ihr die Angst, beruhigte sie, wies ihr den Weg hinaus ins Freie.

Preisgabe

Victor ärgerte sich, wenn Chimo in den städtischen Grünanlagen Kaninchen hinterherjagte, obwohl er nie eines erwischte. Er warf Edda vor, unfähig zu sein, den Hund zu erziehen und versuchte es selbst. Ziemlich erfolglos. Chimo hörte einfach nicht auf seine Kommandos. Als er ihn nur noch an der Leine gehen ließ, brachte das andere Probleme. Wie von Sinnen zerrte das Tier mal in diese Richtung mal in jene. Bis Victor es leid hatte, sich von Chimo im Zick-Zackkurs durch das Gelände ziehen zu lassen und den Hund wieder frei laufen ließ. Dabei stand beinahe an jeder Wegkreuzung des Charlottenburger Schlossgartens ein Schild, das gebot: Hunde an die Leine! Wenn eine Polizeistreife auftauchte, tat er völlig unbeteiligt und bog um die nächste Ecke.

Es kränkte Victor maßlos, dass Chimo ihm nicht gehorchte.

Eines Tages – sie war damit beschäftigt, ein Manuskript zu tippen, das er am nächsten Tag brauchte – unternahm Victor mit Chimo alleine einen Spaziergang und kam ohne ihn zurück. Viel erklärte er dazu nicht. Er habe in einer Zeitung inseriert und den Hund an denjenigen unter den Interessenten gegeben, der das meiste Vertrauen hervorrief. Auch die Adresse des neuen Besitzer behielt er für sich.

Etwas in ihr weigerte sich zu verstehen, was er sagte. Als würde sie die Worte zwar begreifen, aber das reichte nicht, den Sinn zu erfassen. Wie sich der Körper bei einem Unfall vor dem Schmerz zunächst zu schützen vermag, in dem er sich in einen Schockzustand versetzt, so reagierte sie mit einer Art seelischer Bewusstlosigkeit: alles blieb wahrnehmbar, aber sie empfand dabei nichts. Gleich einem Film ohne Ton.

Sie lief in die Parkanlagen des Schlossgartens, bemerkte die Knospen an den Sträuchern, die Krokusse, die lila aus den Rasenflächen hervorsprossen, hörte den Jubel der Singvögel. Doch nichts in ihr antwortete. Weder Trauer, noch Freude. Nur Müdigkeit. Und ihr Atem ging so schwer, als müsste er sich in ein enges Gefäß zwängen. Hin und wieder rief sie den Namen des Hundes. Doch damit scheuchte sie nur Krähen auf.

Die nächsten Tage änderten nichts an ihrem Zustand. Als Victor sie ermahnte, sie solle auf den Abgabetermin für seine Arbeit achten, schaute sie ihn verwundert an. Es ging sie nichts an. Sie stellte saure Milch und ranzige Butter auf den Frühstückstisch, ließ Mahlzeiten anbrennen und das Wasser in der Badewanne überlaufen.

Manchmal zeigte er seine Ungeduld und konnte nur schwer ein ärgerliches Knurren in seiner Stimme zurückhalten. Obwohl sie dann erschrocken die Augen aufriss, verstand sie nicht, was er wollte. Als wäre er zu weit entfernt, um sie zu erreichen. Sie war in einer Welt eingeschlossen, in der es nichts gab, was sie zum Handeln veranlasste. Ein Nebelland, frei von Gefühlen. Nur an ihren Spaziergängen im Schlossgarten hielt sie fest. Jedem Hund schaute sie lange, selbstvergessen nach.

Doch die Membran, die sie von ihren Gefühlen trennte, blieb nicht immer so dicht. Um sich zu beruhigen, dehnte sie ihre Spaziergänge aus. Täglich ging sie mehrere Stunden und merkte es nicht. Das Laufen lenkte ihre Aufmerksamkeit nach draußen, weg von dem dumpfen Schmerz und der Enge beim Atmen. Sie wanderte über Charlottenburg hinaus an der Spree entlang zum Tiergarten, wo im Schatten mächtiger Bäume stille Gewässer die Zeit verschliefen. Oder sie ging in die andere Richtung zur Havel, an deren Ufern Hausboote und Jollen schaukelten. Manchmal riefen ihr die Männer, die über die Blanken ihrer Schiffe schruppten oder Segel rafften, etwas nach, das sie nicht verstand und auch nicht verstehen wollte.

Es fiel ihr schwer, umzukehren, nach Hause zu gehen. Die Idee wegzulaufen, setzte sich in ihr fest – nach Australien oder Neuseeland oder ans Ende der Welt. Sie machte sich keine konkreten Vorstellungen, wollte einfach nur in einem neuen Leben ankommen.

Warum hatte sie es nicht früher gemerkt? Seine Wutausbrüche, seine Schärfe. Warum hatte sie das nie für bedeutsam gehalten?

Wie zwanghaft er seine Sammlung katalanischer Wasserkrüge in Ordnung hielt. Jedes Gefäß nahm er einzeln in die Hand, um es genau auf den Platz zu stellen, auf dem es bereits vorher gestanden hatte. Gerade dann, wenn die Zeit knapp war, um noch pünktlich zu einem Konzert oder einer Theateraufführung zu kommen, erfasste ihn dieser Drang.

Natürlich kamen sie dann zu spät und mussten warten, bis die Nachzügler eingelassen wurden. In seinem Ärger gab er ihr die Schuld.

Solange sie nicht davon betroffen gewesen war, hatte sie seine Wut sogar beeindruckt – die blitzschnellen Einfälle, seine Schlagfertigkeit. Das gehörte zu dem Schutz, den er ihr gab. Halt und Schutz. Wie ein Vater, nach dem sie sich immer gesehnt hatte.

Der Bahnhof lag nicht weit vom Tiergarten entfernt. Sie kannte den Weg zur Genüge. Vorbei an den vielen Teichen, den dunklen Gewässern im stillen Schlaf, nur unterbrochen von glitzernden Keilen, die Enten und Schwäne durchs Wasser gezogen hatten. Vorbei an den hohen Eisengittern mit künstlichen Landschaften dahinter, die Tieren aus aller Herrenländer eine Heimat vortäuschen sollten. Schließlich die Stufen hinauf zu den Bahngleisen. Dort studierte sie die Anzeigetafeln für Ankunft und Abfahrt, wartete auf den Zug, der um fünfzehn Uhr fünfundvierzig von Berlin über München nach Rom fuhr.

Der Zug war ziemlich voll. Langsam, mit wiegenden Schritten, die sich dem Schaukeln des fahrenden Zuges anzupassen suchten, lief sie den schmalen Korridor entlang, von einem Wagen zum nächsten, bis sie endlich Platz in einem Abteil fand. Nur die beiden Sitze am Fenster waren besetzt. Der Mann und die Frau schienen ein Paar zu sein, und aufgrund der dunklen Hautfarbe ordnete sie die beiden einem afrikanischen Land zu. Zwei Schaffner tauchten auf, wandten sich zielstrebig an die beiden farbigen Passagiere und verlangten die Papiere. Irgendetwas stimmte damit nicht. In beleidigender, ja unflätiger Weise schimpften die Uniformierten auf das Paar ein, zerrten es von den Sitzen und schubsten es nach draußen auf den Gang. Die groben Stimmen der Beamten hallten noch lange nach.

Ihr kam der Gedanke, dass sie Victor davon erzählen müsste. Wie er sich damals aufgeregt hatte, als der Postbeamte vor ihnen, die als letzte in der Schlange gewartet hatten, den Schalter schließen wollte. „Wir kommen noch dran", hatte er den Mann angefaucht, „sonst gibt es eine Beschwerde."

Aber dann fiel ihr ein, dass sie im Zug nach Rom saß und Victor gar nichts mehr erzählen würde. Was wollte sie eigentlich in Rom? Sie könnte als Zimmermädchen arbeiten. Irgendeine einfache Arbeit, die nichts voraussetzte. Die Sprache? Italienisch verstand sie, könnte es sicher auch bald selbst sprechen. Sie müsste nur eine Agentur finden, die Jobs vermittelte.

Doch was, wenn sie am Telefon kein Wort hervorbringen würde? Und der Taxifahrer zu viel Geld verlangte? Die Agentur wäre imstande, sie an ein Bordell zu verschachern. Italien war das Land der Mafia, der sogar Polizisten und Richter angehören sollten. Sie sah sich um ihr Leben rennen, schlitterte hinein in einen Alptraum, befürchtete, nie mehr zurückzukehren.

Um sich daraus zu befreien, dachte sie an ihre Reisen mit Victor. Seine Konzentration, wenn er den Citroën durch den

Stadtverkehr von Barcelona lenkte, mit zusammengekniffenen Augen jede Lücke nutzte, manchmal von rechts über alle drei Spuren der Stadtautobahn nach links preschte und auf das Hubkonzert, das er dadurch auslöste, mit einem triumphierenden Lachen reagierte. Er liebte das Aufheulen des Motors, diesen Tierlaut, der verkündet, wer hier das Sagen hat.

Das Bild seiner kräftigen Hände, die das Lenkrad hielten, ging ihr nicht aus dem Kopf.

Als der Zug in Berlin-Zehlendorf hielt, stieg sie aus und fuhr mit der S-Bahn zurück nach Charlottenburg.

Am anderen Tag setzte sie sich zum ersten Mal seit Chimos Verschwinden wieder an die Schreibmaschine und tippte eines von Victors Manuskripten. Nur langsam kam sie voran. Ihre Augen wanderten ständig zum Fenster. Hoch über der Stadt schossen Mauersegler gleich winzigen Pfeilen dahin und zersiebten mit aufpeitschendem Sirren den Himmel. Ein dunkelbraunes Eichhörnchen mit einem weißen Fleck zwischen den vorderen Läufen huschte geschäftig in den Kronen des Ahornbaumes umher. Einmal ging ein stechender Schmerz durch ihre Lunge. Ein weiteres Eichhörnchen war aufgetaucht, ein rotbraunes Tier. Rotbraun wie Chimo.

Nachts schreckte sie hoch. Das quälende Gefühl, jemanden verraten zu haben, brachte ihren Puls zum Rasen. Ein Hund, eine Katze, ein Kanarienvogel – irgendein Haustier, für das sie Verantwortung trug – wartete darauf, Essen von ihr zu bekommen. Doch eine eigenartige Lähmung hinderte sie daran, den Napf aufzufüllen.

Sie lauschte dem Atmen ihres Mannes, passte sich seinem Rhythmus an, presste sich an ihn. Früher hatte er ihr häufig schöne Dinge ins Ohr geflüstert:

Tu sonrisa me hace feliz oder *tu piel tan suave.*

(*Dein Lächeln zu sehen, macht mich glücklich* oder *wie samtig deine Haut ist*)

Mit der Zeit legte sich ihre Unruhe. Sie irrte nicht mehr durch die Grünzonen der Stadt, das Bedürfnis, nützlich zu sein, trieb sie an, sie fand in ihre Rolle zurück, tippte Victors Texte, kochte für ihn, versorgte den Haushalt.

Falls Chimo durch ihre Gedanken geisterte, suchte sie ihn zu verscheuchen, versicherte sich in einem fort, er habe einfach nicht zu dem Leben gepasst, das sie führten. Es war purer Egoismus von ihr gewesen, so viel Zeit dem Hund zu widmen. Wie oft hatte sie jemand um Hilfe bitten müssen, weil sie den Hund nicht allein lassen konnte und wie oft hatte sie Victors Manuskripte liegen lassen, weil Chimo sie sehnsüchtig angeschaut hatte und nach draußen wollte.

Doch im Grunde wusste sie, dass sie Chimo verraten hatte.

Die Scheu, mit Fremden zu sprechen, für Victor mit Verlagen und Behörden zu telefonieren, lebte erneut auf. Wenn Victor sich mit Freunden traf, blieb sie lieber zu Hause. Manchmal rief sie ihre Freundin Rita an, die jetzt in London mit ihrem Mann lebte. Aber Rita wirkte jedes Mal so, als wäre sie in Eile. Da gab Edda es irgendwann auf, wollte nicht lästig sein.

Die Träume von dem Zeichen auf der Stirn kehrten zurück und sie wich wieder Hunden aus, die ihr entgegenkamen.

Dann übernahm ihr Mann eine gut bezahlte Stelle an einem Forschungsinstitut in Ulm. Nach den Pfingstfeiertagen rückte der Möbelwagen an. Zwischen Umzugskisten und Eimern mit Wandfarbe tranken sie Sekt aus Pappbechern und stießen auf den Jahrestag ihrer Hochzeit an.

Der Umzug erzeugte eine Aufregung in ihr, die jede andere Empfindung zurückdrängte. Alles war so neu. Dazu die vielen Entscheidungen ins Ungewisse. Zum Glück hatte Victor damit keine Probleme. Im Gegenteil, er war in seinem Element, konnte sich als Mann der Tat beweisen, konnte gestalten: die Organisation seines Büros, der Kauf neuer Möbel, die Wohnung in einer Neubausiedlung. Einfamilienhäuser an der Peripherie fand er spießig.

Manchmal fragte er sie:

„Was ist dir lieber? Vormittagssonne oder Sonne am Nachmittag?“ Sie wollte lieber das Zimmer nach Westen als gemeinsames Schlafzimmer.

„Wie findest du diese weiße Couch? Oder wäre die dunkelblaue besser?“. Und dann kauften sie die Couch, die ihr besser gefiel.

Der Boden in dieser Stadt kam ihr so anders vor – nicht mehr so hart und asphaltiert wie in Berlin. Hier flossen Bäche durch die Stadt, deren Wasser gluckste und so klar war, dass sich das grünschillernde Haar von Wasserpflanzen auf seinem Grund erkennen ließ. Die Häuser und Straßen erschienen ihr so klein und so hübsch herausgeputzt. Fachwerkhäuser mit weit herausragenden Obergeschossen, Gebäude mit Giebeldächern und Dachgauben. Vor den Fenstern rote Geranien.

Die Nadelstiche beim Einatmen kamen zu beliebigen Gelegenheiten. Sie wusste nicht, war es die Lunge oder das Herz. Der Hausarzt schickte sie zum Kardiologen. Als er nichts fand, überwies er sie zu einem Spezialisten, der eine Sonde in die Lunge einführte.

„Da ist nichts“, sagte er und schaute sie an, als wäre sie eine Simulantin. Noch Wochen danach hatte sie Blut im Speichel.

Immer häufiger kam Victor nur zum Schlafen nach Hause. Seine Arbeitsbesessenheit war noch schlimmer geworden als in der Berliner Zeit. Und nur noch selten nahm er sie in die Arme. Meist nach einem Vortrag, wenn er erschöpft war und zugleich glücklich über den Erfolg. Dankbar für diese

Zuwendung, barg sie ihren Kopf an seiner Schulter und sog den Duft seines Rasierwassers ein, diesen Rosmaringeruch, der sie an die mediterranen Wälder Kataloniens erinnerte.

Ihr Körperumfang nahm wieder zu. Aber niemand erlaubte sich, über ihre Figur Witze zu machen, und keiner unterbrach sie ungeduldig, wenn sie mit stockender Stimme Termine aushandelte. Victors Name – der Name Sanz – wirkte wie eine Zauberformel. Das gab es nicht umsonst.

Es hatte eben seinen Preis, einen festen Platz zu besitzen, sich nicht immer aufs Neue in veränderten Situationen zurechtfinden zu müssen, nicht ständig um die Gunst anderer zu werben, ihren Launen ausgeliefert zu sein. Victor war der Fixpunkt innerhalb des Rahmens, in dem sie sich eingerichtet hatte. Ja sogar mehr als das. Er schützte sie nicht nur, er brachte auch Leben von draußen herein. Lud Freunde und Kollegen zu Fachgesprächen und Diskussionen ein. Sie hielt sich dabei im Hintergrund, füllte Gläser nach, trug neue Platten auf und leere weg, räumte Teller ab. Die Vorbereitungen – der Einkauf, das Zubereiten der Speisen, das Dekorieren der Tafel – das war ihr Metier. Wenn die Gäste zufrieden nach Hause gingen und Victor sie lobte, war das ein stilles Glück. Wie eine zarte Blume, hätte sie am liebsten gesagt. Aber das klang so kitschig.

So zogen die Jahre dahin. Fünf Jahre, zehn Jahre, fünfzehn Jahre.

Von Zeit zu Zeit dachte sie, es wäre schön, Kinder zu haben. Richtig drängend war der Wunsch nicht. Victor erschien ihr als Familienvater ungeeignet. Damit legte sie das Thema beiseite, wollte nicht genauer hinschauen. Aber dennoch gab es seltene Augenblicke, da konnte sie sich eingestehen, dass es nicht nur wegen Victor war. Da war noch etwas. Die Angst zu versagen. Sie brauchte selbst soviel Schutz. Wie sollte sie da in der Lage sein, ein hilfloses Geschöpf zu beschützen?

Die Bärenhöhle

Bei einem Einkaufsbummel entdeckte sie das *Ulmer Museum* mit Funden aus einer Bärenhöhle des Lonetals: kleine Figuren aus Mammutelfenbein, die einen Löwenmenschen und andere Mischwesen darstellten. In einer der Skulpturen glaubte sie, das Bärentier ihrer Träume wiederzuerkennen.

Sie beschloss, sich im Lonetal umzusehen.

Noch nie in ihrem Leben hatte sie Höhlen aufgesucht, diese Orte der Finsternis, der Grabesstille und feuchten Wände, zu all dem noch der modrige Geruch. Übergangsstätten vom Leben in den Tod. Jetzt plötzlich zog es sie dorthin, als wäre sie gerufen worden aus fernster Vergangenheit.

An einem wolkenlosen Maitag wanderte sie los. Sie hatte Victor das Ziel genannt, doch nicht, was sie dort wollte. Und er fragte nicht, hatte den Kopf bei seinen Dingen. Sie verstand es ja selbst nicht.

Die Höhle ließ sich leicht finden. Sie war dem Flüsschen gefolgt, dessen schmales Tal bewaldete Hänge eingrenzten. Hin und wieder ragten Felsformationen mit senkrecht abfallenden Wänden aus dem Waldsaum. In einem zylinderförmigen Felsstock, durchsetzt von Querrillen, die sich gelegentlich zu Stufen und Trassen weiteten, darauf Weiden und anderes Gebüsch siedelten, verbreitete sich ein Längsriss zu einem Spalt. Dort hinauf bahnte sich ein Pfad, kaum sichtbar unter Gräsern und Blütenköpfen. Sie bedauerte, die Pflanzen nicht beim Namen zu kennen.

Im Eingangsbereich der Höhle lag verkohltes Astwerk in einer erloschenen Feuerstelle. Sie setzte sich auf einen Stein, blickte lange nach draußen auf das Flusstal und die gegenüberliegenden Hänge im satten Grün. Selbst die Felswände der

Höhle schimmerten Grün – ein optisches Echo der grünen Lichtflut von draußen.

Zu ihrer Verwunderung fühlte sie sich wohl in diesem gründämmrigen Reich. Behütet statt bedroht. Ein seltsames Heimatgefühl unbekannter Herkunft.

Was sprach dagegen, sich tiefer hineinzuwagen, wenn sie schon einmal hier war? Es kam ja genügend Licht herein.

Die Höhle stieg leicht an und verengte sich im hinteren Teil wie ein Trichter. Gesteinsbrocken erschwerten den Anstieg. Als sie nur noch kriechend weiterkam, gab sie auf.

Auf dem Felsboden sitzend, schaute sie sich um. Manche Stellen glitzerten – irgendwelche Einschüsse edleren Gesteins: Katzengold vielleicht oder Quarzit. Sie wusste es genauso wenig wie die Namen der Pflanzen. An einer anderen Stelle glaubte sie in den Rissen und Rillen der Felsen die Umrisse einer Gestalt zu erkennen. Bizarr, skurril – wie einer dieser Wasserspeier am Ulmer Münster. Nach längerem Betrachten fiel ihr auf, dass der Kobold ein etwas trotteliges und zugleich gutmütiges Erstaunen im Gesicht trug. Es roch hier auch keineswegs unangenehm. Weder nach Moder, noch nach Fäulnis, eher nach Erde und Stein. Manchmal platschten Wassertropfen laut auf. Als hätte jemand auf einem Metallstück einen Ton angeschlagen.

Wieder zu Hause war sie fröhlich, ja sogar ausgelassen. Sie kicherte über Victors ironische Kommentare und streichelte wie zufällig über seine Schulter.

Auch Victor fand, der Ausflug habe ihr gut getan. Ob sie etwas Interessantes erlebt habe? Als sie zu erzählen anfing, wurde er unruhig und entschuldigte sich: eine Verabredung mit einem Kollegen, murmelte er zerstreut und ging aus dem Raum.

Fortan wanderte sie oft zur Höhle.

Einmal war sie später als sonst aufgebrochen. Es begann bereits zu dämmern, als sie den Pfad hochstieg. Schon von weitem spürte sie, etwas war anders. Rauch stieg auf und ein seltsames Pochen lag in der Luft.

Unter dem Felsdach der Höhle saßen Gestalten um ein Feuer – sieben oder acht – auf den Knien flache Rahmentrommeln. Völlig reglos saßen sie da, nur die Hände bewegten sich und klopften einen monotonen Rhythmus.

Edda lehnte sich an einen Felsvorsprung und kam sich vor wie in einer Theatervorführung. Die Szene, die gerade gespielt wurde, zeigte Hirten, die sich am Lagerfeuer wärmen – umhüllt vom Glanz einer geheimnisvoll schimmernden Aura.

Jemand löste sich aus der Kulisse und kam auf sie zu – eine Frau im karminroten Rock, der ihr bis über die Knöchel reichte. Aufmunternd lächelte sie Edda an. Mit einer Handbewegung lud sie Edda ein, sich in den Kreis zu setzen. Edda folgte der Aufforderung ohne Zögern, als wäre diese Begegnung etwas, worauf sie längst zielsicher zugesteuert war.

Die Gesichter in der Runde – ausschließlich weibliche Züge – wirkten irgendwie in sich gekehrt, fast schlafend, trotz der pochenden Handbewegungen. Der Aufschlag hörte sich wie ein Gong an, nur weicher, nicht so nachhallend, weniger gebieterisch. Und der Takt glich dem Pulsieren eines Herzens. Unvermittelt begann ihr Körper zu schaukeln, sich wiegend im Nachklang eines gefühlvollen Tanzes.

Die Frau im roten Rock reichte ihr eine Trommel. Vorsichtig klopfte Edda mit dem Zeigefinger auf das Fell und orientierte sich dabei am Rhythmus der anderen.

Plötzlich sah sie sich auf dem Rücken eines Pferdes inmitten von zahlreichen Reitern. Eine langgezogene Formation, galoppierend über weite Steppen, getrieben vom Schlag der Trommeln, vom Hufschlag der Pferde. Wenn das ein Traum war, dann hatte sie nur den Wunsch, nicht aufzuwachen, jedenfalls nicht so schnell.

Zuhause erzählte sie nichts davon. Das ging Victor nichts an. Das war ihr Bereich. Er hatte doch auch sein eigenes Gebiet. Tagsüber, wenn er in seinem Büro saß, da wusste sie doch auch nicht, womit er sich beschäftigte.

Als sie am nächsten Tag einen von Victors Texten tippte, tanzten trommelnde Frauen über die Buchstaben. Sie sah Core, die Frau im roten Rock, ihren federnden Gang und diesen Blick, so furchtlos, als gäbe es nichts in der Welt, was sie einschüchtern konnte.

Bereits eine Woche später ging Edda wieder zur Höhle. Verkohlte Holzstücke lagen herum. Kalt, trostlos. Auch die folgenden Wochen traf sie dort niemanden.

Eines Tages jedoch hörte sie wieder das Trommeln. Sie setzte sich in die Runde, bekam eine Trommel gereicht und machte mit, als gehörte sie schon von jeher dazu. Core stimmte ein Lied an, dem sich alle anschlossen, dann zeigte sie die Schrittfolge eines Tanzes, und unversehens bildete sich ein Kreis singender, tanzender Frauen, die knöchellangen Röcke über die Waden gehoben – farbenfrohe Stoffbahnen, die im Takt der Schritte wippten.

Edda reihte sich ein und genoss ihren Atem, der freier floss.

Später lagerten sie am Feuer und reichten Teller mit Tomaten, Käse und Früchten herum. Edda hätte gerne Fragen gestellt: Ob diese Treffen einen bestimmten Anlass hätten und wann sie wieder zusammenkämen? Aber sie wollte nicht aufdringlich erscheinen.

Beim Abschied sagte Core zu ihr: "Bis zum nächsten Mal, Edda. Zur Herbsttagundnachtgleiche am 21. September."

Edda traf sich nun regelmäßig mit den Frauen, feierte und trommelte mit ihnen. Freute sich schon lange vorher auf das Wiedersehen, vor allem freute sie sich auf Core.

Core teilte gern ihr Wissen mit anderen. Beiläufig über die Schulter geworfen, nannte sie die Namen von Pflanzen und ihre Heilkraft: *Spitzwegerich* und *Schafgabe* bei Insektenstichen, *Schöllkraut* gegen Warzen, *Beinwell* bei Knochenbrüchen. Die Pflanzen wüssten, wo sie gebraucht werden, sagte sie, und eroberten sich die Brachhalden in den Städten. Sie empfahl Edda *Sonnentau,* eine der wenigen fleischfressenden Pflanzen Mitteleuropas, als Tee für die Bronchien.

Und welch feines Gehör Core hatte. Das verblüffte Edda am meisten. Der Regenruf des Buchfinken, der Abendgesang von Rotkehlchen und Mönchsgrasmücke, die kleine Terz von Kohlmeise und Zilpzalp.

Die Sänger beim Namen zu kennen, wurde Edda wichtig. Als stellte das Erkennen eine besondere Beziehung her – eine Vertrautheit, die wie jedes Vertrauen gut tat. Auch das war Zugehörigkeit. Und Wiedergutmachung. Wiedergutmachung? Wofür? Für den Verlust von Chimo? Oder den Verrat an ihm? Oder beides? *Absurdo,* würde Victor dazu sagen.

Als sie nachts neben ihm lag, überlegte sie, ob sie ihn nicht doch von den Frauen erzählen sollte. Wen hatte sie denn sonst, mit dem sie ihre Erlebnisse teilen konnte? Aber dann dachte sie an seine Unberechenbarkeit, seinen Jähzorn, wenn ihm etwas nicht passte. Es war nicht auszuschließen, dass er ihr verbieten würde, zur Bärenhöhle zu gehen.

Sie besorgte sich Bücher aus der Bibliothek: *Die Vogelwelt Mitteleuropas* und dazu Kassetten. Langsam lernte sie, die Vogelstimmen zu unterscheiden. Am einfachsten war es noch, wenn ein bestimmter Rhythmus die Lautfolge charakterisierte. Aber manchmal glichen sich die Melodien und konnten nur durch die Tonlage auseinandergehalten werden.

Einmal sprach Core davon, dass in allem ein göttlicher Funke lebe: in jeder Blume, in jedem Käfer.

Später schrieb sich Edda den Satz in ihr Notizbuch, und legte es in ihr Wäschefach ganz nach hinten. Das kam ihr zwar albern vor, weil Victor sich ohnehin nicht dafür interessierte, was sie machte. Doch lag darin etwas Lustvolles, als hätte sie einem unerlaubten Bedürfnis freien Lauf gelassen. Unvermittelt musste sie lachen: Ihr göttlicher Funke versteckt im hintersten Winkel eines Wäscheschranks.

Anpassung

Am Anfang ihrer Ehe hatte Edda ihren Mann häufig zu Vorträgen und Kongressen begleitet. Im Laufe der Jahre jedoch immer seltener, dann kaum noch.

Heute aber wollte sie seinen Vortrag in München hören – *Das Aussterben der Höhlenbären* interessierte sie.

Der Hörsaal erinnerte sie an ein altgriechisches Theater – im Halbkreis aufsteigende Reihen, die letzte so schien es, erreichte fast die Decke. Obwohl die Bänke bis zur Mitte hinauf gut besetzt waren, kam ihr der Saal leer vor. Sie drängelte sich an einem Pulk junger Leute vorbei, hatte einen Platz im Blick, nicht zu weit vorne, mittendrin in der Menge, und setzte sich.

Sie freute sich darauf, ihn sprechen zu hören. Trotz oder vielleicht gerade wegen seines leichten spanischen Akzents konnte er in der Regel seine Zuhörer mühelos für sich einnehmen. Doch sein wichtigstes Berufskapital, davon war sie überzeugt, bestand in seinem unerschütterlichen Glauben an die Wichtigkeit seiner Fragen, vor allem glaubte er an sich selbst.

„Meine Damen und Herren, was vor 200 Jahren noch als verabscheuungswürdige Ketzerei galt“, begann Victor den Vortrag, „ist heute ein simpler Gemeinplatz: survival of the fittest. Diejenigen Lebewesen haben die besseren Überlebenschancen, die auch besser an die Bedingungen der Umwelt angepasst sind.“ Er ließ seinen Blick über die Zuhörer schweifen.

„Nehmen wir zum Beispiel die Birkenspanner, eine überall in Europa vorkommende Schmetterlingsart mit weißen Flügeln. In Ruhestellung können sie auf den Birken kaum entdeckt werden. Als die Birkenrinden infolge der Industrialisierung verschmutzten, entgingen nur die zufällig weniger weißen Exemplare den Fressfeinden und vermehrten sich. Bis es nur noch Birkenfalter im verschmutzten Grau der Industrielandschaft gab."

Überleben um den Preis der Schönheit? Edda wurde unruhig auf ihrem Sitz. Hatte er kein anderes Beispiel?

Er berichtete dann voll Begeisterung über Bären, die sich im Verlauf ihrer Evolution immer perfekter auf die Umgebung abgestimmt haben und dabei auch noch mit ihren Kräften so gut haushalten konnten. Eine ganze Liste von Fähigkeiten zählte er auf.

„Eine verblüffende Leistung, wenn man bedenkt, dass Zielorientierung in der Natur nicht vorkommt, dass Veränderungen allein auf zufälligen Mutationen basieren."

In einer Gruppe am Fenster, wahrscheinlich Studenten, kam Unruhe auf, legte sich jedoch schnell wieder, gleich einem plötzlichen Windstoß. Auch Edda fand Victors Satz merkwürdig. Warum spricht er von Leistung, wenn Anpassung auf Zufall beruht? Weiter dachte sie jedoch nicht darüber nach.

Victor zeigte Diapositive der Kieferveränderungen – Gebissstudien der Entwicklung von Allesfressern zu Pflanzenfressern – eindeutiger Beweis für die Abspaltung der Höhlenbären von den Braunbären.

Eddas Gedanken wanderten zu den Einkäufen für den nächsten Tag. Das mediterrane Kochstudio im Bahnhofsviertel fiel ihr ein. Es bot auch Kurse für vegetarische Küche an. Sie könnte morgen einmal hingehen.

Victor schob das Bild einer prähistorischen Felsmalerei in den Projektor.

Die ockerfarbene Strichzeichnung des Höhlenbären entzückte sie – ein übermütiges Wesen, voll Lebenskraft und Lebenslust, die Schnauze neugierig in die Luft gereckt. Der

Kopf hätte auch der eines Hundes sein können. Von einer Rasse, die kleine, runde Ohren hatte.

„Während die anderen großen Pflanzenfresser der Eiszeit, Mammut und Wisent, sich mit den kargen Gräsern der arktischen Steppen begnügten und den Jahreszeiten hinterher zogen, um satt zu werden, verschliefen die Höhlenbären den Winter einfach."

Akribisch beschrieb er die Schlafhöhlen mit ihren Hallen und Gängen, mit ihren Kalksinterablagerungen–Höhlen, die sich bevorzugt im Grenzgebiet zwischen Wald- und Felsregion finden ließen, genau dort also, wo die Frühjahrsvegetation Lichtnelken und Glockenblumen bereitstellt.

Warum sind sie ausgestorben? Einfach verschwunden?

Ein Stich schmerzte in ihrem linken Lungenflügel, als würde sich ein Gegenstand durch zu enge Adern zwängen. Sie atmete ganz vorsichtig.

Victor kam ihr auf einmal fremd vor – die Falten in seinen Mundwinkeln, die Silberfäden in seinen üppigen schwarzen Haaren, die dunklen Schatten um seine Augen, die Kälte in seinem glatten, fast femininen Gesicht.

Warum sind sie ausgestorben? Wie Chimo einfach verschwunden.

Es war jetzt mehr Ruhe in diesem spartanischen Hörsaal. Auch in der Studentengruppe am Fenster hatte das Tuscheln aufgehört.

Er belehrte seine Zuhörer, dass sich innerhalb der letzten Eiszeit, die etwa hunderttausend Jahre vorhielt, Kalt- und Warmphasen unterscheiden ließen. In der bisher letzten Kälteperiode vor fünfunddreißigtausend Jahren, mit ihren kurzen Sommern, wurde die Zeitspanne, sich ein Fettpolster für den langen Schlaf anzufressen, den mächtigen Kolossen der Höhlenbären zu knapp. Viele verhungerten im Winterschlaf. Immer weniger kamen im Frühjahr aus den Höhlen hervor. Schließlich keiner mehr. Sechstausend Jahre fehlten bis zur nächsten rettenden Warmzeit.

Victor schob seine Blätter zusammen.

„Das ‚survival of the fittest' ist von schillernder Vieldeutigkeit", fasste er abschließend zusammen. „Es lässt sich nicht vorhersagen, welche Eigenschaften im Ernstfall das Überleben wirklich sichern. Wenn Klimakatastrophen hereinbrechen, haben diejenigen Arten, die nicht allzu sehr an die gerade bestehenden Umweltbedingungen angepasst sind, die besseren Aussichten, zu überleben. Je schneller sich eine Art spezialisiert, umso gefährdeter ist ihr Bestand."

Er bedankte sich für das Zuhören und lächelte freundlich die Beifall klatschenden Hände an. Dann stellte er sich den Fragen des Publikums.

Mit fahrigen Bewegungen fuhr er sich immer häufiger durch die Haare. Edda überlegte, ob sie sich einmischen sollte, mit einem Beitrag, der ihn unterstützte. Aber etwas in ihr weigerte sich, das übliche Anerkennungsritual aufzuführen. Die Fragen des Publikums unterschieden sich nicht von ihren eigenen.

„Warum spezialisierten sich die Höhlenbären auf Pflanzennahrung, warum blieben sie nicht Allesfresser?"

„Hatten die Höhlenbären denn keinen Instinkt, der ihnen sagte, wann sie aufwachen mussten?"

„Können Tiere denken?"

Auf der Heimfahrt erkundigte sich Victor, ob ihr der Vortrag gefallen habe.

Schlaf ist ein schöner Tod, dachte sie und laut sagte sie:

„Merkwürdig, was durch Zufall alles zustande kommen soll."

„Kannst du dich ein bisschen genauer ausdrücken."

„Dann könnte ja auch ein Haus durch zufällige, richtungslose Steinwürfe entstehen."

„Absurdo", entschied Victor und redete auf der restlichen Fahrt kein Wort mehr. Doch ihr Impuls, ihn zu besänftigen, war so schwach, dass sie es vorzog, ebenfalls zu schweigen.

Je schneller sich eine Art anpasst, um so gefährdeter ist ihr Bestand.

Der Satz schwirrte durch ihren Kopf, ungebeten und hartnäckig, wie ein lästiges Insekt. Wie viel Anpassung war notwendig, um nicht ausgelöscht zu werden von den Kräften der Umwelt, und andererseits, wie viel Eigenes musste bewahrt werden, um sich nicht zu verlieren? Sie stellte sich vor, auf einem schmalen Grat zu balancieren. Jedes zuviel brachte den Absturz. Auf der einen Seite in die Leere der Bedeutungslosigkeit, auf der anderen Seite in die Erstarrung – Eigenheit, die sich nicht beugt und deshalb in den Stürmen des Lebens zerbrochen wird.

Während sie sonst seine Texte abgeschrieben hatte, ohne sich sonderlich für den Inhalt zu interessieren, dachte sie nun darüber nach.

Die natürliche Selektion fördert alles, was dem Individuum hilft, die besten Eigenschaften auf die Nachfahren zu übertragen.

Aber warum half die natürliche Selektion nicht allen Individuen in gleicher Weise? Denn nur jene, die überlebten, konnten ihre Eigenschaften an Nachfahren weitergeben. Waren diejenigen, die überlebten, zugleich auch die besten? Vielleicht sollte sie mit Victor darüber reden. Doch sie verwarf die Idee sofort wieder, sah ihn vor sich, wie er mit spöttisch nach oben gezogenen Augenbrauen lächelte oder mit einem *absurdo* murmelnd den Raum verließ.

Core hatte von einem göttlichen Funken gesprochen. Das kam ihr plausibler vor als Victors Selektionstheorie, nicht so erbarmungslos.

Da sie nun mehr Zeit zum Abschreiben seiner Manuskripte und Tonbänder brauchte, kam es immer häufiger vor, dass sie einen Abgabetermin nicht einhalten konnte. Davon sagte sie Victor nichts und handelte mit dem Verlag einen Aufschub aus.

Eine Zeit der Distanz

„Was ist dir an der Bärenhöhle so wichtig?", fragte Victor bei einem Abendessen.

„Ich fühle mich einfach wohl dort." Instinktiv spürte sie eine Gefahr. Später machte sie sich Vorwürfe, nicht mehr darauf geachtet zu haben. Es war seine Neugier, die ihr schmeichelte und sie unvorsichtig werden ließ.

„So, du fühlst dich wohl dort?"

„Ja." Sie erlag der Versuchung und erzählte von den Frauen und von ihren Feiern an bestimmten Tagen des Jahres.

„Was für Tage?"

„Den Beginn der Jahreszeiten, den 21.Juni und den 21.Dezember."

„Ach. Sonnwendfeiern? Wie anno dazumal in eurem Tausendjährigen Reich? Und was feiert ihr da?"

Sie überhörte seine Anspielung: „Es geht uns um die Würde, die in allen Dingen ist. In Tieren, in Pflanzen ..."

„Würde?" Er verzog das Gesicht zu einer Grimasse.

„Ja", beharrte sie. „In allen Dingen lebt etwas Einzigartiges – ein göttlicher Funke ..."

Victor unterbrach sie mit spöttischem Gelächter. „Warum gründet ihr nicht gleich eine neue Religionsgemeinschaft? Es gibt nichts Besseres, um sich wichtig zu fühlen."

Religionsgemeinschaft. In diesem Augenblick hasste sie seine Ironie.

„Deine Wissenschaft ist auch nichts weiter als eine Religion. Eine ziemlich trostlose. Ohne Schönheit, ohne Moral, ohne tieferen Sinn. Immer nur Arterhaltung, Fortpflanzung, Instinkte, Triebe."

Erschrocken über ihre Heftigkeit brach sie ab. Was würde jetzt passieren? Hatte sie einen von Victors Wutanfällen heraufbeschworen? Um ihn zu beschwichtigen, fügte sie leise hinzu: „Es muss noch mehr geben." Dabei schaute sie ihn mit großen Augen an, wollte selbst ein Beispiel für Würde und Ernst sein.

Die Verwunderung in Victors Gesicht erfüllte sie mit Genugtuung. Etwas von ihren Worten musste ihn erreicht haben. Kopfschüttelnd stand er auf und verließ den Raum.

Ein paar Tage danach brachte Victor einen Kollegen mit nach Hause. Er stellte sie vor:

„Meine Frau Edda. Sie liebt es, Sonnwendrituale zu feiern. Da tanzen alle ums Feuer und singen: heya, heya, hey." Die beiden Männer schlugen sich prustend vor Vergnügen auf die Schultern.

Für den Moment gelang es ihr, höflich zu lächeln. Sie müsse noch etwas schreiben, entschuldigte sie sich und zog sich zurück. Mit nervösen Händen schaltete sie die elektrische Schreibmaschine ein. Das Gerät reagierte nicht. Nachdem all ihre Bemühungen nichts halfen, informierte sie Victor.

Er schrie sie an. „Que idiota. Seit Wochen wartet der Verlag. Und du, du sitzt da, starrst den halben Tag in den Himmel oder triffst dich mit halbverrückten Weibern."

So hatte er sie noch nie angeschrieen, noch dazu vor einem Fremden. Sie warf den Kopf in den Nacken und verließ den Raum. Draußen fing sie zu rennen an. Als wollte sie fliehen. Sie lief an Brachland vorbei, stolperte über aufgeweichtes Zeitungspapier, rutschte auf einer braunschwarzen Nacktschnecke aus. Unten am Fluss wurde sie langsamer. Als sie sich beruhigt hatte, kehrte sie um.

Victor war weg. Der Kleiderschrank stand offen, leere Bügel schaukelten vor sich hin, der Hemdenstapel war auseinander gerissen, es fehlte ein Koffer.

Die ganze Nacht blieben ihre Augen auf das Telefon gerichtet. Victor meldete sich erst am Morgen. Er wolle vorübergehend bei einem Freund wohnen.

„Wir brauchen Abstand ... eine Zeit der Distanz ... sonst verstricken wir uns noch mehr.“

Er kommt wieder. Er kommt wieder. Unablässig, wie eine Gebetsmühle, plapperte sie den Satz vor sich hin. Alleine kommt er nie zurecht. Nie und nimmer.

Alles, was sie je an Victor gestört hatte, war ausgelöscht. Nur der Verlust brannte. Als wäre ein Teil von ihr amputiert worden, ein ziemlich großer Teil. Einfach weggeschnitten.

Sie wartete, tat nichts anderes, als ein Zeichen herbeizusehnen, das ihr seine Rückkehr ankündigte – das Klingeln des Telefons, das Schrillen der Türglocke, das Geräusch des Schlüssels, der sich im Schloss dreht. Er kommt wieder, ganz sicher kommt er wieder.

Die Zeit verschwamm hinter trübgrauen Nebelschwaden. Wenn sie morgens aufwachte, erkannte sie nur langsam den Raum als ihr Schlafzimmer. Sie konnte sich Zeit lassen, es waren ja doch nur die immer gleichen Handgriffe: den Wasserkessel auf die Herdplatte setzen, mit dem Pfefferminzaroma der Zahnpasta den schalen Geschmack aus dem Mund bürsten, kaltes Wasser ins Gesicht, in die Augen ...

Victor bei guter Laune halten – das erübrigte sich nun.

Allmählich wurde ihr klar, dass sie etwas unternehmen musste. Am liebsten laufen, nur noch laufen. Solange laufen, bis sie ganz leer sein würde, bis sie nichts mehr spürte.

Weil sie sich nicht traute, alleine loszuziehen, nahm sie an einer vom örtlichen Kneippverein organisierten Wochenendwanderung in die Berge teil. Doch die Aufregung ließ sich nicht betäuben, es gelang ihr nur mit Mühe, sich auf ihre Schritte zu konzentrieren. Sie blieb weit hinter den anderen zurück, zog sich ihren Unwillen zu, da die Gruppe ständig warten musste, bis sie nachkam. Abends saß sie teilnahmslos in der Runde, während sich die anderen unterhielten und über Witze lachten.

Am Sonntagnachmittag kam das Unwetter.

Lange vorher schon hatte es in der Ferne gegrollt. Als der Donner näher rückte, zögerte der Wanderführer einen Moment:

„In den Bergen weiß man nie, wo das Gewitter herunterkommt, oft ganz woanders, als man denkt“, meinte er und marschierte weiter.

Sie sahen das Ende des Grats schon vor sich, als Blitze zuckten und ein Wolkenbruch niederging. Keine Spur mehr von Weg. Zwischen den Latschen bildete sich ein Rinnsal, dem sie folgten. Nur fort vom Grat, den die Blitze wie gnadenlose Racheengel nach einem Opfer absuchten.

Edda hatte keine Angst. Im Gegenteil: Etwas jubelte in ihr, freute sich über das Schauspiel – über die Blitze, die vorbeizielten, über das Krachen aus den Wolken, über das Tosen des Windes.

Während sie über Geröllfelder und schmale Wiesenpfade ins Tal abstiegen, dachte sie nicht einen Augenblick an Victor.

Beim Abschied hatte jeder den anderen umarmt.

Erwartungsvoll kam sie heim.

Auf ihrem Anrufbeantworter blinkte keine neue Nachricht. Deutlicher konnte kein Zeichen sein. Nutzloser als ein Käfer. Sie starrte auf die Wand hinter dem Telelfontisch, dann auf die Hausfassade gegenüber. Überall Wände und Mauern.

Der Zettel mit der Nummer, die Victor ihr gegeben hatte, lag neben dem Telefon.

„Es tut mir Leid“, sagte der Mann am anderen Ende der Leitung. „Victor ist nicht mehr hier.“ Warum klang seine Stimme so verlegen? Den Kampf ihrer Gefühle ignorierend, informierte sie sich, wo sie ihn erreichen könne.

Dort meldete sich eine Frau mit mädchenhafter Stimme.
„Schatz“, rief die Mädchenstimme, „Anruf für dich“.
Edda legte auf.

Die Dellentheorie

Vor dem Fenster lärmten Vögel. Unter den Stimmen der Meisen, Finken und Amseln wiederholte sich ein fremder Laut. Ein kurzes Keckern, weithin vernehmbar. Dann wieder ratterte es wie die Holzratschen, die in der Karwoche die Kirchenglocken ersetzten. Es konnte auch ganz hell klingen. Wie ein Hämmern auf Metall. Oder es hallte wie Gelächter. Dann wieder kam es ihr vor wie Wehklagen. Ein Vogel, der verwirrt im Käfig flattert.

Sie lag auf dem Bett und wartete, von irgendwoher Kraft zu bekommen. Etwas, das sie herauszog aus der lähmenden Müdigkeit. Etwas, wie die Frühlingssonne, die den Saft hochsteigen ließ in den Bäumen. Irgend einen äußeren Anstoß, aufzustehen. War das der Sinn von Beziehungen? Lebensmotiv für den anderen zu sein?

Wie sehr der Verlust schmerzte. Wiederaufführung eines Dramas, das sich in ihrem Körper eingebrannt hatte – die Angst des alleingelassenen Kindes, das nicht wusste, wie es ohne elterlichen Schutz überleben würde.

Sie rief eine Freundin aus dem Kreis der Trommlerinnen an. Schlug einen gemeinsamen Ausflug vor.

„Geht leider nicht", sagte Luna. Auch die anderen Frauen lehnten ab. Alle auf ihrer Telefonliste. Merkte denn niemand, wie es ihr ging? Doch, eine war dabei. Core hatte zwar auch keine Lust auf einen Ausflug, aber immerhin verabredeten sie sich zu einer Tasse Kaffee oder Tee.

Verschämt, als müsste sie ein Vergehen eingestehen, berichtete Edda von Victors Weggehen.

„Kennst du die Dellentheorie?", fragte Core nach einer Weile.

„Nein."

„Alles, was lebt, strebt nach Vollkommenheit."

„Was soll das sein? Vollkommenheit?"

„Zum Beispiel eine Kugel. Jeder Punkt auf ihrer Oberfläche ist vom Mittelpunkt gleich weit entfernt." Core nippte vorsichtig an der heißen Teetasse, bevor sie weitersprach.

„Die Erde ist eine Kugel, alle Planeten sind Kugeln. Alle Körper, die sich im Kosmos bewegen, sind Kugeln oder werden im Laufe ihrer Entwicklung dazu. Sie drehen sich um ihr eigenes Zentrum, und zugleich umlaufen sie auf kreisförmigen Bahnen die anderen Körper."

„Victor kreist nur um sich selbst."

Core zog die Augenbrauen hoch und lächelte mitleidig – jedenfalls kam es Edda so vor. Obwohl sie am liebsten aufgestanden wäre, lächelte sie ebenfalls.

„Es gibt ein grundsätzliches Menschheitsproblem", sagte Core. „Die meisten Menschen benützen einander als Dellenfüllmaterial."

Nicht ganz bei der Sache hörte Edda zu. Wie sich chaotische Menschen magisch zu Strukturfetischisten hingezogen fühlten oder schüchterne Einzelgänger zu hemmungslosen Selbstdarstellern, wie sie sich an jemanden klammerten, der die Eigenschaften besaß, die sie gerne hätten, anstatt ihr eigenes Potential zu entwickeln. Aber solche Beziehungen hielten nicht lange. Geliehene Vollkommenheit mochte besser sein als gar keine, aber nicht auf Dauer.

Mit weisem, dem gewöhnlichen Leben entrückten Lächeln erklärte Core die Dellentheorie.

„Wir drehen uns immer schneller und schneller. Der Kitt wird brüchiger durch den Schwung und dann kracht es irgendwann einmal – wumm – und die Teile fliegen auseinander. Das tut weh. Aber auf unserem Planeten scheint sich vieles nur unter Schmerzen zu entwickeln."

Die Theorie verwirrte Edda. Es war doch nichts Neues, diese Anziehung von Gegensätzen. Und was sollte das sein, Vollkommenheit? Der Tanz makelloser Himmelskörper? Was hatte das mit ihr zu tun und überhaupt mit all den irdischen Wesen auf dem Planten Erde? Für Victor war Vollkommenheit *survival of the fittes*. Das mochte stimmen oder auch nicht, jedenfalls konnte sie sich darunter etwas vorstellen.

Der Ärger, der sich in ihr anstaute, ließ sie wie ein trotziges Kind herausplatzen:

„Wenn sich die Menschen nicht mehr brauchen, dann gibt es keine Liebe mehr."

„Und wenn schon. Um diese Liebe lohnt es sich nicht zu trauern. Das ist keine Liebe, das ist Abhängigkeit."

Nach diesem Gespräch träumte Edda wieder einmal von der Bärin.

Hoch aufgerichtet saß die machtvolle Gestalt in einer Höhle und bewegte die feingliedrigen schwarzen Tatzen in der Luft, als fischte sie etwas. Ihr Blick ging nach draußen, in weite Ferne. Sie schien Edda nicht wahrzunehmen, obwohl Edda in ihrer Blickrichtung stand. Ohne die Augen von ihren fernen Objekten abzuwenden, fragte die Bärin nach einer Weile:

„Was willst du?"

„Ich suche Vollkommenheit."

Die Bärin fischte weiter nach Luftfischen und schaute in die Weite.

„Es gibt keinen Weg dahin", sagte sie schließlich. „Es gibt nur eine Richtung. Geh nach Norden, immer geradeaus. Lass dich nicht abbringen durch Hindernisse. Umgehe sie. Aber halte die Richtung nach Norden."

Als Kind hatte Edda einen Zauber erfunden: Sie brauchte nur an das Bärentier zu denken, sogleich erschien es und fragte, was ihr fehle. Manchmal konnte es ihr helfen, sodass sie den Stoffhasen wiederfand, den sie zuvor tagelang verzweifelt gesucht hatte, oder sie wurde beim Versteckspielen zuletzt entdeckt. Später versiegte diese Zauberfähigkeit. Die Bärin tauchte nur noch hin und wieder in ihren Träumen auf – meist vor Prüfungen oder vor Reisen – dann wusste sie, dass ihr Vorhaben gelingen würde.

Eine Reise? Ja. Alleine. Ohne Begleitung. Niemanden neben sich, der einem die Dellen ausfüllt und auch niemanden, dem sie sich als Füllmaterial zur Verfügung stellen konnte. Sich mit nichts und niemandem verbinden, denn wer nicht verbunden ist, kann nicht getrennt werden. Gleiches mit Gleichem heilen. Das hatte schon einmal geklappt: ihre Angst vor Hunden geheilt mit einem Hund. Warum sollte das jetzt nicht auch funktionieren? Einsamkeit als Therapie gegen den Schmerz des Verlassenseins. Richtung Norden, Richtung Arktis. Bärenland mit Tundren und Wäldern, die der Nordwind gelichtet hatte.

Ihr fiel ein, wie kläglich der Ausbruchsversuch nach Rom seinerzeit gescheitert war.

Edda schaute zu den Mauerseglern hinauf, die am Himmel mit ihren anfeuernden Pfiffen dahinschossen. Frei sein. Hinausgehen in die Welt. Keine Angst mehr haben, die einen dazu treibt, sich in den Schatten eines anderen zu stellen.

Sie nahm ihre Gewohnheit, durch Bibliotheken zu stromern, wieder auf. Asien oder Lateinamerika kamen nicht in Frage. Zu viele Menschen. Sie wollte nach Norden in die Menschenleere.

Lappland.

Unter den skandinavischen Reiseführern fand sie einen, der Wanderwege beschrieb mit Unterkunftshütten, die nicht zu weit auseinander lagen, so dass sie gut innerhalb eines Tages von einer zur nächsten gelangen konnte. Die gesamte *Nordkalotte* ließ sich so erkunden. Das Heft informierte zudem über Nahrungsmittel: ihrem Nährwert im Verhältnis zum Gewicht, über den täglichen Mindestbedarf. Ihr Rucksack sollte zusammen mit Zelt und Proviant nicht mehr als zwölf Kilo wiegen.

Vor dem Schlafengehen kippte sie wie gewohnt das Fenster. So konnte sie besser das rotbraune Eichkätzchen hören, das seit einiger Zeit im Jalousiekasten wohnte. Manchmal nachts, meist jedoch in den frühen Morgenstunden fing es an zu rumoren. Nicht sehr laut. Nicht lauter als ein sanfter Regen, der auf das Blechsims klopft. Wahrscheinlich putzt es sich. Wie eine Katze. Sie mochte das Rumoren des buschigen Nagers. Eine flüchtige Zärtlichkeit, ebenso kostbar, wie sie leicht ist. Nicht besitzergreifend. Nur ein leises Ich-bin-da. Manchmal klang im Jalousiekasten ein silberheller Glockenton auf.

Mit diesem Klang im Ohr erwachte sie am nächsten Morgen. Sie zog den Vorhang zur Seite und schaute mit vom Schlaf halbblinden Augen auf die ockerfarbene Wand des Hauses gegenüber.

Dort stand ein Fenster offen. Das Eichkätzchen verschwand in der fremden Wohnung, erschien wieder auf dem Sims, stürzte kopfüber die Hauswand hinunter, in hohen Sätzen über den Rasen, den Ahornbaum hinauf, blieb auf einem Ast aufrecht sitzen, rupfte geschäftig Rinde in langen Fäden ab, knüllte sie zusammen, schnürte sie zu einem Paket und steckte es in sein Mäulchen. Huschte den gleichen Weg zurück, die ockerfarbene Mauer hinauf, durch das Fenster in die Küche der unbekannten Person.

Das enttäuschte Edda.

Wusste das Tier denn nicht, was ein geeigneter Nistplatz ist? Eine Küche jedenfalls kaum. Wer weiß, wie viele Behausungen es noch hat, nicht nur meinen Jalousiekasten, dachte sie. Nistet sich ein, wo immer es ihm in den Sinn kommt und findet die Plätze dann nicht mehr. Genauso wenig wie die Nussvorräte.

Je schneller sich eine Art anpasst, um so gefährdeter ist ihr Bestand.

Voller Sarkasmus lachte sie auf. Sie hatte nur auf einen Nistplatz gesetzt, hatte sich auf die Fähigkeiten von anderen verlassen und ihre eigenen nur soweit zugelassen, wie sie dazu passten. Alles andere war verkümmert. Eichkätzchen sind schlau, sagte sie sich. Sie haben viele Plätze, wo sie zu Hause sind.

Noch am selben Vormittag erkundigte sich Edda am Bahnhof über Zugverbindungen nach Narvik und kaufte die Fahrkarten.

Der Traum vom schwarzen Hund

In der Nacht träumte Edda von zwei Hunden.

Einer der beiden, ein Hirtenhund mit strohfarbenem Zottelhaar und ergebenem Blick, ging ganz nah bei ihr. Der Weg führte zu militärischem Sperrgebiet. Eingezäunt von hohem Maschendrahtgitter standen Holzbaracken auf dem Militärgelände. Hinter dem Gitter rannte der andere Hund – ein nachtdunkles Tier, wolfsähnlich. Er rannte den Zaun entlang, wütend kläffend. Eine Stimme sagte: *Geh nicht so nah ran an den Schwarzen. Wenn du ihn herausforderst, tötet er dich.*

Was bedeutete der schwarze Hund? Alle möglichen Erlebnisse, die sie mit Hunden gehabt hatte, ließ sie sich durch den Kopf gehen. Aber ein schwarzer Hund kam darunter nicht vor. Der Hundebiss aus ihrer frühen Kindheit kam ihr in den Sinn. Doch der Beißer soll ein weißer Terrier gewesen sei, ein Westie, einer der durch die Werbung für eine Whiskymarke in Mode gekommen war. Kein Wolfshund. Und der streitsüchtige Kläffer aus der Waldemarstraße war auch nicht schwarz gewesen. Und auch kein Wolfshund.

Wenn du ihn herausforderst, tötet er dich.

Hatte der Traum etwas mit ihrer Reise zu tun? Sie schüttelte heftig den Kopf, um den Gedanken loszuwerden, dachte an den anderen Traum – den Bärentraum, den Trostraum, der ihr Mut gemacht hatte. *Geh nach Norden.*

Den ganzen Tag räumte sie umher, wollte die Wohnung so herrichten, als sollte ein seltener Gast empfangen werden. Zur eigenen Begrüßung, wenn sie von der Nordlandfahrt zurückkehrte. Während sie Bücher ins Regal stellte, die Maschine mit Wäsche füllte, das Bad putzte, rannte in ihrem Kopf der schwarze Hund wütend kläffend am Zaun entlang. So oft sie auch versuchte, ihn zu verscheuen, immer wieder tauchte er auf, besetzte hartnäckig ihre Gedanken.

Im Verlauf ihres Romanistikstudiums hatte sie Vorlesungen über Mythen gehört. Da war ein Vogel auch nicht einfach nur ein Vogel, ein Bär nicht einfach nur ein Bär. Da glitt Horos, der ägyptische Falke, mit den Strahlen der aufgehenden Sonne über das Land. Und Minerva, die Eule der Dämmerung, wusste mehr als der Morgen. Wohin gehörte der schwarze Wolfshund? Zum Himmel bestimmt nicht, sagte sie sich, schwarz wie er war, schwarz wie die Nacht. Wölfe heulen nachts den Mond an.

Edda holte den Staubsauger aus dem Schrank. Die Verwahrlosung, die sich seit Victors Auszug ausgebreitet hatte, vom Boden saugen, von den Fenstern putzen, von den Möbeln wischen. Victor war einfach weggegangen – wie ein x-beliebiger Besucher. Als hätten die Jahre ihres Zusammenlebens kein Gewicht. Sie riss an der Schnurr des Staubsaugers, die sich an einer Sofakante verheddert hatte und räumte das Gerät weg. Dann kletterte sie auf die Leiter, um an Victors Sammlung katalanischer Cantirs heranzukommen. Oben auf dem letzten Bord standen sie ganz eingeschneit vom Staub der vergangenen Wochen. Behutsam fuhr sie mit dem Lappen über die dicken Bäuche dieser Wassergefäße aus schwarzgebrannter Tonerde und reihte sie in gleichmäßigen Abständen nebeneinander. Dabei schluckte sie den bitteren Geschmack hinunter, der ihren Mund austrocknete. Mit einer unbedachten Bewegung stieß sie an einen der Krüge. Das Klirren und dann die am Boden verteilten Bruchstücke lösten etwas in ihr – den Kloß mit dem bitteren Beigeschmack. Kichernd begann sie, ein Gefäß nach dem anderen hinunterzuwerfen. Schwer atmend machte sie sich daran, den Scherbenhaufen zusammenzukehren.

Es wird Zeit, dass ich damit aufhöre, sagte sie sich. Irgendetwas musste das Leben für sie doch noch bereithalten. So wie es bisher gelaufen war, das konnte nicht alles gewesen sein.

Noch einen Tag, dann ging es los. Dann würde sie in den Zug nach Kopenhagen steigen und weiter über Stockholm nach Kiruna. Von dort mit dem Bus nach Narvik und schließlich Indre Troms. Abfahrt zweiundzwanzig Uhr zwanzig. Sie nahm sich vor, mindestens eine Stunde vorher aus dem Haus zu gehen. Wie klangvoll sich die Namen anhörten: Kiruna, Narvik. So verheißungsvoll.

Am nächsten Tag erledigte sie letzte Reisevorbereitungen. Kaufte am Markt Parmesankäse am Stück, der laut Auskunft der Verkäuferin weniger schnell als andere Käsesorten verdarb. Der Frau nebenan, die ihre Post aus dem Briefkasten holen und die Blumen gießen sollte, übergab sie die Wohnungsschlüssel, die Trommlerinnen informierte sie telefonisch über ihre längere Abwesenheit, an Victors Adresse im Institut schickte sie einen Brief. Ihr Schreiben endete mit dem Wunsch, nach ihrer Rückkehr grundsätzliche Dinge zu besprechen. Was das sein sollte, davon hatte sie zwar noch keine Vorstellung, aber nach ihrer Reise würde sie es wissen. Jedenfalls war das auch eine ihrer Erwartungen an die Nordlandfahrt.

Was den Traum vom schwarzen Hund betraf, so hatte sie ihn endlich vergessen. Erst später merkte sie, dass sie ihn als letztes Gepäckstück doch mitgenommen hatte.

Teil II: Die Reise

Was erwartet uns, wenn wir alleine sind? ...
Was dort wartet, sind Erinnerungen: Erinnerungen,
die wie vertraute Fremde an unsere Tür klopfen.

STEVEN FORSTER, MEREDITH LITTLE,
School of Lost Borders

Verloren

Die Fahrt mit dem Zug dauerte nun schon eine Nacht, einen Tag und noch eine Nacht. Draußen dämmerte ein neuer Morgen herauf.

Mehrmals war sie umgestiegen. Wie oft wusste sie nicht mehr. Sie hing in einem merkwürdigen Zwischenraum, einem Bereich zwischen Wachen und Schlafen, mit verhaltenen Geräuschen, als wären alle Dinge weich verpackt. Es schien ihr immer das gleiche Abteil zu sein, das sich in unregelmäßigen Zyklen füllte und leerte. Dann wieder hörte sie die Musik, die leise aus dem Walkmann der Frau neben ihr ertönte, so intensiv, als würde das Orchester in ihrem Gehirn spielen. Einmal war in einer Kurve das Metall der Räder mit schrillem Kreischen den Schienen entlang geschleift. Der Blick auf die lichten Nadelwälder, die draußen vorbeiflogen, beruhigte sie wieder und für einen Moment glaubte sie, zwischen den Stämmen etwas zu sehen, das gleichsam mit ihr lief, sich mal entfernte, mal näher kam. Ein großes Tier mit dunklem Fell, das die Konturen eines Bären hatte.

Sie mochte das Reisen mit dem Zug lieber als das Fliegen. Ein Flugzeug war für sie ein Blechkasten, aus dem es kein Entrinnen gab. Immer noch litt sie beim Starten und Landen, oder wenn das Flugzeug unversehens in windigen Sphären zu sinken begann, unter einer krampfartigen Spannung in der Magengegend. Eine Serie von Schrecksekunden. Darüber konnte ihr selbst die aufmerksamste Flugbegleiterin nicht hinweghelfen. Am ehesten war Victor dazu in der Lage gewesen – die Wärme seiner Hände, die vertraute Stimme.

Dellenfüllmaterial, fiel ihr nun dazu ein. In diesem Fall Victor als Polster auf ihrer Flugangst. Sie räkelte sich auf ihrem

Sitz und streckte die Beine auf der gegenüberliegenden Reihe aus. Seit geraumer Zeit war sie alleine im Abteil.

Der Zug hielt in Kiruna. Endstation. Nur wenige Menschen stiegen aus, eilten zielstrebig davon, während sie auf dem Bahnsteig stand und nicht wusste, welche Richtung sie einschlagen sollte. Sie blinzelte in das gleißende Morgenlicht, sah am Horizont Berge mit glatter Oberfläche, die wie künstlich aufgeschüttete Deiche wirkten, sah unter dem Giebel des Stationsgebäudes eine Uhr, die auf sechs zeigte.

Auf einem Plakat im Warteraum lachte ihr ein Arbeiter mit gelbem Helm entgegen, die Hände am Steuer einer überdimensionalen Planierraupe. *Kiruna, Zentrum des schwedischen Eisenerzabbaus* stand darüber. Das Fenster des Fahrkartenschalters bedeckte eine dunkelgrüne Jalousie aus Plastik.

Niemand weit und breit, den sie fragen konnte, wo der Bus nach Narvik hielt.

Unschlüssig stiefelte sie die Straße hoch, kam an einem mächtigen Backsteingebäude vorbei – ein schweigendes Monument der Sachlichkeit, wahrscheinlich dem Ethos der Bergarbeitergewerkschaft verpflichtet, dachte sie flüchtig, stieß auf eine breite Fernstraße mit Hinweisschildern nach Narvik und Luleå und Ampeln, die über der leeren Straße blinkten und unruhig im Wind schaukelten. Gegenüber stand ein Bus mit laufendem Motor.

„Narvik?“, fragte sie den Chauffeur. Als er nickte, löste sie eine Fahrkarte, verstaute ihren Rucksack und setzte sich ganz nach hinten, um möglichst ungestört schlafen zu können. Die wenigen anderen Passagiere hatten alle in der Nähe des Fahrers ihre Plätze gewählt.

Birkenwälder zogen vorbei – keine Wälder im eigentlichen Sinn, eher ein mannshohes Gewirr von lichtgrünen Blättern und weißschimmernden Ästen und Stämmen. Manchmal machte das Gestrüpp weiten Flächen von Heiden und Mooren

Platz. Oder Seen, eingerahmt von Riedgras. Dann wieder Birkengestrüpp. Dazwischen vereinzelt Holzhäuser.

Sie konnte nicht schlafen. Vielleicht, weil sie jetzt ihrem Ziel so nah war.

Mitten im Birkenmeer ein asphaltierter Platz mit Supermarkt. Als einziger und letzter Fahrgast stieg sie aus. Sonntag, drei Uhr nachmittags. Kein Mensch ließ sich blicken. Sie schluckte. Nur Kinder erwarten, abgeholt zu werden, sagte sie sich. Mit energischem Schwung schulterte sie ihren Rucksack. Endlich gehen. Die Müdigkeit aus dem Körper schwitzen. Es war ihr egal, nur langsam voranzukommen. Sie wusste ja, hier oben, dreihundert Kilometer nördlich des Polarkreises, schwindet im Sommer das Tageslicht so gut wie gar nicht. Alle Zeit der Welt, um die Unterkunftshütte zu erreichen.

Der Weg stieg leicht an, schlängelte sich einen Bach entlang durch ein weites Hochtal mit karger Vegetation aus Zwergsträuchern. Außer den Büscheln der Heidelbeeren kannte sie keine der Pflanzen. Nur noch in windgeschützten Senken wagten sich Birken höher hinaus. Der Bach verschwand in einer üppigen Grasfläche, die sumpfigen Grund verbarg. Moorige Dämpfe stiegen daraus empor. Meterlange Bretter, schmale Laufstege sicherten den schwankenden Boden – eine scharfe Linie, die schier endlos dem Horizont zulief.

Welche Stille das Tal erfüllte. Beunruhigend, nicht friedlich. Eigentlich keine Stille, sondern Leere. Durch diese Leere hindurch trug der Wind jedes Geräusch meilenweit über das Land: Das Rauschen des Wasserfalls, dessen weiße Gischt sie im Schattendunkel einer fernen Bergfalte entdeckte, das Brummen eines Helikopters, nach dem sie Ausschau hielt und schließlich einen winzigen Punkt am Horizont entlang gleiten sah.

Fahles Licht lag über der Landschaft.

Die häufigen Wechsel der Wohnorte in ihrer Kindheit fielen ihr ein. Nirgends zu Hause sein, keine Menschen, die einen empfangen und fragen: wie ist es dir heute ergangen, was hast du erlebt?

Der Bach tauchte wieder auf. Ein feiner Dunstschleier schwebte über dem Wasser, so dass sie den Verlauf ein ganzes Stück weit sehen konnte. Der Nebel wurde dichter und dichter. Stück für Stück umhüllte er die Weidenbüsche, die den Wasserlauf säumten.

Es hatte keinen Sinn, weiter zu gehen. Sie setzte sich auf einen Stein und wischte sich über die Augen. Ausgesetzt, vor die Türe gesetzt, getrennt von allem Vertrauten. Irgendwie verloren gegangen, obwohl niemand nach ihr suchte.

Vielleicht hatte sie sich zu viel vorgenommen, vielleicht konnte sie das Alleinsein nicht aushalten? Wenn der Nebel sich lichtete, würde sie umkehren und zurück nach Kiruna fahren.

Ein leichter Windzug kam auf. Die Sonne erschien aufs Neue und schimmerte durch den Dunst der Wolkenbahnen als matter Heiligenschein.

Etwas Großes bewegte sich auf sie zu. Oh, mein Gott, sagte sie leise. Aus den in Watte gepackten Weidensträuchern rollte ihr ein leuchtendes Rad mit dunkler Mitte entgegen. Als das rollende Gebilde sich in eine menschliche Gestalt verwandelte, seufzte sie erleichtert – ein Erlöser aus ihrer Verlorenheit kam da auf sie zu.

Doch der Glanz verflüchtigte sich, als der Mann vor ihr stand. Auf dem Kopf eine Rundkappe, ausgebleicht bis auf wenige Stellen, die etwas von der ursprünglichen Farbe – ein erdfarbenes Gelb – bewahrt hatten. Darunter spross in langen, dünnen Fäden graues Haar hervor und bewegte sich sacht im Wind. Ein strenges Gesicht, in dem ihr die schmalen Lippen auffielen, die schweigsam, ja geradezu verschlossen wirkten.

In die Augen wollte sie ihm nicht schauen, eine allzu genaue Musterung erschien ihr unpassend, sie könnte missverständlich sein.

Um die Schultern trug er ein Tuch von ähnlicher Farbe wie die Kappe und darunter einen langen dunklen Mantel, der bis zu den Fußknöcheln reichte. Die Füße steckten in Lederstiefeln mit offensichtlich selbst gemachten Nähten und nach oben gebogener Spitze. Kategorie Vagabund, dachte sie.

Er hielt ihr die offene Hand hin. Dicke, korallenrote Beeren lagen darin. Das energische Wort, das er dazu sagte, verstand sie als Aufforderung, sich zu bedienen.

Sie zauderte, musste erst ihren Schrecken zurückdrängen, ihren Ekel. Mit seinen schmutzigen Händen hatte er die Beeren gepflückt, manche zerquetscht, sein Schweiß klebte sicher noch an den Früchten. Vielleicht waren die Beeren giftig? Oder eine Droge, so dass sie die Kontrolle über sich verlor? Vielleicht wollte er von ihr eine Gegenleistung? Er sollte ihr Misstrauen jedoch nicht merken. Sie hatte davon gehört, dass es Menschen gab, die in der Einsamkeit lebten, weil sie es mit anderen zusammen nicht aushielten. Jede Kleinigkeit empfanden solche Typen als Beleidigung und reizte sie. Wer weiß, wie er reagieren würde. In dieser gottverlassenen Gegend hatte er in jedem Fall die besseren Karten.

Mit spitzen Fingern nahm sie eine der Beeren, zerdrückte die Frucht vorsichtig am Gaumen. Wie süß sie schmeckte. Mit einer Note, für die sie kein Wort wusste.

„Danke!", sagte sie kurz. Der Fremde nickte grinsend, legte die restlichen Beeren auf einen Stein, offensichtlich als Geschenk für sie und ging weiter.

Sie sah ihm nach, bis er außer Sicht war. Ein Fallensteller und Jäger? Ein entlaufener Häftling? Ihre Gedanken fingen an, sich zu überschlagen. Weg von hier. So schnell wie möglich zurück zur Busstation.

Um sich zu verstecken, schlug sie sich nach links in das Birkengestrüpp. Links standen die Sträucher dichter und verdeckten sie besser. Sie zwängte sich durch das hellgrüne Dickicht, bog mit einem Arm die Zweige auseinander, mit dem anderen schützte sie Gesicht und Augen vor den zurückschnellenden Ästen.

Der Boden war sandig und trocken, wurde immer fester, das Buschwerk lockerte sich und gab breite Streifen frei, so dass sie bequem vorwärts kam. Ihre Wanderstiefel knirschten verräterisch laut, aber das ließ sich nicht vermeiden.

Wie so oft, beruhigte sie das Laufen.

Ein Piepsen drang an ihr Ohr. Vielleicht konnte sie heraushören, zu welcher Art der Vogel gehörte. Sie ahmte den Laut nach, um das fipsige Wesen anzulocken. Tatsächlich kam der Klagelaut langsam näher.

Es war kein Vogel. Es war ein Fuchs, der da über den Schotter schlich. Aus dem Fuchs wurde ein Rehkitz und – etwa zwanzig Schritte vor ihr – entpuppte sich das Tier als ein junges Renkalb. Vielleicht nur ein paar Tage alt, vielleicht auch schon mehrere Wochen. Was wusste sie schon über Rentiere.

Sie hörte nicht auf, das Kälbchen zu locken. Zögernd kam es näher, blieb knapp zwei Meter vor ihr stehen, blickte sie mit leicht geneigtem Kopf an, als würde das Lauschen auf den Klang ihrer Stimme es ganz in Anspruch nehmen. Mit gespreizten Beinen stand es da und rührte sich nicht. Ganz langsam bewegte sie sich auf das Tier zu, legte in ihre Stimme alles, was sie aufzubieten hatte an Wärme und Süße, bis sie so nahe kam, dass sie über das Fell streicheln konnte. Ein leichtes Zittern lief durch den Tierkörper, das war alles. Das Kälbchen ergriff nicht die Flucht. Behutsam nahm sie es hoch und spürte seine feuchte Zunge ihre Finger lecken.

Sie hätte singen können, tanzen vor Freude. Es gab Lebewesen, die sich zu ihr hingezogen fühlten.

Hatte sie etwas dabei, das dem kleinen Geschöpf schmecken würde? Nüsse, Haferflocken, Kartoffelpulver, Hirse, Parmesan – nichts, was ihr geeignet erschien. Wahrscheinlich trank es Milch. Aber wer schleppt schon Milch mit in die Tundra? Sie bettete sich das zitternde Geschöpf wie einen Säugling auf Arm und Schulter und hatte jetzt nichts weiter im

Sinn, als den kürzesten Weg zur Unterkunftshütte zu finden. Entschlossen kehrte sie um, zurück zum Weg am Wasserlauf.

An einem Hang äste eine Gruppe Rentiere. Vorsichtig stellte Edda ihren Schützling auf die Erde. Das Muttertier musste sein Kleines doch längst vermisst haben und froh sein, dass es ihm wiedergebracht wurde. Das kleine Ren machte ein paar hopsende Sprünge, hob den Kopf und stieß seinen Klageruf aus. Neugierig blickten die großen Rentiere herüber und eines näherte sich. Dann, als hätte sie etwas aufgeschreckt, galoppierten alle in wilder Panik davon. Edda begriff: Die Tiere hatten den Menschen gewittert und als Gefahr erkannt. Ihre Angst war stärker als der Instinkt, sich um den Nachwuchs zu kümmern.

Sollte sie sich Vorwürfe machen? Trotzig kickte sie einen Stein zur Seite. Im Gegenteil: Sie sah sich durch das Nordland wandern, neben sich ein Wesen, sanftäugig und leise, das nur ihr gehorcht und deshalb nur ihr gehört. Nicht mehr alleine sein. Nachts würde es bei ihr schlafen und wenn sie etwas erzählte, würde es zuhören. Zwei Verlorene, die sich gefunden hatten.

Sie nahm das Kitz wieder hoch und machte sich auf den Weiterweg.

Als ihre Nackenmuskeln zu schmerzen begannen, versuchte sie das zu ignorieren. Schließlich setzte sie das Kälbchen ab und entfernte sich ein wenig. Es schaute ihr nach und gab seinen Klagelaut von sich. Eine vertraute Traurigkeit schlich durch ihr Gemüt. Wenn sie jetzt das Tier alleine ließ, würde sie ihm das antun, worunter sie selbst litt. Sie hatte Chimo verraten, sie würde nicht noch einmal ein Tier verraten.

Aus ihrem Rucksack holte sie die Paketschnur, die sie als Wäscheleine eingepackt hatte und band sie dem Kälbchen um den Hals. Lockte unablässig: komm, komm! – eine Lautfolge, die vermutlich für alle Tiere passte. Gleichzeitig zog sie die Leine vorsichtig zu sich heran. Das Ren folgte mit staksigen

Beinen. Erst jetzt bemerkte sie, dass einer der hinteren Läufe steif war.

Sie fand den Stein am Bach mit den Beeren und war zufrieden mit sich, ja sogar ein bisschen stolz auf ihren Orientierungssinn.

Das kleine Rentier mochte die Früchte des Fremden.

Mittsommernacht

Die Sonne berührte bereits den Horizont, als sie die Fjällstation erreichten. Wie absichtslos hingewürfelt lagen die niedrigen rostroten Holzhäuser auf einer Lichtung. Weiße Fenster- und Türrahmen leuchteten weit in der beginnenden Dämmerung.

Vor einem der Häuser lümmelten fünf junge Burschen, kurz geschoren die Haare, Springerstiefel an den Füßen. Nacheinander hängten sie ihre Rucksäcke an einen Haken mit Messscheibe, groß wie eine Bahnhofsuhr. Je höher die Nadel hüpfte, umso lauter johlten sie: achtzehn, neunzehn, zweiundzwanzig Kilo.

Erst nachdem die Kerle im Haus verschwunden waren, kam Edda aus dem Birkenwald hervor. Ein hagerer Mann sprach sie an. Als er merkte, dass sie nichts verstand, ging er ins Englische über. Offenbar war sie in einem Land mit hohem Bildungsstand unterwegs. Jedenfalls hatte sie bisher noch niemanden getroffen, der nicht englisch konnte.

„Wo hast du das Rentier her?“, fragte er.

„Es ist mir zugelaufen“, antwortete sie ohne Lust, es genauer zu erklären.

„So was habe ich ja noch nie gehört.“ Der Mann schüttelte den Kopf. „Das Muttertier wird es nicht mehr annehmen. Dann hat das Kitz ein Problem. Ein Lux oder ein Vielfraß wird es sich holen. Am besten, du bringst es zu den Samen.“

Er streckte eine Hand nach dem Kälbchen aus. Doch das drehte den Kopf weg und schaute mit weit aufgerissenen Augen zu den Birken.

„Willst du hier schlafen?“, fragte der Mann, der sich als Hüttenwart vorstellte. Er deutete auf eines der Häuser – nein, nicht das mit den Kerlen – da wäre noch ein Schlafplatz, das

Ren könne sie drüben in dem Schuppen unterbringen. Dann erklärte er ihr, wo sich die Toiletten befänden, wo Trinkwasser zu holen sei, wo sie das Schmutzwasser wegschütten könne.

Edda brachte das Renkalb in den Bretterverschlag und hatte es nun eilig, sich schlafen zu legen.

So geräuschlos wie möglich betrat sie den Raum, um die anderen, die bereits schliefen, nicht zu stören. Schwere Decken, vor die Fenster geklemmt, verdunkelten die Kojen. Trotzdem war es so hell, dass sie das leere Bett ohne Mühe fand.

Die Luft stand stickig im Raum. Unruhig wälzte sie sich von einer Seite auf die andere, öffnete den Reißverschluss des Schlafsacks, streckte die Beine heraus. Die grobgewebte Wolldecke aus dem Bestand der Fjällstation kratzte auf der Haut, zudem roch sie merkwürdig – Schweiß gemischt mit Insektenschutzmittel vielleicht. Und die Geräusche der Schlafenden. Langsam schwollen sie an und rollten über sie hinweg. In diesem Schnieben und Schnorcheln ließ sich mit bestem Willen kein Rhythmus erkennen, der ihr geholfen hätte, einzuschlafen.

Sie starrte auf den schmalen Lichtstreifen, den ein Vorhang an einem der Fenster frei gab. Das also war die Mittsommernacht. Zwielichtig. Noch offen, unentschieden, wohin das Licht sich bewegen wird, ob zur Nacht hin oder zum Tag. In Bewegung, auf dem Weg wie sie selbst.

Am Anfang war die Nacht. Sie war ein Vogel mit schwarzem Gefieder.

Befruchtet vom Wind legte die Urnacht ihr silbernes Ei in den Riesenschoß der Dunkelheit. Aus dem Ei trat der Sohn des wehenden Windes, ein Gott mit leuchtenden Flügeln. Er brachte alles ans Licht, was im silbernen Ei verborgen lag.

Bei einer Aufführung des Studententheaters hatten sie diesen Vers aus einem griechischen Schöpfungsmythos im Chor gesprochen. Sie dachte gern daran zurück, mochte den

Pathos dieses Auftritts, und auch das Bild, das die Worte heraufbeschworen. Darin lag etwas Tröstliches – die Verheißung von Licht, das auf die Dunkelheit folgt. Aber welches Gesetz galt in diesem Land, in dem das Licht einen ganzen Sommer lang so gut wie nie verschwand?

Im Halbschlaf hörte sie das Rascheln von Plastiktüten, Flüstern, Zischeln, leise Stimmen. Sie zog sich den Schlafsack über das Gesicht. Als sie endlich die Augen öffnete, waren die anderen Doppelstockbetten leer. Erschrocken fuhr sie hoch, schlüpfte so schnell sie konnte in ihre Kleider und Stiefel, rannte nach draußen zu dem Schuppen, in dem sie das Rentier untergebracht hatte.

In der Tür blieb sie stehen. Drinnen war es so dunkel, dass sie zunächst nichts erkennen konnte. Nur vom Eingang hinter ihr fiel Licht auf einen rissigen Lehmboden und auf die gegenüberliegende Bretterwand. Allerlei Handwerkszeug lag herum – Sägen, Spaten, Schachteln mit Nägeln, Drahtrollen. Doch von einem Renkalb war nichts zu sehen.

Das Tier ist davongelaufen, dachte sie. Vielleicht hatte es seine Mutter gefunden. Auch wenn sie dann alleine weiter musste, war es so am besten. Sie hatte doch keine Ahnung, was Rentiere brauchen. Mit dieser Einsicht versuchte sie, ihr Herz zu beschwichtigen, das bereits an dem kleinen Geschöpf hing. Schließlich entdeckte sie es zusammengerollt in einer Ecke. Es hob den Kopf und gähnte sie an. Komm, komm, lockte sie schmeichelnd. Das Kälbchen stemmte sich hoch und kam zu ihr. Sie streichelte Staub und vertrocknete Grashalme aus seinem Fell.

Zur Fjällstation gehörte ein Laden. Die Regale standen dicht beieinander, bis an die niedrige Decke gefüllt mit Flaschen, Büchsen, Angelgerät, Gummistiefeln, Regenjacken, Isomatten, Wanderkarten. Alles durcheinander. Zwischen Gemüsedosen und Gaskartuschen fand sie eine Tüte Trockenmilch, nahm noch eine Wanderkarte mit und ein Faltblatt, das über Flora und Fauna der Tundra informierte, bezahlte und lief mit den Sachen in den Schuppen. Dort schüttete sie das Milchpulver in den einzigen Plastikteller, den sie dabei hatte und goss aus ihrer Thermoflasche Wasser dazu. Das Tier mochte den Brei nicht. Es verdrehte die Augen nach hinten, so dass weiße Halbmonde erschienen, und Schaum bildete sich zwischen den zusammengepressten Zähnen.

„Schon gut. Alles ist gut. Ich tu' dir nichts."

Sie leerte den Teller aus und verpackte ihn im Rucksack. Dann nahm sie das Tier hoch und marschierte los.

Warten

Sie kümmerte sich um ihren kleinen Begleiter, so gut sie es verstand. Machte Umwege, weil das Rentier nicht gerne über Holzlatten ging, legte häufig Pausen ein, damit es an Sträuchern knabbern konnte und von den schwarzen Flechten, diesem struppigen Haar, das an den Birkenstämmen hing. Sie sprach mit ihm wie eine Mutter, die ihrem Säugling schmeichelt.

Ständig sah sie Neues. Schnee in den Nordflanken der Berge, sich spiegelnd in wassergefüllten Mulden, eingerahmt von silbergrün glitzernden Gräsern. Dazwischen hin und wieder weißflimmernde Inseln von Wollgras – Zwergentrollköpfe mit flauschigen Haarschöpfen, sich neigend und zitternd im Wind.

Die Berge hatten keine Gipfel. Abgeschliffen vom Wind und den Gezeiten, zu Sand zerrieben im Laufe der Jahrtausende. Breite, runde Kuppen, der kugelförmigen Vollkommenheit näher als die schroffen Kanten der Gebirge südlicherer Breitengrade.

Wieder führte der Weg durch ein Sumpfgebiet, gesichert durch lange Bretter. Das Kitz blieb stehen, weigerte sich, auch nur einen Huf auf die Bohlen zu setzen. Dieses Mal wusste sie keinen Ausweg.

„Wir müssen hier durch“, sagte sie bestimmt.

Zwischen den langen Rissen der morschen Wegplanken quoll schwarzes Wasser und gurgelte gierig. Das Kälbchen fiepte und verdrehte die Augen. Sie lockte es mit Kosenamen, in den zärtlichsten Tönen. Nichts half. Sie versuchte es mit harschen Worten, trieb zur Eile an, zerrte an der Schnur, die sie dem Kälbchen um den Hals gebunden hatte. Doch es stemmte seine Beine in den Boden, wollte nicht weiter.

Mücken in Schwärmen umschwirrten sie, krabbelten hinter ihre Ohren, verkrochen sich in ihren Haaren. Sie schüttelte sich, wedelte mit den Armen, stampfte auf die Planken, die bedrohlich zu wanken begannen. Schließlich stellte sie sich verärgert hinter das Tier und schob es an. Wohl oder übel setzte es sich Bewegung.

„Siehst du, es geht doch."

Sie schob es weiter, und als ihr das zu mühselig wurde, nahm sie das zitternde Geschöpf hoch, eilte mit großen Schritten über die Blanken, besessen von dem Ziel, den See zu erreichen, dort, wo der Wind über die freien Flächen fegt und die Mücken vertreibt.

Ein schmaler Streifen von Sand und Kies säumte das Ufer. Sie band ihr Rentierkind an eine Birke, sammelte Zweige und Rinde, errichtete damit einen niedrigen Kegel, hielt ein brennendes Streichholz daran. Moskitos mögen keinen Rauch. Knisternd loderten die Flammen auf.

Wie schnell sich das Feuer in die Zweige fraß. Formen, die sich krümmten und bogen und zu glühen anfingen, bevor sie sich in Asche auflösten.

„Hexe", hatte Victor ihr einmal ins Ohr geflüstert. „Ums Feuer tanzen Hexen, eine wie du." Ein anderes Mal hatte er ihr erklärt, Feuer sei das Licht der Alchimisten, überhaupt all dieser unheimlichen Geschöpfe, die das Tageslicht scheuen. Feuer würde Gehirnregionen anregen, die den Wahnsinn förderten. Sie jedoch liebte Feuer, es wärmte sie. Auch innerlich. Vor allem innerlich.

Müde wie sie war, beschloss sie, hier zu bleiben und das Zelt aufzubauen. Es machte ihr jetzt, da das Renkalb mit ihr ging, weniger Angst, draußen zu schlafen. Sie beschützte ja jetzt etwas, das verträgt sich nicht mit Ängstlichkeit.

Im schräg einfallenden Sonnenlicht schimmerte die leicht gekräuselte Wasseroberfläche wie golddurchwirktes Perlmutt. Sie legte ihre Kleider ordentlich auf einen Haufen und watete in Unterwäsche hinaus; tastete sich mit Zehen und Ballen über Kies und Sand, presste die Arme, deren Haarflaum sich aufgestellt hatten, vor der Brust zusammen. Als die Kälte ihre Oberschenkeln erreichte, stieß sie einen kurzen Schrei aus, tauchte unter, kam mit klatschnassen Haaren wieder hoch und schwamm los. Mit kräftigen Zügen kraulte sie hinaus, zerpflügte im gleichmäßigen Schwung ihrer Arme die still daliegende Oberfläche des Sees.

Ihre Haut kühlte ab, die Mückenstiche hörten zu brennen auf. Um sie herum nichts als Gurgeln und Plätschern, als Weite und Licht. Sie konnte sich nicht erinnern, jemals zuvor so bewusst erlebt zu haben, etwas Einzigartiges zu sein. Fast hätte sie laut gejubelt vor Glück.

War sie lange weg gewesen?

Bei ihrer Rückkehr hing der Strick lose vom Birkenast, pendelte still vor sich hin.

Sie wollte das Tier rufen, aber bei welchem Namen? Rasch trocknete sie sich ab, zog sich um und lief den Weg zurück, den sie gekommen waren. Wusste das Kälbchen überhaupt, wohin es gehörte? Immerhin, es hatte gehorcht. Nein, auch das stimmte nicht. Gehorchen, gehören, hören. Aufs Wort gehorchen, folgen, fremdbestimmt sein, in diesem Fall durch ein Hanfseil. Kaum angekommen in der Einsamkeit, war sie in die nächstbeste Dellenfalle getappt, hatte sich verführen lassen von ihrer Sehnsucht nach einem Wesen, das nur ihr gehört. Gebunden, nicht verbunden. Hatte sich eingebildet, weniger ängstlich zu sein und doch nur wieder jemanden benutzt.

Am Sumpf kehrte sie um.

Sie bereitete sich aus ihren Vorräten etwas zu essen, war dabei zerstreut, musste lange überlegen, was als Nächstes zu tun sei. Ach ja, das mit Wasser gefüllte Aluminiumkesselchen auf die Aststange über das Feuer hängen. Wo steckten die Suppentüten? Wo das Taschenmesser? Sie lauschte und schaute ständig zu den Birken hinüber.

Während ihre Augen den Waldrand absuchten, wanderten ihre Gedanken. Sie sah sich als Elfjährige vor der Wohnungstür sitzen, hatte wie so oft den Schlüssel vergessen. Ebenerdig, gleich neben dem Hauseingang lag die Wohnung im Norden Berlins, in der sie damals mit ihrer Ziehmutter wohnte. Die Erwachsenen eilten an ihr vorbei, entweder hinaus oder hinauf zu höheren Stockwerken dieses Hauses, das ihr riesig vorkam.

Damals hatte sie entdeckt, dass das Warten schneller verging, wenn sie den Ameisen zusah. Von einer Bodenleiste ausgehend, zogen die kleinen Punkte die Wand hinauf. Wie eine Linie von Menschen, ganz weit entfernt. Menschen auf der Flucht durch eine Sandwüste oder eine Schneewüste. In jedem Fall eine Wüste. In jedem Fall auf der Flucht. Wie die Israeliten auf ihrer Flucht vor den Ägyptern durch die Wüste Sinai. Davon hatte der neue Pfarrer im Religionsunterricht erzählt.

Am Anfang war die Welt wüst und leer, hatte er gesagt. Beim Warten vor der Wohnungstür fand Edda, dass die weiße Wand im Treppenhaus und die unermessliche Leere des Wüstenraums gewissermaßen das Gleiche waren.

Das Kind legte Brotkrümel, Reste vom Pausenbrot, die sich in der Jackentasche gesammelt hatten, vor die Mauerritze und beobachtete, wie die winzigen Tiere damit umgingen. Emsig schleppten sie Teile mit sich, um ein Vielfaches größer als der eigene Leib. Das ergab viele Geschichten, die das Warten verkürzten.

Einmal sprach eine alte Dame das Mädchen an und fragte, ob es mit nach oben komme wolle. Ihre Stimme klang angenehm, machte keine Angst. Den runden Körper hatte die Frau auf einen Stock gestützt und eine breite, silbergraue Linie teilte genau in der Mitte des Kopfes ihr kupferrotes Haar, das nach allen Seiten geradlinig herabfiel.

Die Wohnung lag im obersten Stock. Von dort konnte Edda auf die Baumwipfel der gegenüberliegenden Grünanlage sehen. Jahre später sollte aus der Grünanlage ein breiter Grasstreifen werden, durch den sich eine Mauer zog, bunt bemalt auf der einen Seite. Auf der anderen Seite säumten spanische Reiter und Wachtürme die Schneise. Die Häuser dahinter hatten Löcher in den Fassaden und vernagelte Türen.

Das Innere der Wohnung von Frau Baas glich einem Gewächshaus. Überall Topfpflanzen – auf den Fenstersimsen, auf Kommoden, auf Regalen. Schwungvolle Wedel, schmalgliedrige Fächer, Rank- und Schlinggewächse tauchten die Zimmer in sanftes Dämmerlicht. Als Rückzugsort ein gründämmriger Adlerhorst, hochgelegen in den Wolken. Und dann war da etwas Silbriges. Vielleicht weil die Pflanzen im Licht silbrig glänzten. Aber das war es nicht. Edda überlegte. Es war ein silbriger Klang, zart wie ein feiner, schwebender Glockenton.

In einer Ecke lag ein strohfarbener Haufen, ein haariges Etwas, das zu atmen schien, sich ansonsten jedoch nicht regte.

„Du kannst so lange bleiben, wie du willst", sagte Frau Baas und stellte Edda einen Teller mit Keksen und ein Glas Milch hin. Nach dem Essen fielen Edda die Augen zu, und der Kopf nickte nach vorne.

Sie fand sich wieder auf dem Sofa liegend, zugedeckt mit einer Decke aus zusammengenähten Quadraten, neben sich das haarige Felltier. Vorsichtig streichelte Edda über die struppigen Haare.

Die Luft im Raum vibrierte, wie erfüllt von einem feinen Glockenton.

Außer der Hirtenhündin Ischka gehörte noch die Schildkröte Ida zum Haushalt der alten Dame. Mit sicherem Griff klaubte Frau Baas das kleine Panzertier unter den Blättern des mächtigen Zimmerfarns hervor und kraulte ihm den Hals. Es streckte alle Glieder von sich und ruderte damit in der Luft, den winzigen Kopf weit aus dem Panzer gereckt, das lippenlose, scharfkantige Mäulchen geöffnet vor Wonne.

Edda vergaß dann häufiger die Schlüssel, schließlich fast täglich. Lief jedes Mal hoch in den vierten Stock. War immer willkommen. Lauschte den Sagen und Märchen, die ihr Frau Baas vorlas. Von den Seefahrern der Ägäis, von den Schatzsuchern und Sängern in den Nebellanden, von der kleinen Gerda, die ihren Gespielen im Reich der Schneekönigin sucht.

Bei Frau Baas las sie zum ersten Mal ein Buch alleine. Es handelte von einem Jungen, dessen Vater gestorben war. Als dann auch noch die Mutter aus dem Leben schied, lief der Junge in den Wald, damit sie ihn nicht in ein Waisenhaus steckten. Nachdem er mehrere Tage umhergeirrt war, fand er eine Hütte mit einer knorrigen Alten. Normalerweise hätte sie ihm Angst eingeflößt. Doch in seiner verzweifelten Einsamkeit wünschte er nichts sehnlicher, als dass sie ihn bei sich aufnehmen möge. Und so geschah es auch. Die Alte wurde seine Lehrmeisterin, die ihm mit den Geheimnissen des Waldes vertraut machte.

Trostgeschichten. Geschichten, die gut ausgingen, auch wenn es zunächst nicht danach aussah. Aber jedes Mal kam nach der Nacht, der Einsamkeit oder sonst etwas Unangenehmem ein neuer Tag voller Licht.

Edda träumte vor sich hin. Der Birkenwald verwandelte sich in den Wald der Kindergeschichte. Sie musste nur lange genug warten, bis Frau Baas als alte Waldfrau aus dem grünschillernden Blättergeflecht hervortrat, an ihrer Seite das kleine Rentier.

Kindische Phantasien, wies Edda sich zurecht. Wie konnte sie bloß die Weigerung des kleinen Rentiers, weiterzugehen, als bedeutungslose Laune missverstehen? Womöglich hatte es einen Vielfraß gewittert. Wenn er es gerissen hatte, dann trug daran sie die Schuld.

Mader sind nur nachts aktiv, fiel ihr ein. Aber das konnte auf den Vielfraß, den größten unter den Maderartigen, nicht zutreffen. In einem Land, in dem wochenlang die Sonne nicht unterging, machte das keinen Sinn.

Sie fügte sich in das Warten, duckte sich wie unter einer Last. Selbst die Sonne, die uralte Himmelsuhr, stand still.

Zerknirscht rieb sie sich die Stirn. Wieder einmal hatte sie versagt, hatte nur auf sich geachtet, hatte das kleine Rentier allein gelassen. Verantwortungslos, eigennützig.

Ein um das andere Mal tastete sie die rauen Fasern der Schnur mit den Fingerkuppen ab, prüfte, ob sich irgendwelche Einkerbungen von einem Kampf darauf zeigten. Sie tat dies so konzentriert, als könnte die Qual des Wartens dadurch gelindert werden. Etwas berühren – etwas, das wahrnehmbar war für die Sinne.

Es ist gut, keine Zeichen zu finden, redete sie sich selbst zu. Wo es keine Spuren gibt, ist auch nichts geschehen.

Ein kaum merklicher Schatten ließ sie nach oben blicken. Hoch über ihr umrundete ein majestätischer Vogel ihren Lagerplatz. Zog seine Spiralen immer tiefer, gab sich zu erkennen – weiß, mit einzelnen Sprenkeln im Gefieder, sanft das Gesicht. Ganz ruhig lag die Eule in der Luft, schien den Menschen dort unten zu grüßen, dann ein kurzer Flügelschlag, und sie entzog sich ihren Blicken.

Bis in die Fingerspitzen pochte ihr Blut. Ein Glücksrausch wie damals, als die zottelhaarige Ischka zu ihr gekommen war und nun das namenlose Rentier.

Für Tiere bin ich kein schlechter Mensch, dachte sie. Tiere sehen kein Brandmal auf meiner Stirn.

Ihr kam der Gedanke, dass die Schnee-Eule eine Botschaft überbracht hatte. Und plötzlich wusste sie, warum das kleine Rentier verschwunden war. Es hatte seine Aufgabe erfüllt, hatte verhindert, dass sie aufgab, hatte ihr den Anfang erleichtert. Nun konnte es seinen eigenen Weg weitergehen. Einen Menschen zu begleiten, entsprach nicht seiner Art. Was in ihm angelegt war, konnte sich besser entfalten, wenn es mit seinesgleichen in der Wildnis lebte.

Endlich kroch sie in ihr türkisgrünes Zelt, das wie eine schiffbrüchige Schaluppe am Ufer lag, band sich das Halstuch über die Augen, um die Dunkelheit vorzutäuschen, die sie zum Einschlafen brauchte.

Der Vogel der Nacht ist in Lappland weiß, war ihr letzter Gedanke, bevor sie wegdämmerte.

Verzaubert

Das volle Unterkunftshaus der ersten Nacht war wohl eine Ausnahme gewesen, Ausgangspunkt für all diejenigen, die es in die andere Richtung des *Nordkalottenweges* zog, in den schwedischen Teil nach Süden, während sie hinauf zum Nordkap wollte. Jedenfalls begegnete sie in den folgenden Tagen kaum Menschen.

Im Netzwerk der Wildpfade folgte sie den Steinmännchen aus aufeinandergelegten Flachkieseln. Hin und wieder traf sie jedoch auf regelrechte Steinpyramiden, vor allem in Gegenden, in denen es viel Nebel gab. Sie führten sie vorbei an Felsungetümen, über magere Grasflächen, vorbei an brüllenden Wasserfällen, entlang an Seen mit glitzernder Oberfläche, Spiele von Licht und Wind im sachten Wellengang. Und immer wieder Flüsse und Bäche von überschäumender Wildheit, so anders als der Fluss ihrer Kindheit, an den sie sich vage erinnerte, der manchmal in ihren Träumen auftauchte – ein Fluss mit Kiesbänken, die zum Spielen einluden.

In ihrer Sehnsucht nach Begegnungen achtete sie auf jedes Geräusch – den Schrei einer Möwe, das Rascheln in den Sträuchern der Zwergbirken, wenn sie ein Schneehuhn aufscheuchte, den melancholischen Ruf eines Vogels, den sie nicht kannte. Jede Begegnung kam ihr vor wie ein Spiegel, der ihr zu verstehen gab, dass sie existierte.

Auch ihr Blick schärfte sich in dem Bemühen, sich nichts entgehen zu lassen. Ständig hielt sie nach den Rauhfußbussarden Ausschau, die meist über den höchsten Bergkuppen kreisten.

Einmal entdeckte sie einen Merlin am Himmel. Plötzlich legte er die Flügel an, fiel wie ein Stein in die Tiefe, doch kurz bevor der kleine Falke aufprallte, spannte er seine Schwingen erneut auf, stieg auf, rüttelte, stürzte herab, stieg wieder auf. Obwohl das Bild sie erschreckte, warum auch immer, musste sie sich zwingen, wegzuschauen und weiterzugehen.

Die Sturmmöwe dagegen amüsierte sie. Mit mächtig aufgeplusterter Brust trippelte der Vogel auf winzigen Füßchen in weiten Kurven durch das Gras – wie eine Edeldame im höfischen Zeremoniell barocker Tänze. Mit huldvoller Würde nach allen Seiten nickend, näherte sich die Möwendame scheinbar zufällig dem Stein, auf dem Edda thronte und schien sicher zu wissen, das Menschentier dort könne ihr nicht gefährlich werden. Wie alle anderen Lebewesen würde es etwas Verwertbares zurücklassen – Nahrung oder etwas, das zum Nestausbau taugte.

Vögel beobachten, verlangsamt das Vorwärtskommen. Dazu kamen die Pausen, die sie einlegte, um nichts weiter zu tun, als in die Ferne zu schauen. Sie hatte längst vergessen, wie sehr der weite Horizont – diese Unermesslichkeit – sie anfangs verunsichert hatte. Das enge Gefäß in ihrem Brustraum dehnte sich mit der Grenzenlosigkeit um sie herum, und manchmal hatte sie das Gefühl, wie ein Vogel schwerelos über das Land dahinzugleiten.

Oft schaffte sie es nicht bis zur nächsten Hütte, bevor das Tageslicht schwächer wurde und ein Dämmerlicht die Farben verschluckte, jedoch nicht die Umrisse. Und so gewöhnte sie sich daran, draußen zu schlafen. War sie des Laufens müde, suchte sie nach einem Platz für ihr Zelt, möglichst eben und im Windschatten eines Felsens. Wasser gab es in Hülle und Fülle – Schmelzwassertümpel oder Bäche, die überall von den Hängen herunterplätscherten.

Manchmal musste sie durch die Birkenwälder, unten an den größeren Flussläufen. Die Bäume standen dickichtartig beieinander, krummgewachsen, flechtenbehangen, dunkel. Dann wieder reihten sich kerzengerade Stämme, elfenbeinfarben leuchtend, geradlinig aneinander.

In den Birkenwäldern, andere Wälder gab es nicht, summten Mückenschwärme – Myriaden durchsichtig schimmernder Punkte. Unfehlbar nahmen sie nach einer Weile ihren Geruch auf, trotz Mückenschutzmittel. Sie brach Zweige ab und vertrieb das lästige Summen und Schwirren, in dem sie im Rhythmus ihrer Schritte mal auf die linke Schulter, mal auf die rechte schlug. Nicht ganz bei sich schritt sie dahin, umhüllt von Birkenduft und dem rasselnden Aufschlag der Birkenblätter. Bis sie wieder auf die weiten Flächen der Tundra traf, wo der Wind mit leichter Brise die flugschwachen Blutsauger zu Boden drückt.

Einmal kam in der Dämmerung eine Person auf sie zu. Im Zwielicht der späten Stunde dauerte es länger als sonst, bis sie Genaueres wahrnehmen konnte – eine schlanke, dunkle Gestalt mit hochbepacktem Rucksack. Der unsichere Schritt fiel ihr auf, das kurze Zögern, bevor der Fuß sich auf die Erde setzte, als müsste sich der Körper wie ein Gegengewicht zur Last des Rucksacks behaupten.

Der alte Mann war genauso erstaunt wie sie selbst. Sie grüßten sich, sprachen ein paar belanglose Worte miteinander. „Auch auf der Suche nach einem Zeltplatz?", fragte er, nahm seinen Hut ab und fuhr sich durch die weißen Haare. Er stellte seinen Rucksack auf einen Stein, holte ein paar Tüten heraus und legte sie zur Seite. Schließlich fand er, wonach er suchte. Umständlich öffnete er die Metalldose.

„Moltebeeren. Pobier mal. Dieses Jahr ist ein gutes Jahr. Drüben auf der schwedischen Seite, in den sumpfigen Ebenen, ist alles voll davon. Wenn ich die Kraft dazu hätte, könnte ich mit dem Sammeln viel Geld machen."

Geformt wie Himbeeren, nur größer, manche im rötlichen Gold, manche korallenrot glänzend. Die gleiche Beerenart, die ihr der Fremde am ersten Tag ihrer Wanderung gereicht hatte.

Im Weitergehen dachte sie darüber nach, was einen über Siebzigjährigen wohl in die Wildnis trieb. In seinem Alter konnte es nicht darum gehen, die eigenen Grenzen auszuloten und zu überwinden. Erst später verstand sie ihn. Da hatte das Land sie selbst bereits in Besitz genommen und verzaubert. Je länger sie ging, desto weniger spürte sie sich. Zuerst verlor sie das Zeitgefühl. Sie konnte nicht mehr sagen, wie lange sie unterwegs war, es gab keine plötzlichen Wechsel, an denen sie sich hätte orientieren können. Alles zog gemächlich dahin, selbst der Regen setzte nicht plötzlich ein, sondern lange, bevor die ersten Tropfen fielen, verdunkelten Wolken die Sonne; und dann dauerte es wiederum geraume Zeit, bis die Tropfen in Nieselregen übergingen, der ganz allmählich stärker wurde.

Auch schien es ihr, dass sich die Länge ihres Schattens kaum veränderte. Nur die Richtung wechselte der dunkle Begleiter, wanderte von einer Seite auf die andere, als wäre ihre Gestalt der Zeiger einer Sonnenuhr.

Und die Dunkelheit kam in einem so langsamen Schweben, dass es Stunden dauerte, bis sich alles blau verfärbte: dunkelblau, violett das wellige Grasland, perlmuttschillernd die Wasserläufe, die das Licht des Himmels noch lange spiegelten.

Sogar die Rentiere bewegten sich ohne Hast, knabberten an Weidensträuchern oder Heidelbeerbüscheln, manchmal hob eines überraschend den Kopf, äugte unbeweglich auf einen Punkt in der Ferne, nur die Ohren zuckten, als lauschte es angestrengt, bis es den Kopf wieder ins Gebüsch tauchte, knabbernd, rupfend, zupfend, keine Eile, keine Gier. Gemächlich zogen die Tiere weiter in einer langen Kette gerader Rücken. Einzig die Beine bewegten sich. Leichtfüßig setzten sich die weißen Fesseln auf den Tundraboden, bildeten ein fortlaufendes Muster, eine natürliche Symmetrie, ähnlich den geometrischen Verzierungen auf Schalen und Bechern der samischen Urbevölkerung. Tänzelnd zogen sie dahin, ein Zug von zwanzig, dreißig Tieren, aneinander gereiht wie auf einer Perlenschnur.

Das Schweben der Rauhfußbussarde, das Driften der Rentierherden, die langsamen Wechsel von Tag und Nacht. Der Rhythmus der Tundra kehrte in ihr ein, löschte das Fragen aus ihrem Kopf – was etwas bedeuten konnte, woher etwas kommt. Zunehmend wurde das Land eine Hülle, die sie schützend umfing. In dieser Umhüllung vermisste sie nichts; wie ein verschlissenes Kleid waren Wünsche und Bedürfnisse von ihr abgefallen. Und sie begriff: es war dieser Zustand, um dessentwillen sich Menschen, wie der alte Mann, in die Einsamkeit begeben und solange laufen, bis jener Zauber sie überkommt.

War das die Vollkommenheit, von der Core gesprochen hatte?

Der Goldregenpfeifer

Abends, wenn sie müde war und hungrig, löste sich die Umhüllung wieder, verschwand der Zauber. Das Zelt aufbauen, Wasser holen, Essen machen, all das wäre leichter, wenn jemand mit ihr ginge. Den Wasserbehälter könnten sie auf einen Stock hängen, jeder ein Ende auf einer Schulter tragen, zu zweit könnten sie auch mehr Proviant mitnehmen. Alleinsein mochte etwas Heiliges berühren, doch hin und wieder jemanden neben sich zu haben, wäre schön gewesen, jemanden, mit dem sie lachen konnte oder der sich von ihr beeindrucken ließ. Sich erleben in der eigenen Wirkung. Nicht immer nur den Schatten von sich selbst, um zu wissen, dass es einen gibt.

Eines Tages – sie hatte sich an der buschlosen Uferstelle eines Baches zu einer Mahlzeit niedergelassen und aus ihren Vorräten Getreideflocken und Nüsse zusammengemischt – trippelte am gegenüber liegenden Ufer ein Vogel auf und ab. Sie hatte ihn schon öfters gehört, manchmal auch seine Umrisse gesehen, wenn er eine Handbreit über dem Boden dahinsegelte und auf einem Gesteinsbrocken landete. So nah hatte er sich noch nie heran getraut. Ein hochbeiniger Vogel, etwas größer als eine Amsel, Gesicht, Hals und Bauch dunkel; über Kopf, Nacken und Rücken ein erdgelb gesprenkelter Mantel, hell eingesäumt.

Auf ihrem Faltblatt über Flora und Fauna der Tundra fand sie zur passenden Abbildung den Namen Goldregenpfeifer.

Goldregenpfeifer – geradezu königlich kam ihr der Name vor. Und wirkte dieser kleine Vogel nicht tatsächlich majestätisch? Obwohl er kaum etwas vorzuweisen hatte – kein glitzerndes Gold, sondern Farben, die vor allem der Tarnung dienten, kein triumphierendes Trompeten, sondern ein melancholisches Rufen, keine beeindruckende Gestalt, sondern eine unscheinbare Größe, allerdings von ausgesprochen harmonischen Proportionen. Und doch war er ein König, der kleine König der Tundra. Signum seiner Herrscherwürde der erdfarbene Mantel, weiß verbrämt. Erst als ein Sonnenstrahl sein Gefieder erfasste, sah sie den goldenen Schimmer, der darauf lag.

Mit wachem und zugleich verträumtem Blick schaute der Vogel um sich. Sandte von Zeit zu Zeit einen langgezogenen Mollton in die Stille.

Auf einem Findling, rund geschliffen von Wind und Eis, legte Edda ein paar Körner für ihn hin. Der Vogel interessierte sich dafür nicht. Rief unablässig sein melancholisches „diuuuh" in die Weite.

„Schon gut", antwortete sie, „ich komme ja mit."

Im Bach lagen überall große Kiesel. Sie überwand sich und machte einen ersten Schritt. Der Stein im Wasser wackelte nicht. Bei jedem weiteren Schritt prüfte sie erneut, ob ihr Stand sicheren Halt bot. So tastete sie sich von einer Kuppe zur nächsten. Nur einmal musste sie springen. Als sie mit trockenen Stiefeln drüben angekommen war, freute sie sich.

Der kleine Tundrakönig rief erneut, wartete, ob sie folgen würde, trippelte, hüpfte, flatterte von Strauch zu Strauch, pfiff wieder und wieder, immer energischer.

Edda fand das Spiel lustig. Jemand, der Gesellschaft braucht, genauso wie sie selbst. Der Vogel führte sie fort vom Wasserlauf, einen Hang hinauf. In sanften Wellen zog sich der Bergrücken nach oben und endete vor einer steilen Felsgruppe.

Sie stieg höher und höher. Ganz langsam setzte sie ihre Stiefel in den Teppich der Fjällheide, um nicht versehentlich ein Gelege zu zerstören. Schneewehen glitzerten in der Sonne wie erstarrtes, vom Wind aufgewühltes Wasser. Sie umrundete diese Felder, um keine Spuren in diesem Windmuster zu hinterlassen.

Und immerzu der eintönige Lockruf, dem sie folgte, ohne nachzudenken.

Als sie die Felsen erreichte, ging ihr Atem schneller. Um sie herum nur noch Schrofen und Schrunden. Tief unter ihr lag das Tal mit den engen Schleifen des Baches. Über ihr dickbäuchige Wolkenfische, vom Wind davon getrieben.

Obwohl es immer mühsamer wurde, Halt zu finden, wollte sie nicht umkehren, wollte wissen, wohin der Vogel sie führte, wollte das Land von oben sehen und was sich auftut, wenn die Felsen aufhören. Vielleicht eine Hochebene? Sie war frei. Es gab niemanden, der sie zurückrufen konnte, niemanden, der auf sie wartete oder etwas von ihr erwartete. Sie hatte keine Angst, abzustürzen. Das Vorwärtskommen war wie ein Rausch. Weiter, höher hinauf. Felsen sind kein Wasser, Felsen sind widerspenstig, aber auf ihre schroffe und kantige Art schützen sie. Immer wieder bilden sie Stufen und kleine Terrassen für kurze Pausen.

Edda verbot sich, nach unten zu schauen, konzentrierte sich auf die unmittelbare Nähe, stellte sich vor, der Erde ganz nah zu sein, auch wenn sich der Boden weniger unter ihren Füßen befand, sondern eher senkrecht vor ihren Augen. Du kannst nicht fallen, sagte sie sich. Nur noch wenige Meter, dann beginnt der Himmel.

Dort, wo die Felsen endeten, bildete der Berg eine Senke, die Mitte mit Wasser gefüllt. Einzelne Steine ragten aus dem Tümpel. In der Luft hing bedrohliches Schweigen. Es war ihr nicht aufgefallen, dass es zu regnen begonnen hatte. Erst jetzt sah sie auf der milchiggrünen Wasserfläche die kleinen Kreise. Tropfen hüpften in die Höhe, formierten sich zu einem Tanz von eisiger Präzision. Ein graues Regennetz hing schief über dem Plateau und nahm den umliegenden Gesteinsbrocken die haltgebenden Konturen.

Sie schlüpfte in ihr Regenzeug.

Die Erkenntnis, in die Irre gegangen zu sein, weckte schlagartig all die Bereiche ihres Gehirns, die sich in den letzten Tagen zurückgezogen hatten. Im Windschatten eines großen Granitblocks suchte sie auf der Karte nach Orientierung. Wie hing das Gewirr von Höhenlinien mit ihrem augenblicklichen Standort zusammen?

Bisher hatte sie die *Turkart* selten gebraucht, war einfach den Steinmännchen gefolgt. Die Karte in der Tasche hatte ihr jedoch die Sicherheit gegeben, dass jeder Ort dieser einsamen Endlosigkeit eingeordnet werden konnte und daher mitteilbar war. Das linderte die Angst, verloren zu gehen. Doch jetzt verweigerte die Karte jegliche Auskunft, blieb abstraktes Liniengewirr. War die Senke, in der sie gerade stand, überhaupt groß genug, um auf der Karte vermerkt zu sein?

Die Angst, einsam und verlassen zu sterben, kehrte zurück. Mit zitternden Händen faltete sie den unhandlichen Bogen der *Turkart* zusammen und steckte ihn ein. Das Angstgefühl zurückdrängen, etwas tun. Sie umkreiste den Tümpel bis zu einer Scharte, kletterte ohne Mühe auf die andere Seite.

Ein Schneefeld mit ausgefransten Rändern zog sich hinunter ins Tal. Das Schneefeld zu queren, erschien ihr leichter als umzukehren. Zurück würde bedeuten, jeden Schritt im Angesicht des Abgrunds gleichsam in die Luft zu setzten.

Als der Regen schwächer wurde, nahm sie das als Erlaubnis von oben, über den Schneehang zu gehen. Zaghaft setzte sie den Stiefel auf die weiße Fläche. Der Schnee gab nicht nach. Im steten Wechsel von Sonne und Frost hatte sich das Weiß in eine verharschte Schicht verwandelt, so fest, dass ihre Sohlen kaum Abdrücke hinterließen.

Trügerischer Berg.

Nur ein paar Meter weiter, dann brach sie mit einem Ruck bis zu den Knien ein. Arbeitete sich heraus, ging schräg zum Hang weiter, brach wieder ein, wieder und wieder. Unter dem Regenumhang klebte das Hemd feucht auf der Haut.

Warum setzte sie sich nicht einfach und rutschte den Berg hinunter. Abstoßen und los. Die Knie locker, doch bereit, die Stiefelabsätze jederzeit in den Schnee zu stemmen. Die Geschwindigkeit, so gut es ging, auf diese Weise abbremsen. Erprobt und geübt in längst vergangenen Kindertagen auf den wenigen Hügeln ihrer Stadt.

Sie traute sich nicht. Das hier war kein Hügel. Und auch die Unbefangenheit jener Zeit war unwiederbringlich verloren. Ein unsichtbares Hindernis oder eine falsche Bewegung, irgendetwas, was nicht vorhersehbar war und ihr Körper würde sich womöglich überschlagen.

Der Schnee wurde fester, trug jetzt besser, dafür war er glatter. Die Angst meldete sich zurück. Stärker denn je zuvor. Die Angst vor dem Fallen. Aufzuprallen, mit zersplitterten Knochen liegenzubleiben. Inzwischen zitterte sie am ganzen Körper. Gleich würde sie erstarren – dann war alles zuende.

Geh weiter. Mach endlich den nächsten Schritt. Die Stimme in ihrem Kopf sprach leise, beschwörend. *Achte nicht auf das Zittern. Wenn du hier herauskommen willst, musst du kämpfen. Geh weiter. Mach endlich den nächsten Schritt.*

Aber was, wenn ihre Schuhe nicht genügend Profil besaßen, die Gewichtsverlagerung zu halten und unter dem Druck wegrutschen würden?

Geh weiter, sonst gewinnt die Angst. Kämpfe. Kämpfe um jeden Schritt. Anders kommst du hier nie raus. Geh weiter. Die Stimme in ihrem Kopf befahl ihr, nicht darauf zu achten, dass jeder Schritt ihr letzter sein könnte.

Schau nicht nach unten, schau nicht nach oben. Schau auf deine Füße, schau auf die Stelle, wohin du sie setzen willst.

Langsam, unendlich langsam näherte sie sich einer dunklen Fläche, die in das Schneefeld hineinragte. Nur noch einige Meter, dann hatte sie es geschafft. Je näher sie dieser schneefreien Fläche kam, umso schneller gehorchten ihre Füße. Jeder Zentimeter ein Triumph. Was war das für eine Kraft, die sie vorwärts trieb? War das sie selbst – ihr Lebenswille?

Plötzlich rutschte sie aus, griff nach Halt suchend in den Schnee. Der Körper drehte sich, nahm Fahrt auf, irgendwohin. Die Finger kratzten über die Schneedecke, rissen sich blutig, ohne die rasende Irrfahrt aufhalten zu können. Dann wurde es schwarz vor ihren Augen.

Als sie wieder zu sich kam, hing sie in einem Strauch. Vertrocknet und zerzaust hielt er sie in seinen spindeldürren, blattlosen Armen.

Edda sah zum Berg hinauf. Eine feine Rille im zarten Rot durchzog das Schneefeld. Als sie darin die Spur erkannte, die sie bei dem Rutsch hinterlassen hatte, betrachtete sie überrascht ihre aufgerissenen Handflächen. Warum empfand sie keine Schmerzen?

Der Berg hat mich abgeschüttelt, dachte sie. Dem griesgrämigen Alten mit vereistem Bart war das zweibeinige Wesen auf seinem Haupt lästig geworden. Wind, Sonne, Regen, Schnee in steter Wiederkehr, das reichte ihm. Er wollte nicht gestört werden in seiner Ruhe. Nur ein kurzer Luftstoß, und der aufdringliche Winzling hatte den Halt verloren.

Sie tastete nach dem Untergrund, stellte fest, er war trocken und hart. Kein Schnee mehr.

Eine Stimme sang einen monotonen Singsang aus zwei Tönen. Woher kam die Stimme?

Das Märchen von dem Kind mit den Schwefelhölzern fiel ihr ein. In einer kalten Winternacht zündet das Märchenkind ein Streichholz an, wärmt sich an der kleinen Flamme, träumt sich in eine lichtvolle Welt hinein. Jedes Mal, wenn die Flamme erlischt, streicht es ein neues Schwefelholz gegen die Wand, und jedes Mal kommt ein sanfter Wind und löscht das zaghafte Flackern aus.

Wieder hörte sie den Gesang.

Vor ihr stand der hochbeinige Vogel im goldgelben Königsmantel und sandte seinen melancholischen Ruf in die Weite.

Alles war ihr fremd: der Vogelruf, der Strauch, die Steine. Selbst auf ihren eigenen Körper sah sie einen Augenblick von oben herab. Wie eine Vogelscheuche hing das blaue Regencape in den Ästen, die Gestalt darunter kaum erkennbar. Vorsichtig löste sie den Plastikponcho von den Zweigen.

Vor ihr hüpfte der Regenpfeifer, ungeduldig, aufgeregt, als wollte er ihr etwas mitteilen. Aber sie verstand ihn nicht, so sehr sie sich auch bemühte.

Korallenrot

Zuerst sah sie Lichtkreise und blinzelte, geblendet von der Helligkeit. Dann begriff sie, dass es Sonnenflecken waren. Silbrige Sonnenflecken auf Steinblöcken. Dazwischen ein korallenroter Kreis.

Korallenrot in der Steinwüste? Hier oben sorgten sonst allenfalls Flechten für dezente Farbtöne. Korallenrot, das war die Farbe der Sumpfgebiete, wenn sich im Spätsommer die Blätter der Zwergsträucher verfärbten. Sie wischte sich über die Augen – vergewisserte sich, dass die Brille dort saß, wo sie immer saß. Angestrengt starrte sie zu dem roten Fleck hinüber, bis er schärfere Konturen preisgab. Auf einem Stein in ihrer Reichweite lag eine handvoll korallenroter Moltebeeren.

Ihr Blick wanderte weiter zu dem vertrockneten Strauch, der seine blattlosen Zweige eigenwillig in den Himmel reckte. Auch er gehört nicht hierher, dachte sie. Er hat seinen Standort zu hoch gewählt, und dieser Wagemut hat sich auf Dauer nicht ausgezahlt. Sie schaute den Berg hinauf, sah das Schneefeld und eine feine rötliche Rinne, die geradewegs auf den Strauch zulief. Nun erinnerte sie sich wieder. Sie war dem Goldregenpfeifer gefolgt. Und auch die Beeren riefen ein Bild in ihr wach. Damals hatte sie die Beeren, die der Mann im gelbverwaschenen Umhang für sie dagelassen hatte, verschmäht. Doch jetzt war ihr nicht bange, vielmehr war sie erstaunt, und dieses Staunen hatte einen sanften, beruhigenden Grundton. Denn wer immer dieser Fremde war, er hatte für sie gesorgt, hatte ihr Beeren hingelegt, die allein schon durch die Farbe entzückten. Ohne Bedenken nahm sie eine der Beeren, roch an ihr, zerdrückte die Frucht langsam am Gaumen, schluckte erst ihren Saft, dann das festere Fruchtfleisch. Genoss jeden

Augenblick, der die Trockenheit in ihrem Mund löschte. Kostete eine nach der anderen.

Noch während sie die Beeren aß, bemerkte sie, dass sich etwas bewegte. Zwischen den vereinzelt liegenden Felsbrocken, die im Talgrund gestrandet waren, ging jemand. Kein Tier. Eine Wesen auf zwei Beinen, jemand, der etwas zu suchen schien. Die Person bückte sich, hob etwas auf, betrachtete es prüfend und ließ den Gegenstand in einem Beutel verschwinden. Jeder Schritt, den die Gestalt näher kam, brachte mehr Gewissheit: das lehmfarbene Schultertuch, die runde Kopfbedeckung, die Stiefel mit nach oben gebogener Spitze.

Als der Fremde aus ihrem Blickfeld verschwand, hätte sie am liebsten gerufen, er solle bleiben, auf sie warten. Konnte sie überhaupt rufen? Sie hatte schon so lange nicht mehr geredet. Ohne große Erwartung probierte sie, einen Laut hervorzubringen, räusperte sich und gab ein dünnes Krächzen von sich.

Der Fremde kam wieder und lauschte in ihre Richtung. Als er auf sie zuging, wiederholte sich das Lichtphänomen der ersten Begegnung. In der tiefstehenden Sonne leuchtete ein heller Schimmer um seinen Körper. Sie schluckte, rieb sich die feuchten Augen, wollte sich nicht überwältigen lassen von ihren Gefühlen. Die Anspannung – hin und her gerissen zwischen Todesangst und Todessehnsucht – löste sich, je näher er kam. Dieses Mal war er wirklich ein Erlöser. Wahrscheinlich hatte er sie von Anfang an beobachtet, unauffällig, ohne sich bemerkbar zu machen. Ein stiller Wächter in der Ferne. Der Regenpfeifer hatte ihn zu ihr geführt oder umgekehrt, der Regenpfeifer hatte sie zu ihm geführt. Wie auch immer, sie wusste jetzt, dass sie nicht sterben würde.

Der Fremde setzte sich zu ihr auf die Erde und sagte ein paar Worte. Eine melodiöse, wenn auch unverständliche Rede. Als er ihren fragenden Blick bemerkte, ging er ins Englische über, merkwürdig singend, doch wenigstens verstand sie ihn jetzt. Edda war so dankbar für die Zuwendung, dass sie sich nicht einmal wunderte, wieso dieser seltsame Mensch, der aus den Tiefen dieses Landes zu kommen schien, eine Fremdsprache beherrschte.

„Was ist kaputt?", fragte er.

„Mein Knie schmerzt", sagte Edda, „ich glaube, ich kann nicht mehr gehen." Vorsichtig schob sie das Hosenbein über ihr geschwollenes Kniegelenk, beobachtete interessiert, wie er in seinem Stoffbeutel zu kramen begann, ein Büschel Blätter hervorholte, es zwischen zwei Steinen zerklopfte, einen Stofffetzen von undefinierbarer Farbe aus seinem Umhang fischte, davon ein Ende zwischen seine Zähne klemmte und einen Streifen abriss. Damit band er den Pflanzenbrei auf ihrem Knie fest. Er reichte ihr einen Kiesel.

„Nimm das in den Mund, das tut gut."

Die Sicherheit, die er ausstrahlte, dazu der befehlende Tonfall, beeindruckten und verwirrten sie im gleichen Maße.

Sie erinnerte sich nicht mehr, wie sie aufgestanden war, wie sie zur Höhle gelangt war. Hatte er sie gestützt oder getragen? Getragen wohl kaum. Jemand mit so zarten Händen hat keine Bärenkräfte. Oder doch? Die Bärin in ihren Träumen fing mit schwarzen, feingliedrigen Tatzen Luftfische.

Edda sah sich um. Eine dicke Schicht Birkenzweige mit vertrockneten Blättern bedeckte den Felsboden. An mehreren Stellen lagen Rentierfelle, auch sie selbst hatte ein Fell als Unterlage. Gestelle aus knorrigen Birkenstämmen, behangen mit Kräuterbüscheln und Ketten von Pilzstücken, standen im Hintergrund. Daneben ein Haufen von Gerätschaften – Kanister, Säcke, Fischnetze, dazwischen ihr Rucksack.

In kurzen, abgehackten Sätzen sprachen sie miteinander – Menschen, die sich erst wieder daran gewöhnen müssen, Worte in ihren Köpfen zu formen, zudem Worte in englischer Sprache, in der sie nicht aufgewachsen waren.

„Hast du Geschwister?"

„Nein."

„Hast du Kinder ?"

„Nein."

„Deshalb kannst du so gut alleine sein."

„Ich halte es kaum noch aus."

Er fragte nicht, woher sie kam, noch, wohin sie wollte. Fragen, die sonst als erstes gestellt werden, um den anderen einordnen zu können. Und ihr selbst fielen überhaupt keine Fragen ein. Sie war es nicht gewohnt, jemand anderem Fragen zu stellen.

Edda wechselte die Position, stöhnte unwillkürlich auf.

„Möchtest du etwas ausprobieren?" Er schaute sie aufmunternd an. „Etwas, das gegen den Schmerz hilft?"

„Ja", sagte sie leise.

„Du kannst es immer anwenden. Du brauchst nichts und niemanden dazu. Nur dich selbst." Er schwieg eine Weile und schien zu überlegen.

„Jedes Gefühl hat einen Klang. Auch der Schmerz. Stell dir ein falsch gestimmtes Instrument vor. Das tut weh. Du kennst das sicher."

Edda nickte.

„Wir glauben, das sind wir. Aber wir können den Schmerz hören. Dann ist er außerhalb von uns."

Jetzt schüttelte Edda den Kopf, weil sie nicht verstand, was er meinte.

„Du bist nicht der Schmerz. Wenn du ihn hören kannst, dann sind der Schmerz und du zwei verschiedene Dinge." Wieder machte er eine lange Pause.

„Wenn du es schaffst, dein Leid als Klang zu hören, kannst du es beeinflussen. Schick den Ton in eine andere Ebene. Der Druck wird dann leichter."

Edda schüttelte den Kopf heftiger.

„Du musst dich nicht anstrengen", sagte er. Wie fürsorglich er mit ihr umging. Väterlich gütig. Zum ersten Mal sah sie ihn direkt an. Dunkle Augen? Sie hatte anderes erwartet – einen hellen, scharfen Blick, wie sie ihn sonst von Nordländern kannte. Ihr fiel eine feine Narbe über der rechten Augenbraue auf. Dann wanderten ihre Augen schnell weiter auf die Gerätschaften im Höhlenhintergrund.

„Der Weg geht nicht über das Denken", hörte sie ihn weitersprechen. „Achte einfach auf den Klang. Der Weg beginnt mit dem Hören."

„Der Weg zur Vollkommenheit?"

„Wenn du so willst." Er sprach ohne Nachdruck, eher beiläufig. Über Dinge, für die sie weit zu gehen bereit war.

„Hören kann Sehen auslösen", sagte er. „Hast du das schon einmal erlebt? Du bist im Fjäll, hörst ein Krächzen oder Piepen, und dann siehst du den Vogel. Wenn du nach innen hörst, ist das nicht viel anders. Du hörst etwas, und dann kommen die Bilder dazu."

Er griff nach seiner Trommel, klopfte einen schnellen, eintönigen Rhythmus, der sie an die Trommlerinnen im Lonetal erinnerte.

„Wenn Zweifel oder sonst irgendwelche Gedanken kommen, hör auf die Trommel, das bringt dich wieder nach innen", sagte er.

Edda schloss die Augen und konzentrierte sich auf das monotone Pochen.

Hören kann Sehen auslösen.

Aber sie sah nur schwarzen Nebel unter ihren geschlossenen Lidern. Wahrscheinlich würde sie gleich einschlafen.

Sie schlief nicht ein. Etwas veränderte sich. Als wäre sie über eine Schwelle getreten und in eine andere Zone der Wirklichkeit geraten. Ähnlich wie ein Traum und doch verschieden.

Die Trommelreise

Es begann ganz leise und kam von weit her. Musik aus blechernen Blasinstrumenten, Marschmusik. Ein Koloss mit heißem Atem. Unaufhaltsam stampfte er heran, kam rasch näher. Soldaten in Reih und Glied. Zeitgleich knallten die Absätze der Schnürstiefel auf den Asphalt – tak, tak, tak. Tausende von Körpern, die sich bewegten, als wären sie einer. Was sich ihnen in den Weg stellte, wurde platt gemacht. Eine Menschenmaschine, um zu töten.

In die Militärmusik mischte sich das Tremolo eines Soprans, gleich einem Radiosender, der in einen anderen Wellenbereich hineinfunkt.

Eine junge Frau in einer Gruppe von Gleichaltrigen drängte sich nach vorn. Auffallend größer als die anderen, gut aussehend. Auf dem Kopf ein extravaganter Hut, dazu eine Rüschchenbluse mit Blumenmuster wie aus der Zeit vor dem Zweiten Weltkrieg, Schuhe mit hohen Absätzen. Die junge Frau trällerte kokett die uniformierten Männer an. Ausgelassene Menschen, die nichts wussten von ihrem nahen Ende.

Die Blechblasinstrumente verloren den Rhythmus, Dissonanzen zerstörten den Marsch. Gefangenschaft, Hunger, Tod. Damit hatten sie nicht gerechnet. Der Tod, den sie starben, war kein Heldentod.

Doch die Diva jubilierte weiter. Nahm von all dem Unglück nichts wahr. Sang von der Liebe zum Soldaten ihres Herzens.

Plötzlich brach die Frauenstimme ab, versuchte sich erneut hinaufzuschwingen, konnte den Ton jedoch nicht halten, verrutschte, stürzte in die Tiefe, kämpfte sich hoch, kam wieder als schrille Klage.

Ihre Schönheit hatte nicht gereicht, einen Menschen dauerhaft an sich zu binden. Schrill klagte der Sopran über den Soldaten, der sie verlassen hatte und damit ihre Schönheit entweihte.

Was waren sie jetzt noch wert ihre Kindheitserinnerungen? Das Andenken daran, wie die Erwachsenen auf der Straße stehen geblieben waren und dem kleinen Mädchen unverhohlen sagten „welch schönes Kind". Oder der Blick ihrer Lehrer. Die ergrauten Jägerseelen, die sonst grimmig jede Wissenslücke aufspürten, wurden ganz weich bei ihrem Anblick. Nie hatte sie sich anstrengen müssen, stand mühelos im Mittelpunkt.

Was wog das jetzt noch gegen die Schmach, verlassen worden zu sein?

Durchdringend klagte die Stimme, klagte über den Mann, der ihre Schönheit entwertet hatte. Das war das Schlimmste, was er ihr antun konnte. Sie verlor die Sicherheit, alles zu bekommen, was immer sie wollte. Schönheit als bloße Hülle, wie die Uniform des Soldaten.

Wieder änderte sich der Gesang, wurde atemlos, unruhig flatternd. Die Frau stieg nun eine ausgetretene Treppe hoch, das Gesicht verquollen vom Weinen und der Kälte des Wintertages, die blaugefrorenen Hände schützend um den hochschwangeren Bauch gelegt.

An einer Tür läutete sie. Nahm den Daumen nicht von der Klingel. Die andere, die Rivalin, öffnete gerade soweit, dass kein Fuß in den Spalt passte.

„Was wollen Sie?" Die Gestalt im Türspalt war klein.

„Wo ist mein Mann? ... Ich will zu meinem Mann!"

„Verschwinde!", fauchte die andere und schlug die Tür zu.

In furioser Wut hämmerte die Hochschwangere gegen das Holz, aktivierte alles, was an Kraft in ihrem Körper steckte, schrie aus sich heraus, was immer ihr an Schimpfwörtern einfiel, bis sie keine Worte mehr hervorbrachte und nur noch schrie.

Türen öffneten sich, es wurde um Ruhe gebeten, jemand versuchte, die tobende Frau von der Tür wegzuzerren.

Der Gesang der Frau wechselte nun unablässig zwischen resigniertem Klagen und empörter Anklage. Vom Schicksal geschlagen, argloses Opfer, keiner höheren Sache geweiht. Ein Opfer ohne Sinn, ein Leid, an dem sie keine Schuld trug und daher auch nicht bereit war, es auf sich zu nehmen.

Das Kind, das sie ihr in den Arm legten, schaute sie nur aus den Augenwinkeln an. Seine Windeln wechselte sie mit gerümpfter Nase. Sein Wimmern und Weinen raubte ihr den Schlaf, nervte sie unsäglich. Sie berührte das Kind nur soweit es unbedingt notwendig war.

Edda schreckte hoch. Wer war die Frau, wer das Kind? Sie stellte sich diese Fragen, obwohl sie die Antworten längst ahnte. Wollte sie das wirklich wissen? Bisher hatte sie alles vermieden, was auch nur den Dunstkreis ihrer frühen Kindheit berührte. Als hätte einzig nur das, was im Bewusstsein ist, Wirkung.

„Hör auf die Trommel!“, sagte der Fremde. Sie wehrte sich, versuchte sich gegen die Wucht zu stemmen, mit der die Szenen aus dem Dunkel hervorsprudelten. Doch der Rhythmus der Trommel riss sie mit sich. Sie versank wieder in jenem traumähnlichen Zustand, hörte Klänge und Geräusche, die Bilder hervorriefen, scheinbar zusammenhangslos.

Von irgendwo her vernahm sie das Tropfen eines Wasserhahns, das Knarren einer Tür, Schritte, die sich entfernten. Einzelne Laute, die das Pochen der Trommel überlagerten.

Gitterstäbe tauchten auf, Reihen von Gitterstäben.

Die Schritte hallten auf dem Gang vor dem großen Saal mit den vielen Gitterbetten, darin, in sich eingerollt, schlafende Säuglinge lagen. Die Schritte kamen schnell und entfernten sich schnell. Manchmal klapperten sie herein und eine Person mit langem schwarzem Mantel und einem schwarzen, breitkrempigen Hut auf dem Kopf beugte sich über ein Kind, streichelte mit feingliedrigen Händen über schweißnassen Haarflaum, steckte eine Flasche Milchbrei in den aufgerissenen Mund, zog die Bettdecke zurecht.

Aus den Gitterstäben der Bettgestelle wurden Metallstäbe vor einem Fenster aus Glasbausteinen, durch die auch am Tag nur mattes Licht in eine kleine Zelle fiel, ausgestattet mit einer Holzpritsche, groben Decken und einem Blecheimer samt Deckel als Toilette. Immer wenn das Kind etwas falsch gemacht hatte, musste es zur Strafe in diese Zelle. Es gewöhnte sich daran und wusste, es war ein böses Kind, jedenfalls nach den Gesetzen der Welt, in der es lebte und die ihm niemand erklärte.

Oft lag es nachts wach und betete zu einem Vatergott, er möge es in ein gutes Kind verwandeln. Doch die Gebete blieben ohne Wirkung.

Das Kind war sich auch sicher, dass es dumm war. Alle sagten das. Sogar die Frau, die ein oder zweimal im Jahr zu Besuch kam. Eine Frau, die sich als seine Mutter ausgab. Frau Margarete wurde sie von den Schwestern genannt. Sie wusste immer, wo sich das Kind gerade aufhielt, obwohl es ständig an andere Orte gebracht wurde.

In einem der Heime gab es einen Fluss in der Nähe. Wenn das Kind am Ufer spielte, wachte etwas in ihm auf, und es bildete aus Steinen, Sand, angeschwemmten Hölzern und Zweigen kleine Mauern und Gitter. Gitter von unbeholfener Symmetrie.

Dann gab es ein Heim, da legten die Nonnen dem Kind zerrissene Wollstrümpfe vor, und es nähte auf die Löcher dichte Gitterwerke von geometrischer Genauigkeit. Niemand sagte dem Kind, ob es seine Arbeit gut tat, nur die Strümpfe vor ihm häuften sich zu Bergen. Das Kind stopfte die Löcher und horchte auf die Vogelstimmen jenseits der Fensterkreuze. Es wollte dem Lärm drinnen entkommen: dem Schimpfen der Nonnen, dem Greinen und Schreien der anderen Kinder um eine Puppe, ein Holzklötzchen, irgendetwas, woran das jeweilige Herz hing und nun von einem Stärkeren triumphierend weggetragen wurde. Das Kind sehnte sich nach dem Fluss mit den Kieselsteinen, vom Wasser blank geschliffen im Laufe der Zeit, die ein anderes Maß hatte als den Stundentakt des Alltags.

„Hör auf den Klang", sagte die heisere Stimme des Fremdes. „Hör auf den Klang."

Sie vernahm ein schrilles Quietschen – Zugräder, die in einer Kurve den Schienen entlangschleiften und hielt sich die Ohren zu. Sie spannte die Muskeln an, als könnte sie sich so dem gellenden Laut verschließen.

„Heb den Klang auf eine andere Ebene", sagte der Fremde.

Sie stellte sich Frau Baas vor. „Komm zu mir, mein Kind, komm in mein Reich mit dem Silberton", flüsterte Frau Baas mit schmeichelnder Stimme. Ganz zart erklang der silberhelle Glockenton. Aber dann verschwand er wieder, und Edda sah nur noch schwarzen Nebel.

Das schnelle Pochen der Trommel hörte auf. Drei lange Schläge, die sich nach kurzen Pausen wiederholten, riefen sie zurück in den Höhlenraum.

Der Fremde saß mit dem Rücken zu ihr vor der Höhlenöffnung und hantierte an der Feuerstelle. Sie roch den Duft von gebratenem Fisch, erinnerte sich, lange nichts gegessen zu haben und setzte sich zu ihm. Wie leicht sie sich fühlte, selbst das Knie schmerzte nicht mehr.

Während sie ihm zusah, wie er den Fisch in Teile zerlegte, wartete sie darauf, dass er sie in seiner energischen Art zum

Essen aufforderte. Mit schmalen, geschickten Händen führte er das Messer – goldbraune Hände, glänzend von der Flüssigkeit, die aus dem erhitzten Fischfleisch herausgequollen war. Als er damit fertig war, schob er sich ein Stück in den Mund, saß kauend da, versunken in den Anblick der Landschaft oder auch in sich gekehrt, so wie Kinder manchmal ins Abseits starren und schien nicht zu wissen, dass jemand bei ihm war.

Schließlich griff sie nach einem der Fischstücke, und nun saßen sie zu zweit und kauten und schauten auf die Landschaft. Es war ihr, als hätte sie nie etwas anderes getan, als an Lagerfeuern gesessen, ansonsten wäre sie weiter gezogen, wie in den Anfängen der Menschheit nicht an einen Ort gebunden.

Mit einem Birkenblatt säuberte der Fremde das Messer und steckte es in eine Lederhülle an seinem Gürtel – ein ungewöhnlich schöner Gurt mit filigranen Ornamenten. Er nahm einen Kanister und ging hinunter zum Wasserlauf.

Die Trommel lehnte an der Felswand und warf einen langen, ovalen Schatten. Eine Vielzahl von Symbolen verzierte die Membran – verspielte Zeichen, wie Strichzeichnungen von Kindern. So müsste die Welt für jemanden aussehen, der von hoch oben herabblickt und nur Strukturen, jedoch keine Details wahrnimmt: Zelte als Dreiecke, Menschen als umgekehrtes Ypsilons mit einem Querstrich, Tiere beschränkt auf vier Striche für die Beine, den Körperbalken und die Kopfstriche für Hörner oder Ohren.

„Interessiert es dich?“, fragte der Fremde hinter ihr. Sie nickte.

„Deine Leute sagen, das sei ein Mythos. Für uns ist es mehr. Darauf beruht unser Vertrauen in die Welt. Alles ist Glied in einer großen Kette. Die Sonne gibt den Dingen das Leben. Ihr gebührt der Platz in der Mitte. Ohne Sonnenlicht bleibt alles verborgen, existiert nur als Möglichkeit. Und der Wind fordert heraus, fordert auf zum Tanz mit den Elementen.

Damit sich klare Formen herausbilden, das, was als Keim in den Dingen angelegt ist."

Er deutete auf die Dreiecke und Strichfiguren.

„Daran schließt der Kreis des gewöhnlichen Lebens an, der Kreis der Menschen, der Tiere, der Pflanzen. Und hier im Rahmen befindet sich das Reich des Todes und seiner Herrscher. Das Reich der Ahnen." Er hielt inne.

„Du musst deine Ahnen suchen", sagte er plötzlich in drängendem Tonfall. „Du stehst in ihrer Linie. Von ihnen hast du deine Aufgabe und deine Lebenskraft bekommen. Such deine Ahnen!"

Edda schaute verwirrt auf das Birkenreisig am Boden.

„Jeder sollte wissen, woher er kommt", fuhr er fort. „Damit fängt es an. Dann erst können wir uns vorstellen, dass wir etwas Eigenes sind. Und wenn du weißt, wer du bist, kennst du auch deinen Platz in der großen Kette. Alles hängt miteinander zusammen."

Seine Augen hatten sich zu schmalen Spalten verengt. Als er weitersprach, bewegten sich kaum seine Lippen.

„Aber hüte dich davor, dich größer zu machen. Das ist ein verbreiteter Irrtum. Sich größer machen, statt sich mit Größerem verbinden."

Danach schwieg er, als hätte er alles gesagt, was je zu sagen war.

Edda spürte ihre Müdigkeit und verkroch sich in den hinteren Teil der Höhle unter ein Rentierfell. Sie war sofort eingeschlafen.

In der Nacht träumte sie von der Bärin.

Die Höhle ist völlig leer. Nur ein Bündel liegt am Boden, in einer Lache korallenroten Blutes. Neugierig tapst die Bärin näher, die feuchtglänzende Nase schnuppernd in die Luft gereckt. Sie setzt sich vor das Bündel und fächelt sich mit feingliedrigen, schwarzen Tatzen Luft zu, um den Geruch dieses Wesens besser wahrzunehmen. Vorsichtig zieht sie mit den Zähnen an dem Stoff, der das atmende Etwas umgibt. Ein rosiger, kleiner Menschenbalg erscheint, der Körper eingerollt, die Augen geschlossen. Die Bärin beginnt das Kind abzulecken. Das Menschenwesen bewegt sich, formt die Hände zu Fäusten, will etwas wegschieben. Doch die Zunge der Bärin lässt sich nicht wegschieben, leckt weiter, bis das Kind gereinigt ist.

Herkunft

Barfüßig hüpfte Edda über Sand und Steine, über Flechten und Moose, genoss die Kühle unter ihren Sohlen, ruderte mit den Armen, wenn eine Unebenheit oder etwas Spitzes sie aus dem Gleichgewicht zu bringen drohten. Am Bachufer holte sie sich einen starken, gerade gewachsenen Birkenast und sich auf ihn abstützend, sprang sie weiter von Stein zu Stein, angetrieben vom Rauschen des Wassers. Sie suchte nach einem Badeplatz, um sich den Firn der Nacht von der Haut zu waschen.

Unvermittelt hielt sie inne. Keine zehn Schritte vor sich sah sie auf einem wuchtigen Felsquader einen nackten Menschen liegen. Sie wollte die Richtung ändern, um eine Begegnung, die sicher für beide peinlich wäre, zu vermeiden. Ihr flüchtiger Blick hatte gereicht, um das graue Haar des Fremden zu erkennen. Doch sie konnte ihren Augen nicht Einhalt gebieten; der Sog, der von dem hellen Körper ausging, war zu stark.

Bisher hatte sie sich über den Fremden als Mann keine Gedanken gemacht. Ihr Vertrauen zu ihm lag jenseits aller Geschlechtlichkeit, glich der Hoffnung auf einen Arzt oder Heiler, der einer Berufung folgt. Jetzt fiel ihr ein, wie wenig sie über ihn wusste; sie wusste nicht, warum er hier in der Wildnis lebte, noch, wovon er lebte, nicht einmal seinen Namen kannte sie. Sie hatte sich in ihr Vertrauen hineinfallen lassen, als wäre das ein Schutz. Vertrauen, statt eng zu werden vor Angst. Angst war schließlich ihre größte Delle, der Nährboden all der anderen Dellen.

Da lag er mit ausgebreiteten Armen, der Sonne und dem Wind hingegeben, vielleicht in einer Andacht oder einfach, um sich trocknen zu lassen. Die Sicht auf die untere Hälfte des Körpers wurde durch ein Gebüsch teilweise verdeckt, sonst hätte sie es sofort gesehen. Warum hatte sie es nicht schon früher bemerkt? Die Rundungen der Hüften, die füllige Brust. Weil die Erwartungen beeinflussen, was wir wahrnehmen? Die Stimme hatte sie getäuscht, sagte sie sich. Dieser heisere Singsang, weder männlich noch weiblich, jedoch so bestimmend, wie sie es von Frauen nicht kannte. Auch hatte der Kopf nichts Feminines, trotz der halblangen Haare. Sie gab sich einen Ruck, änderte die Richtung, dankbar für das lärmende Wasser, das ihre platschenden Schritte übertönte.

Nach einem kurzen Morgenbad kehrte sie zur Höhle zurück, schichtete Birkenrinde und Zweige in der Feuerstelle auf. Das Teewasser sollte schon kochen, wenn diese Frau – oder was immer sie war – zurückkehrte von ihrer Sonnenandacht. Edda nahm sich vor, bei nächster Gelegenheit nach ihrem Namen zu fragen.

Doch die Frau kam nicht.

Grübelspiralen waberten in ihrem Kopf.

Was war damit gemeint? *Du musst deine Ahnen suchen.* Wo und wie sollte sie ihre Ahnen suchen? Vage Traumgebilde, die sich unter der Hand, die nach ihnen griff, auflösten.

Da war noch etwas. Hinter der vordergründigen Abwehr tauchte es auf, rätselhaft und bedrohlich, ohne Konturen, etwas, dem sie nicht zu nahe kommen wollte. Ahnen hingen mit Herkunft zusammen. Wer berief sich heutzutage noch auf Abstammung? Allenfalls in Kitschromanen und Regenbogenblättern spielte das *von und zu* eine Rolle.

Soweit ihre Geschichtskenntnisse reichten, hatte das ganze Brimborium um Ahnen und Abstammung immer nur dazu gedient, sich abzugrenzen und andere auszuschließen. Seit jeher legitimierte Herkunft Standesunterschiede, bis schließlich ein Abstammungswahn daraus entstand. Ein Wahnsinn, der die Generation ihrer Eltern heimgesucht hatte.

Indes konnte sie der Heilerin schlecht unterstellen, irgendetwas in diesem Sinne gemeint zu haben.

Trotzig schüttelte Edda den Kopf. Was brauchte sie eine Familie? Sie hatte nie Vater und Mutter gehabt, es war auch ohne Eltern gegangen. Zwar waren es keine gewöhnlichen Umstände gewesen und auch keine guten, trotz allem war sie groß geworden – ahnenlos.

Zugegeben, sie hatte Unterstützung bekommen – von Frau Margarete, die sie in den Heimen besuchte und sich als ihre Mutter ausgab. Was aus ihr ohne Frau Margarete geworden wäre, wollte sie sich nicht vorstellen. Aber ihre Dankbarkeit für die Hilfe wurde mehr vom Kopf diktiert, anstatt wirklich tief empfunden zu sein. Dafür schämte sie sich, verbuchte diese Undankbarkeit auf der Liste ihrer schlechten Eigenschaften und dachte wieder einmal, dass sie das Mal auf der Stirn zurecht trug. Doch dann begann sie sich zu verteidigen und suchte in ihren Erinnerungen nach Erlebnissen, die sie entlasteten.

Frau Margaretes Besuche in den Heimen. Alle machten sich lustig über die Aufmachung dieser Frau, ein offenkundig missglücktes Täuschungsmanöver, als Dame von Welt aufzutreten. Die Nonnen lächelten süffisant über die zerrissenen Nylonstrümpfe, über die gehäkelten Handschuhe, die einmal weiß gewesen waren, über die grell geschminkten Lippen. Die Kinder imitierten ihren Gang: wackelten mit den Hüften und stolzierten auf Zehenspitzen in imaginären Stöckelschuhen.

Bei jedem ihrer Besuche fragte Frau Margarete die Nonnen:

„Kann sie schon lesen und schreiben?“

Und jedes Mal erhielt sie die gleiche Auskunft:

„Das Kind kann nichts.“

Das stimmte in der Tat. Weder Namen noch Regeln konnte sich Edda merken. Sie dämmerte vor sich hin und träumte. Wie viele Stunden ein Tag hat und welchen Winkel die Zeiger einer Uhr, wofür war das wichtig?

Frau Margarete sorgte sich sehr um die Gesundheit des Kindes. Jedes Mal brachte sie Essenspakete mit: vor allem Honig und Lebertran. Gut gemeint, doch Edda litt unter der Sonderbehandlung, die daraufhin erfolgte. Löffel für Löffel schob Schwester Emelda dem Kind nach dem Frühstück Lebertran und Honig in den Mund. Jeden Morgen zwei Löffel Honig, zwei Löffel Lebertran. Den gequälten Ausdruck im Gesicht des Mädchens ignorierte sie.

„Hat es dir geschmeckt?", fragte Frau Margarete einmal. Das Kind schluckte und starrte auf den Boden. Auch ihre Gönnerin verstand nichts von Kinderblicken.

Edda vermied es, Frau Margarete mit Mutter anzusprechen. Ohnehin sagte sie selten etwas. Nur wenn sie aufgeregt war, konnte es passieren, dass sie ausrief: „Da, schau! Siehst du den Vogel?" Sie sagte einfach immer nur *du*. Das Du reichte völlig. Jedenfalls konnte sie sich nicht erinnern, dass Frau Margarete von ihr die Anrede Mutter verlangte.

Im Grunde hatte sie nie daran geglaubt, dass diese Frau ihre Mutter sei. Schon deshalb nicht, weil Frau Margarete sie niemals bei der Hand nahm. Vor jeder Berührung des Kindes zuckte sie zurück, schüttelte sich sogar, als wollte sie etwas Klebriges loswerden. Eine richtige Mutter würde so etwas nicht tun. Überhaupt, eine richtige Mutter würde ihr Kind nicht im Stich lassen. Woher sie wusste, wie sich eine richtige Mutter verhielt, hätte sie nicht zu sagen vermocht.

Es quälte sie noch ein anderer Gedanke. Das Böse, das an ihr, dem schlimmen Kind, haftete, hatte die eigentliche Mutter vertrieben.

Als Edda zehn Jahre alt war, holte Frau Margarete das Kind zu sich. „Diese scheinheilige Sippschaft. Bei diesen Betschwestern wärst du verkommen. Glaub mir", erklärte sie später einmal.

Das erklärte gar nichts, fand Edda. Es gab unzählige Kinder, die in Heimen unter der Obhut von Nonnen, scheinheilig oder nicht, mehr schlecht als recht überlebten. Warum hatte Frau Margarete ausgerechnet sie, Edda, das schlimme Kind, auserkoren?

Unermüdlich setzte sich Frau Margarete nun zu dem Mädchen und übte mit ihm Rechenzeichen und Buchstaben. Die sonst so herrische Frau wartete geduldig, bis das Kind stockend die Zahlenreihen des Einmaleins zwischen den trockenen Lippen herauspresste. Nie unterbrach sie mit harschen Worten, nie schlug sie das Kind ins Gesicht, wenn es die Antwort nicht wusste. Das war ein anderes Lernen, das es bisher nicht kannte.

„Von wegen dumm", sagte Frau Margarete. „Denen werden wir's zeigen. Nicht wahr?"

Das Kind gab sich seinerseits Mühe. Es war das Lächeln dieser strengen Frau, wenn das kleine Mädchen etwas Richtiges hervorbrachte. Ein Lächeln, das ihr Gesicht verzauberte. Um dieses Lächeln hervorzulocken, bot das Kind seine Kraft auf. Endlich konnte Edda es jemandem recht machen. Also gab es doch eine Erlösung, es war möglich, sich reinzuwaschen, das Böse abzustreifen.

Frau Margarete besorgte Kuchenstücke und Schokolade aus der Konditorei an der Ecke, um Edda zu belohnen. Eddas Körperumfang nahm auf diese Weise zu. Noch vermochte sie nicht, die Ursache dafür zu erkennen und fragte auch nicht danach. Wichtig war erst einmal nur, dass in der Schule die Dinge besser liefen. Immer häufiger fielen ihr Antworten auf die Fragen der Lehrerin ein.

„Wer kennt ein Hauptwort, das mit Z beginnt?", fragte Fräulein Hiller. Edda meldete sich zum Erstaunen der ganzen Klasse.

„Weiß niemand sonst ein Hauptwort mit Z?"

Da aber keine weiteren Finger hochgingen, wandte sich die Lehrerin an das blasse, dicke Mädchen in der letzten Reihe.

„Zeus", sagte Edda, noch ganz erfüllt von der Geschichte, die ihr am Abend davor Frau Baas über den Gottvater der

Griechen vorgelesen hatte – ein Vater ganz anders als der Gott der Nonnen und trotzdem mächtig.

In den Mundwinkeln von Fräulein Hiller zuckte es kurz: „Wer weiß noch ein Wort?"

Inzwischen hatten einige nachgedacht, und die Lehrerin schrieb ihre Antworten an die Tafel: Zimmer, Zug, Ziehharmonika.

Keines der Kinder fragte nach, was Zeus bedeutete.

In dieser Zeit fing Edda an, im Religionsunterricht aufzupassen. Alle Einzelheiten der Geschichten von erlösten Sündern, befreit aus Schuld und Schande durch einen Vatergott oder Gottessohn, konnte sie wiedergeben und erfreute damit ihren Religionslehrer.

Sie legte gute Zeugnisse unter die Schreibtischlampe von Frau Margarete. Das Lob dieser Frau machte sie stolz, verscheuchte etwas Dunkles, das auf ihr lastete. Trotzdem blieb sie unruhig, sehnte sich nach mehr, ohne sagen zu können, was das war. Mit der Vorliebe ihrer angeblichen Mutter für glitzernde Ketten, Ringe voll geschliffener Steine und außergewöhnliche Duftessenzen wusste sie nichts anzufangen. Überhaupt fand sie vieles seltsam an ihrer Ziehmutter. Auf Schulfesten oder bei Theaterbesuchen schritt Frau Margarete gleich einer Diva einher, umhüllt von einer Wolke erstickender Süße und sah nicht, dass viele den Kopf schüttelten oder die Augen himmelwärts verdrehten.

Auch Edda entging dieser Prunksucht nicht. Mehrmals im Jahr musste sie zur Schneiderin. In den maßgeschneiderten Rüschchenkleidern kam sie sich vor wie eine Jahrmarktsfigur, ein putzig ausstaffiertes Hündchen auf zwei Beinen, dem höhnischen Gelächter einer vulgären Meute preisgegeben.

„Fettkloß", „Mops" und andere Nettigkeiten zischten die Mädchen am Eisentor des Schulhofes. Edda konnte das Tor nicht umgehen. Um in die Klasse zu kommen, musste sie durch dieses Gespött hindurch.

Von Frau Margarete konnte sie keinen Trost erwarten. Ihre Ziehmutter klagte ohnehin so häufig: das knappe Geld, die üblen Nachreden der Nachbarin, die unsicheren Arbeitsstellen.

Einmal waren sie zu dritt hinter ihr hergelaufen, Loni und noch zwei Mädchen aus der Klasse. An diesem Tag hatte die Lehrerin jeder von den Dreien für schön geführte Hefte einen kleinen Kaktus geschenkt. Nun spukte in ihren Köpfen der Übermut, und sie konnten nicht genug bekommen von der Lust am Verspotten. Immerzu riefen sie:

„Fette Sau, fette Sau, dein Vater sitzt im Irrenhaus."

Bis Edda es nicht mehr aushielt, sich auf die drei stürzte und unter wütendem Schluchzen auf sie einschlug. Die Blumentöpfe fielen herunter und zerschellten auf dem Pflaster.

Wieder einmal war sie das böse Kind und musste zur Strafe ein halbes Jahr lang alleine hinten im Klassenraum sitzen. Sie fand das nicht so schlimm. Ausgegrenzt zu sein, das kannte sie zur Genüge. Die erschreckten Gesichter ihrer Peinigerinnen waren das allemal wert.

Tiefer traf sie etwas anderes.

Als Edda nach Hause gestürmt kam und außer sich vor Aufregung fragte „wo ist mein Vater?", erstarrte Frau Margarete, als hätte sich vor ihr ein abgrundtiefes Verhängnis aufgetan. Urplötzlich fing sie zu schreien an:

„Ich bring mich um, ich bring mich um." Dabei schlug sie mit den Armen auf etwas Unsichtbares ein, schüttelte sich, stöhnte und röchelte.

Nach diesem Anfall von Frau Margarete stellte Edda keine Fragen mehr. Es genügte ihr, dass ihre Ziehmutter abends nach Hause kam. Der regelmäßige Tagesablauf hatte etwas Beruhigendes. Daran konnte sie sich festhalten. Sie musste nicht wissen, wo Frau Margarete den Tag verbrachte.

Das hieß jedoch nicht, dass die Fragen aufgehört hatten. Vor allem wenn sie verspottet wurde – wegen ihrer Langsamkeit oder ihrer Zerstreutheit oder wegen ihres Körperumfangs – erfasste sie eine tiefe Sehnsucht, einen Vater zu haben, der sie beschützte.

Da Edda es nicht wagte, mit anderen über ihre Kümmernisse zu sprechen, entwickelte sie die Gewohnheit, in sich hineinzukriechen und eine Hülle über sich zu stülpen. Eine Tarnkappe, die unsichtbar macht. Wie in den Sagen und Mythen, die ihr Frau Baas vorgelesen hatte. Genau genommen hatte ihre Tarnkappe eine andere Wirkung: Ihre Tarnkappe machte nicht unsichtbar, sie machte unempfindlich. Edda spürte sich dann nicht mehr. Das war in jedem Fall besser, als die hilflose Wut auszuhalten und all die anderen Gefühle.

Als sie das Bild im Büro des Schulleiters sah – den Engel hinter dem Kind, das über die Brücke geht – stiegen ihr Tränen in die Augen. So stellte sie sich ihren Vater vor. In diesem Augenblick war sie sicher, dass er irgendwann einmal kommen würde – ganz real, nicht nur als Schutzengel – er würde sie bei der Hand nehmen, mit ihr in die Welt hinausgehen und alle grüßten sie voll Hochachtung. Es waren nur widrige Umstände, die ihn hinderten – ein Schiffsunglück oder eine Naturkatastrophe. Sie träumte und hoffte, wie Gefangene auf eine Begnadigung hoffen oder auf sonst ein unverdientes Glück.

Reichten diese Erinnerungen, um die merkwürdige Distanz, die sie Frau Margarete gegenüber empfand, zu erklären? Edda war sich nicht sicher. Zuviel Rätselhaftes blieb ungelöst. Immer wieder kreiste sie um die Frage, was Frau Margarete bewogen haben mochte, sich um das schlimme Kind zu kümmern. Hatte sie keine eigenen Kinder? Als kleines Mädchen wagte sie es nicht, diese Frage zu stellen. Sie hatte ihre Lektion gelernt. Fragen zu stellen, konnte lebensgefährlich sein. Fragen stellten die Erwachsenen, um gelerntes Wissen zu überprüfen oder um herauszufinden, ob dieses oder jenes unerlaubterweise geschehen war. Fragen stellten

Menschen, die Macht hatten: Lehrerinnen, Nonnen, der Pfarrer. *Wie heißt du?* Sie fühlte sich dabei jedes Mal so, als wäre sie bei einem Vergehen ertappt worden.

Im Kessel verdampfte zischend das Wasser. Edda goss neues nach und wartete auf die Person mit dem erdgelben Umhang. Leise murmelnd übte sie die Frage, die sie stellen wollte: *Wie heißt du?* Sie war nicht mehr das Kind, das sich nicht traut, etwas zu fragen.

Das Feuerritual

„Namen sind unwichtig", sagte eine heisere Stimme hinter ihr. Edda drehte sich um.

„Namen haben einen Klang, aber dieser Klang bist nicht du", sagte die Frau, die sie für einen Mann gehalten hatte. „Namen verändern sich nicht. Du hingegen bist ständig dabei, dich zu verändern. Nur noch bei wenigen Völkern gibt der Name das Ziel an, das sich die Seele vorgenommen hat."

Schlagartig verschluckte Edda, was sie fragen wollte. Insgeheim jedoch erfand sie einen Namen. Einen Namen, der natürlich nichts von den Absichten der Seele wusste, jedoch einen Hinweis auf den Vogel enthielt, der sie hierher gebracht hatte. In Eddas Kopf formte sich der Name *Regenpfeiferfrau*.

Die Regenpfeiferfrau ließ sich vor dem Feuer nieder, holte aus einer Falte ihres Umhangs eine kurze Pfeife und einige kleine grüne Zweige. Sie zerbröselte die Pflanzen im Pfeifenkopf und hielt daran einen glimmenden Ast.

„Du bist unruhig."

Edda nickte, obwohl sie sich ihrer Unruhe nicht bewusst war.

Mit langem Atem, deutlich hörbar, blies die Regenpfeiferfrau würzig riechende Wolken vor sich hin. „Wacholder reinigt." Der Rauch wurde so dicht, dass Edda nur noch verschwommene Umrisse sah.

„Geh ums Feuer", wies sie Edda an. „Fang im Osten an, dann geh über Süden nach Norden. Sei höflich zum Feuer. Sprich mit ihm.

Du tust mir gut, ganz sicherlich.
Ich achte und ich ehre dich.

Erst danach trage dein Anliegen vor. Am besten in Reimen. Alle Naturwesen lieben Verse. Etwa so:

Verbrenne meine Unrast.
Verbrenne meine Angst.
Verbrenn all meine Wirrnis,
im Herzen, Leib und im Verstand."

Mit jeder Runde ums Feuer nahm in Eddas Körper die Wärme zu. Nach dem letzten Rundgang setzte sie sich neben die Frau so selbstverständlich, als wären sie schon lange miteinander vertraut.

Die Regenpfeiferfrau begann leise zu singen. Langgezogene Laute zu einer einfachen Melodie. Dabei wiegte sie ihren Körper vor und zurück. Edda hörte in diesem Gesang den Wind aufsteigen und wieder fallen, manchmal säuselnd, manchmal brausend, dann wieder von gleichmütiger Milde. Der Wind verdichtete sich zu einer weißen Eule. Ganz ruhig lag sie in der Luft, schwebte mit erhabener Gelassenheit über Moore und Steppen, über Seen und Berge, ließ sich hinauftragen, immer höher hinauf, höher und höher. In weiten Spiralen schraubte sich die Eule hinein in die Ewigkeit des Lichts, löste sich auf in der Unendlichkeit des Himmels.

Edda lauschte der singenden Stimme und schaute ins Feuer, bis die Flammen heruntergebrannt waren. Die Frau streichelte mit einem Birkenzweig über die Glut, die in unzählige Lichtpunkte zerfiel. Eine geheimnisvolle Welt rot glühender Funken, eine ferne Galaxie, Sternbilder, die atmeten. Mit jedem Herzschlag des Feuers dehnten sich die Lichter aus und zogen sich wieder zusammen. Es war Edda, als wäre sie dort angekommen, wohin sie gehörte.

In der Höhle war nichts weiter zu hören bis auf das Feuer, das leise vor sich hin prasselte. Sonst war alles still. Sang die Frau schon lange nicht mehr? Wer hatte das Feuer neu entfacht? Kleine Flammen züngelten im beschwingtem Takt. Manchmal explodierte ein Holzstück mit lautem Knall.

„Kennst du den Namen deiner Eltern?“ Wer sprach mit ihr? Die Regenpfeiferfrau oder das spöttische Gesicht in dem glühenden Holzstrunk?

Der Namenswechsel in ihrer Kindheit kam ihr in den Sinn. Das erste, was sie schreiben konnte, war der Name *Edda Heinson*.

Sie schrieb die leeren Blätter in ihren Heften voll mit diesem Namen, erfüllt von der Freude, schreiben zu können. Als dann Frau Margarete Gerhardt sie als ihr Kind zu sich nahm, bekam sie einen neuen Namen, den sie nun auf die Deckblätter ihrer Hefte zu schreiben hatte, mit dem sie aufgerufen wurde, der in den Klassenlisten stand: *Edda Gerhardt*.

Es war ihr schwer gefallen, sich an den Namen Gerhardt zu gewöhnen.

Jetzt fiel ihr auch ein, wie die anderen Kinder mit ihren Vätern geprahlt hatten.

„Mein Vater ist bei der Polizei“, verkündete Loni, ihre Banknachbarin, in einem fort drohend, als würde er jederzeit um die Ecke geschossen kommen und alle verhaften, die seiner Tochter auch nur das geringste Leid zufügten.

Kam von ihrem Vater der Name Heinson? Vielleicht ist mein Vater auch eine bedeutende Person, hatte sie damals gedacht – Kapitän auf einem Dampfschiff, das durch die Gewässer ferner Meere kreuzte.

„Nimm dieses Band“, sagte die Regenpfeiferfrau und reichte ihr ein rotes Seil. „Wickle es zu einem Knäuel. Wickle in das Knäuel alles hinein, wovor du Angst hast, was dich verletzt hat, was dich behindert.“

Edda dachte an ihren Vater, den sie nie kennen gelernt hatte. Aber das war es nicht. Er hatte sie nicht verletzt. Oder doch? Sein Fehlen hatte sie verletzt. Und auch, dass ihre Mutter nicht da war. Es hatte mit dem Bösen zu tun, das an ihr, dem schlimmen Kind, haftete. Seit wann es das Mal auf ihrer Stirn gab, wusste sie nicht. Es schien immer da gewesen zu sein, mochte sie noch so weit zurückdenken. Alle sahen dieses untrügliche Erkennungszeichen: die anderen Kinder, die Nonnen, die Lehrerinnen, der Pfarrer. Denn dieses Kind konnte keine Auskunft geben, wer seine Eltern sind. Jemand, der nicht sagen kann, wer seine Eltern sind, muss böse sein. Böse sein bedeutete, niemanden zu haben, zu dem man gehört. Das war schlimmer, als die Eltern durch Tod verloren zu haben. So gehörte sie nirgendwo hin, nicht einmal als letzte Überlebende konnte sie sich auf eine Gemeinschaft berufen.

Um den Makel, keine Herkunft zu haben, zu verbergen, machte sie sich unscheinbar, versteckte sich, schloss sich selbst aus, wollte so verhindern, von den anderen ausgeschlossen zu werden. Wenn sie es selbst tat, glaubte sie, gab sie den anderen weniger Macht.

Edda wickelte in das Knäuel Ohnmacht hinein – die Empfindung, ausgeliefert zu sein, niemanden zu haben, der einen schützt. Auch das Gefühl, ausgeschlossen zu sein, musste in das Knäuel. Sie wickelte das Zeichen auf ihrer Stirn hinein und ihre Selbstzweifel und Schuldgefühle. Dann gehörte noch ihre Bereitschaft, sich für jedes Quantum Schutz aufzugeben, in das Knäuel. Sollte sie auch ihre Bewunderung für Victor hineinlegen? Oder war das bereits erledigt. Sie lachte kurz auf.

„Ich bin, weil ich mich unterscheide“, hatte Victor einmal gesagt. Wusste er, wem er den Mut dazu verdankte? Wenn er ohne den ganz speziellen Schutz, den einzig Eltern zu geben vermögen, aufgewachsen wäre, wo hätte er dann seine Unerschrockenheit hergenommen?

Edda wickelte das Tabu, nach der eigenen Herkunft zu fragen, in das Knäuel hinein.

Als ihr nichts mehr einfiel, wollte sie den Ballen ins Feuer werfen.

„Nein“, sagte die Regenpfeiferfrau, und das klang wie ein Befehl. „Es ist besser, wenn du es dem Wind übergibst. Was der Wind verwandelt, verwandelt er sanftmütig. Komm!“

Sie gingen den Bach entlang aufwärts, umrundeten einen Berg und standen unvermittelt vor dem vertrockneten Strauch, der Eddas Sturz aufgehalten hatte.

Lange stand sie vor dem Strauch und fühlte sich völlig leer.

Bis sie die Regenpfeiferfrau hinter sich spürte. Ganz dicht musste sie hinter ihr stehen, so nah, dass ihr Rücken davon warm wurde. Als hätte diese Wärme etwas weggeschmolzen, brach ein Schluchzen aus Edda hervor. Es überraschte sie, wie befreiend es sein konnte, zu weinen. Sonst hatte sie gegen Tränen immer angekämpft, weil sie sich dafür schämte. Aber dieses Mal war es anders – keine Trauer und auch kein Selbstmitleid, sondern das Gefühl, etwas losgeworden zu sein.

Langsam rollte sie das Knäuel auf und verteilte das Band über die Äste und Zweige des verdorrten Strauches. Keine Faser sollte dem Wind entgehen.

Das Band in den Zweigen sah schön aus. Eine rote Girlande, die locker um die Äste schaukelte. Sanft flatterten die Schlaufen und Bögen im Wind. Der Strauch war nicht länger ein verdorrtes Gestell, verloren in der Einsamkeit. Der Strauch strahlte Lebensfreude aus und Würde. Er gab seiner Umgebung einen eigenen Charakter und zugleich war er Wegweiser und Stützpunkt. Einen Augenblick lang glaubte sie, der Strauch verkörpere eine Vision – ein Vorbote künftiger Eigenschaften von ihr selbst.

Das Amulett

In der Nacht kehrte der Traum vom schwarzen Hund zurück. Das gleiche Traumbild, das sie vor ihrer Abreise so beschäftigt hatte. Wieder ging sie mit dem harmlosen, unscheinbaren Hirtenhund an der Seite an einem hohen Maschendrahtgitter entlang. Dahinter rannte der schwarze Wolfshund, rannte voraus und wieder zurück. Immer auf einer Linie. Richtete sich auf am Zaun, keuchte und trommelte mit den Pfoten in die Luft. Bohrte seine Schnauze in den Zaun, biss in den Draht, rüttelte, zerrte. Ganz offensichtlich wollte er zu ihr.

Als sie aufwachte, wusste sie, mit wem der schwarze Hund zu tun hatte. Dieses Mal hatte keine Stimme gesagt: *Geh nicht so nah ran an den Schwarzen, sonst tötet er dich.* Das war die Stimme ihrer Ziehmutter gewesen, die um jeden Preis das Kind von seinem Vater fernhalten wollte. Und auch für den zotteligen Hirtenhund gab es ein Vorbild. In dem strohfarbenen Fell, den scheuen Bewegungen und dem ergebenen Blick erkannte sie sich selbst wieder.

Mit einer für sie ungewöhnlichen Schnelligkeit sprang sie auf und begann ihre Sachen zu packen. Dabei murmelte sie vor sich hin, als wollte sie etwas beschwören: *Das ist jetzt vorbei, Frau Margarete. Damit ist jetzt Schluss.*

Warum war die Regenpfeiferfrau nicht da? Sie hätte sich gerne bei ihr bedankt, bevor sie aufbrach. Schließlich beschloss sie, loszugehen, ohne sich zu verabschieden. Das hatte sie von den Tieren gelernt. Von dem Eichkätzchen im Jalousiekasten und von dem kleinen Rentier. Sie blieben so lange, wie es ihnen notwendig erschien. Wenn es für sie Zeit war, verschwanden sie, scheinbar ohne es anzukündigen.

Edda beschloss, den Wasserläufen zu folgen, schließlich fließen alle Gewässer ins Meer.

Sie war schon geraume Zeit unterwegs, als die Regenpfeiferfrau unvermittelt vor ihr stand.

„Dem Wasser entlang wirst du nicht durchkommen“, sagte sie. „Das Wasser fließt hier nicht geradlinig. Zwischen seinen Biegungen bilden sich Sümpfe. Siehst du die Weiden, die silbrigen Büsche? Überall dort ist es sumpfig. Da kommst du nicht durch. Du tust gut daran, mir zu folgen.“

Sie ging los und sah sich nicht mehr um. Hin und wieder zeigte sie mit der Hand auf Losungen. „Elch“, sagte sie dazu oder „Vielfraß“ oder „Auerhahn“. So liefen sie Stunden über moosbedeckte Böden, über Hänge, bewachsen mit Zwergbirkenstäuchern, querten Wacholderfelder und kahle Bergrücken. Nicht nur einer, ein ganzer Geleitzug von Goldregenpfeifern hüpfte, flatterte, segelte mit ihnen. Bis sich ein Weg erkennen ließ – zwei parallel verlaufende Fahrrinnen, überwuchert von Grasbüschel.

Die Regenpfeiferfrau griff in ihren Stoffbeutel und holte eine kleine runde Scheibe, nicht größer als eine Taschenuhr, hervor.

„Als Schutz für dich.“

Mit feierlicher Gebärde zog sie das Lederband, an dem das Medaillon befestigt war, über Eddas Kopf, umarmte sie für den Bruchteil einer Sekunde und stieß sie dann geradezu heftig von sich.

Edda setzte an: „Danke ...“

Bevor sie weitersprechen konnte, unterbrach die Frau sie unwirsch.

„Schweig!“ Sie warf sich den Sack über die Schulter und rannte den Berg hinunter, leicht und wendig, ohne Anzeichen altersbedingter Schwere. Dann verschwand sie zwischen den Birkenstämmen, den lehmgelben Umhang als Tarngewand, das jeden Unterschied zwischen Person und Bäumen verwischte.

Edda besah sich die Zeichen auf dem Amulett: Bärentatzen und ihre Spur.

Drei Hütten am See

Nach zwei Tagen erreichte sie eine asphaltierte Straße. Stundenlang wanderte sie auf diesem endlosen Asphaltband dem Horizont zu. Eine schnurgerade Schneise im Dickicht es Birkengestrüpps. Niemand begegnete ihr. Nicht einmal Tiere. Endlich hörte sie hinter sich ein Motorgeräusch. Der Pickup hielt auf ein Zeichen von ihr. Die Fahrerin – Basecape auf dem rotblonden Wuschelhaar, blaukariertes Flanellhemd locker über den Jeans – schnaubte nur auf ihre Frage nach der nächsten Bushaltestelle.

„Noch fünfzig Kilometer“, sagte sie kurz und stieg aus. Sie nahm Eddas Rucksack hoch und schwang ihn über die Heckklappe auf die Ladefläche zu Zementsäcken und allerlei Werkzeug. Einen Gewehrlauf schob sie mit rascher Bewegung unter eine türkisblaue Plastikfolie.

Das hat nichts mit mir zu tun. Edda wollte dem aufkeimenden Misstrauen keinen Platz lassen. Vielleicht kommt sie gerade von der Jagd. Irgendwer hatte ihr erzählt oder hatte sie es gelesen, dass die Siedler im Norden von jeher ihren Speiseplan mit Wildfleisch anreicherten. Hier oben wuchs kein Getreide mehr, Kartoffeln gediehen allenfalls in guten Jahren, und Schafe, ihre Haupteinnahmequelle, waren zu kostbar, um sie für den eigenen Bedarf zu schlachten. Aber galt das auch heute noch?

Die Frau hinterm Steuer fragte, ohne den Blick von der Straße abzuwenden:

„Du bist Deutsche? Nicht wahr?“ Aus den Augenwinkeln registrierte sie Eddas wortlose Zustimmung. Danach sprach sie unentwegt. Fließendes Englisch, in einem Tempo, als wäre Zeit ein knappes Gut. Schimpfte über die Mücken, die an manchen Tagen wie sirrende Wolkenballen über dem Land hingen.

Edda verstand nicht alles. Offenbar ging es um eine heimtückische Fliegenart, die es vor allem auf Rentiere abgesehen habe. Die gesamte Wanderung der Fliegeneier durch die Eingeweide der Opfer beschrieb die Frau, dann den Weg der Larven, die sich unmittelbar unter der Haut der Rentiere einnisten würden, gut sichtbar als Beulen, die so höllisch juckten, dass sich die Tiere blutig schabten.

Was bedeutet das Gewehr unter der türkisblauen Plastikfolie?, dachte Edda.

„Ohne Mücken würden die Rentiere gar nicht wandern", sagte die Frau. „Im Sommer kommen sie von Schweden herauf. Aus den mückenverseuchten schwedischen Sumpfgebieten. Verstehst du? Sie fliehen regelrecht in die Berge."

Abwehrend schüttelte Edda den Kopf, fühlte sich wie in der Schule, wenn sie bei einer Wissenslücke ertappt worden war. Die Stimme der Frau kam ihr so laut vor, so fordernd.

„Wir haben es besser. Norwegen ist Grasland." Jetzt kicherte sie in sich hinein, als hätte sie gerade einen Gegner ausgetrickst.

Dann berichtete sie etwas von einem Vertrag.

„Mehr als dreißig Jahre sind vergangen, seit die Samen aus Schweden ein Abkommen unterschrieben haben. Sie sollten ihre Rentiere von norwegischen Gebieten fernhalten. Als ginge das so einfach. Den Rentieren ist es furchtbar gleichgültig, ob sie norwegisches oder schwedisches Gras fressen. Weiß der Kuckuck, warum sich die Samen darauf eingelassen haben. Sie trieben ihre Herden in den Süden, in das Weidegebiet am Sarek und in die Padjelanta-Hochebene. Aber sowie der Vertrag abgelaufen war, sind sie zurückgekommen. Jetzt machen sie ihre Kälbermarkierung wieder regelmäßig auf norwegischer Seite. Ganz in der Nähe unserer Farm. Es sind freundliche Menschen, und ihre Arbeit ist hart. Auch wenn sie inzwischen Motorschlitten und Hubschrauber einsetzen.

Einer ist diesen Sommer bei uns geblieben. Er hilft uns auf dem Hof. Ich glaube, ihm schmeckt unser Bier." Wieder kicherte sie in sich hinein.

Edda sah Rentierherden vor ihrem inneren Auge. Ein wogendes Feld von graubraunen Leibern und darüber der filigrane Wald ihrer Geweihe. Ein kleines Rentier stakste durch Wollgraswiesen, etwas unbeholfen, behindert durch den steifen Hinterlauf.

Nieselregen setzte ein und legte über das endlose Birkengrün einen trübsinnigen Trauerflor. Die Frau hinterm Steuer schaltete die Scheibenwischer an. Quietschend schwenkten sie über die Windschutzscheibe und brauchten eine Weile, bis sie die Schmiere aus Staub, Regen und Mückenresten beseitigt hatten. Das Plaudern der Frau, begleitet vom rhythmischen Schlag der Wischblätter, bekam angesichts der grauen Schleier draußen unversehens etwas Heimeliges.

„Früher haben wir auch die Schafe hochgetrieben in die Berge. Bis der Bär aufkreuzte. Unsere Schafe sind durchgegangen. Voller Panik sind sie zur Farm zurückgerannt. Seitdem weigern sie sich, hochzugehen."

Die Stimme der Frau klang jetzt gepresst: „Der Bär ist dieses Jahr ins Tal heruntergekommen. Zwei Schafe hat er schon gekillt."

Sie schnaubte: „Wenn ich den erwische."

Edda atmete auf. Dazu also diente das Gewehr.

„Hier könnten Regenwälder wachsen, wenn es der Boden hergäbe", setzte die Frau ihren Monolog fort. „Obwohl wir fast am Nordpol liegen. Wie Sibirien. Das verdanken wir dem Golfstrom. Aber Sibirien würde mir besser gefallen. Nicht so feucht. In der warmen Luft hier saugen sich die Wolken voll wie Schwämme. Sie hängen dann so tief, dass sie es nicht über die Berge schaffen." Mit energischem Griff schaltete sie die Wischblätter auf eine schnellere Stufe.

An einer Kreuzung mit Tankstelle, Kiosk, Supermarkt und Busstation hielt sie, kurbelte das Fenster herunter und sprach mit einem Mann, der gerade aus dem Kiosk kam.

„Du hast Pech", teilte sie Edda mit. „Heute geht kein Bus mehr. Wenn du möchtest, kannst du bei uns übernachten. Ich muss nur noch etwas einkaufen."

Auch Edda nützte die Gelegenheit und frischte ihren Proviant auf. In den Regalen des Supermarktes fand sie sogar Parmesankäse am Stück.

„Wir bekommen inzwischen alle nur denkbaren Delikatessen aus dem Süden", sagte die Frau nicht ohne Stolz. „Seit wir Erdöl im Atlantik gefunden haben, sind wir ein reicher Staat."

Als sie den Supermarkt verließen, stand ein Paar in samischer Tracht vor dem Eingang, auf einer Decke vor sich ausgebreitet holzgeschnitzte Becher und Löffel, dazu Mützen und Handschuhe aus Rentierfell. Doch keiner blieb stehen und kaufte etwas.

Nach einer weiteren Stunde Fahrzeit kamen sie an einen kleinen See, in dessen Nähe drei Holzhäuser standen. Hinter den Blockhütten, auf einer Wiese von vertrocknetem Gras, standen in symmetrischen Abständen Kisten. Erst auf den zweiten Blick erkannte Edda die Hunde, die sich beim Knirschen der Autoräder überall vor den Holzkästen erhoben, sich räkelten und mit den buschigen Ruten wedelten. Keiner der Hunde gab einen Laut von sich, keiner kam näher. Ketten erlaubten den Tieren nur einen geringen Bewegungsspielraum. Sie konnte nicht abschätzen, wie viele es waren, mindestens zwanzig.

Aus einem der Häuser kam ein bärtiger Mann in blauem Overall, umarmte und küsste die Frau. Währenddessen schaute sich Edda die Hunde an.

Nordlandhunde mit dichtem Fell und breitem Schädel. Nicht diese schmalen, hochbeinigen Huskys, die sie zuletzt recht häufig in Berlin, in Ulm und anderen deutschen Städten gesehen hatte, und die so traurig wirkten. Nur die Augen verrieten etwas von ihrer ursprünglichen Wildheit – helle, blaue Augen, als wären sie im Moment der Wachsamkeit zu Kristall versteinert. Augen, die unwiderstehlich dazu aufforderten, in sie hineinzustarren. Diese Hunde hier waren kräftiger, gedrungener, das Fell meist karamellfarben, manchmal auch schwarzweiß gefleckt oder kaffeebraun. Und die Augen dunkel. Einer war dazwischen, dem hatte eine Laune der Natur das eine Auge blau, das andere braun gefärbt. Sie mochte die Braunäugigen lieber, sie wirkten wärmer, anteilnehmender.

„Na, wie findest du unsere sibirian huskys?“, rief ihr die Frau zu. Ohne eine Antwort abzuwarten, fügte sie hinzu:

„Du kannst mit uns essen. Mein Mann hat gekocht.“

Am Tisch saßen bereits zwei Männer, einer der beiden mit kindlich weichem Gesicht und wuscheligem, rotblondem Haar, rotblond wie die Frau, die seine Mutter sein musste. Der andere Mann war älter, vielleicht vierzig, vielleicht auch schon fünfzig, auf jeden Fall älter als Edda selbst. Niemand stellte sich vor, und auch sie wurde nicht vorgestellt.

Die rotblonde Frau schob jedem einen Teller mit einer Art Fischrisotto hin und wünschte guten Appetit. Es war Edda kein Problem, von der Unterhaltung nichts mitzubekommen, so konnte sie in Ruhe beobachten – den Jungen mit seinen schlaksigen Bewegungen, den älteren Mann, dessen Gesicht ihr irgendwie leidend erschien und den bärtigen Mann, der mit lautem Lachen das Kichern seiner Frau übertönte. Immerhin verstand sie, dass sie den Jungen Per nannten und seine Mutter Hanna.

Hanna stellte sie dann doch noch vor.

„Edda ist Deutsche“, informierte sie die Runde auf Englisch. Sie forderte Per auf, die Gelegenheit zu nutzen, deutsch zu sprechen, und zu Edda gewandt, meinte sie augenzwinkernd:

„Sein Vater war Deutscher." Sie stand auf, räumte das Geschirr ab und begann zu spülen.

„Die Deutschen sind hier nicht sehr geschätzt", sagte Per. „Wegen Hitler. Alle kennen Hitler, doch keiner redet von Stalin. Dabei war Stalin genauso schlimm."

Er sprach langsam, aber akzentfrei deutsch und blickte Edda erwartungsvoll an, als müsste sie ihm die Erklärung dafür geben.

Sie versuchte sich vorzustellen, welches Problem der Junge damit hatte und malte sich aus, wie in der Schule, im Sportverein, auf einem Ausflug mit Kameraden oder sonst einer Gelegenheit irgendwer verkündet, sein Vater sei Deutscher. Die anderen horchen auf, etwas wird kalt in ihren Gesichtern. Aha, einer aus dem Volk, das einen Hitler hervorgebracht hat. Vielleicht selbst ein kleiner Hitler. Diesen Blick muss er aushalten, den Blick derer, die sich überlegen fühlen. Wie bestimmte Weiße auf Schwarze herabblicken, weil sie sich moralisch überlegen fühlen, die besseren Menschen, die Guten.

Bevor sie antworten konnte, mischte sich Hanna ein und schickte Per nach draußen, er solle beim Füttern der Hunde helfen. Ihr unwirscher Ton verwunderte Edda. Er schien ihr durch nichts gerechtfertigt, es war wohl das Gesprächsthema, das der Frau nicht passte.

Edda schaute den Männern zu, wie sie von Hundehütte zu Hundehütte gingen, den Kot in Blecheimer schaufelten, zwischendurch mit den Huskys sprachen, die sich an die Menschenbeine drängten. Manche Hunde richteten sich auf und strampelten mit den vorderen Läufen in die Luft, bis sie festgehalten wurden in einer Umarmung, die sie beruhigte. Danach fuhr Hanna mit einer Schubkarre von einem Hund zum anderen, befahl „sit", immer wieder „sit", bis das Tier sitzen blieb, dann erst holte sie mit einer Kelle einen wabbeligen

Batzen aus der Karre. Sie schlug das gerade aufgetaute rohe Fleisch in einen Napf, der Sekunden später bereits geleert war.

Hinter der Wiese mit den Hundehütten gab es ein weiteres Areal, das mehrmals unterteilt war, jedes Feld durch hohes Drahtgitter vom anderen getrennt. Die Hunde in diesen Abteilungen liefen frei herum, meist drei oder vier. Von Hanna erfuhr sie, dass dies die Hunde für die Schlittentouren seien, jeweils ein Gespann in einem Zwinger, damit sie untereinander die Rangfolge klärten.

„Das muss vorher ausgemacht sein, nicht erst unterwegs."

Edda fragte, ob sie helfen könne und durfte daraufhin die Wassereimer in den Zwingern auffüllen. Die Tiere begrüßten sie voll überschwänglicher Begeisterung. Sie leckten ihre Hände, sprangen an ihr hoch, wuschen ihr das Gesicht. So gut sie konnte, wehrte sie sich dagegen, zog die Schultern hoch, legte sich die Arme um den Kopf. Doch im Grunde war ihre Abwehr halbherzig. Die wilde Zärtlichkeit der Hunde, ihre feuchten Zungen am Hals, an den Ohren, lösten einen Lachreiz aus, den sie nicht beeinflussen konnte und es auch nicht wollte.

Plötzlich bemerkte sie, dass ihre Brille fehlte.

Hilfesuchend blickte sie sich um. Die Brille hatte keinen Rand. Wie oft schon hatte sie dieses durchsichtige Gestell zerstreut verlegt und stand dann vor dem Problem, es ohne Sehhilfe finden zu müssen.

Wahrscheinlich war das fragile Stück unter dem ungestümen Begeisterungstaumel der Hunde heruntergefallen und lag nun in unzählige Teile zersplittert im Sand.

Ohne Brille würde sie häufiger über Wurzeln und Steine stolpern, Markierungen übersehen, sich schwerer orientieren. Sie würde die Rauhfußbussarde am Himmel nicht mehr wahrnehmen und könnte nicht mehr unterscheiden, ob die hellen Stellen in der Landschaft mit Wollgras übersäte Moorwiesen sind oder Schneefelder oder Seen. Alles, was mehr als einen

Meter von ihrem Gesichtsfeld entfernt lag, würde an Schärfe verlieren. Je weiter, umso mehr.

Die Huskys mussten bemerkt haben, dass etwas nicht stimmte. Sie standen jetzt still, beobachteten sie mit erwartungsvoll glänzenden Augen, offenen Mäulern, hechelndem Atem – als würden sie nur verharren, um neue Kräfte zu sammeln. Eine schwarzbraune Hündin, zierlicher als die anderen, schob sich nach vorne und reckte ihr die Schnauze entgegen. Edda sah etwas aufblitzen. Ganz vorsichtig hielt das Tier die Brille zwischen den blanken Zähnen.

Sie saßen längst wieder zusammen am Tisch und tranken Bier aus der Flasche, als der Gesang ertönte. Vor ihren Hütten liegend oder stehend, die geöffneten Schnauzen in den Himmel gereckt, pendelten sich die Stimmen der Hunde auf einen mehrstimmigen, langgezogenen Laut ein. Ihr gefiel das Pathos, das sie heraushörte. Ein Sphärenklang aus einer archaischen Welt.

„Bedanken sie sich?“, wollte sie wissen.

„Gut möglich“, sagte Hanna. „Aber manchmal heulen sie auch mitten am Tag. Als wollten sie sich bestätigen, eine Gemeinschaft zu sein.“

Später hörte Edda davon, dass viele Naturvölker glauben, Wolfsgesang habe den Beginn der Welt eingeleitet.

Nils erzählt

„Du bist Deutsche?“ Der Mann mit den melancholischen Gesichtszügen sah sie durchdringend an. Die Farbe seiner Augen erinnerten sie an die Blüte einer Zichorie – ein helles Blau mit einem feinen Stich ins Violette.

„Es gibt hier immer noch eine Menge Leute, die haben Probleme mit den Deutschen.“ Das singende Tongefälle seiner Aussprache kam ihr bekannt vor. Woher nur?

Edda überlegte, wie ihn die anderen genannt hatten: Nils. Meist einfach nur Nils. Einmal hatte Hanna aus voller Kehle „Niljalls“ gebrüllt. Dabei röhrte ihre Stimme wie die einer Jazzsängerin. Nils hatte gelacht und den Kopf geschüttelt.

Jetzt sagte er mit düsterer Mine: „Fast alle Männer, die damals jung waren, behaupten, im Widerstand gewesen zu sein. Das gehört zur nationalen Identität. Die Helden von damals. Von Scherfront und Wehrmachtskindern wollen sie nichts gewusst haben.“

Wovon war hier die Rede?

Hanna schien Eddas verständnislosen Blick bemerkt zu haben. „Die Besatzungszeit ist Nils Thema“, sagte sie. „Wenn es draußen dunkel wird, dann kommt seine Stunde. Dann fängt er an zu erzählen. Die Dämmerung ist hier lang.“

Nils nahm einen Schluck aus der Flasche, Hanna legte einen Scheit ins Feuer, über die Scheiben rannen Regentropfen. Edda freute sich auf einen Geschichtenerzähler, der seine Zuhörer mit Worten und Gesten unterhalten wollte, doch Nils schwieg beharrlich. Mit nach vorne gebeugtem Oberkörper saß er am Tisch und stützte seinen Kopf in die Arme.

„Meine Sidda“, sagte er nach einer Weile versonnen. „Niemand von uns hätte sich in samischer Tracht vor einem Supermarkt hingestellt und Souvenirs an Touristen verkauft.“

Er sprach stockend, aber gut verständlich mit seinem sonderbaren Akzent.

Hanna erklärte Edda, dass Sijdda eine Art Familie sei, eine Großfamilie, die zusammen ein Gebiet nutzt. Für die Rentiere zum Weiden und auch zum Jagen und zum Fischen.

„Erzähl uns von deiner Sijdda!" Hanna, die neben Nils saß, stieß ihn mit dem Ellbogen aufmunternd an.

„Da gibt es nicht viel zu erzählen", sagte Nils. „Im Sommer lebten wir in den Bergen, und im Winter zogen wir herunter in die Flusstäler. Im Sommer lebten wir in Zelten und im Winter auch."

Vielleicht lag es an ihr, dass Nils keine rechte Lust zum Erzählen hatte, dachte Edda. Vielleicht war er es nicht gewohnt, vor Fremden zu sprechen. Es war ihr nicht entgangen, dass er manchmal nach ihr geschaut hatte, wie zufällig, wie jemand, der nicht aufdringlich sein will.

„Können bei euch alle Englisch?" Wieder stieß Hanna leicht in Nils Seite.

„Fast alle. Meine Sijdda beachtete einige Gesetze des Staates und schickte die Kinder zur Schule."

Er berichtete von den besonderen Schulen, die der norwegische Staat für die Samen eingerichtet habe. Angeblich, um sie vor dem Aussterben zu bewahren. Und da es den Samen wichtig gewesen war, mit den Behörden gut auszukommen, hielten sie sich an die Schulpflicht. Sie hatten verstanden, dass es darauf ankam, sich in der Sprache der eingewanderten Siedler ausdrücken zu können und lernten nicht nur Norwegisch, sondern auch Englisch.

„Wie groß war deine Sijdda?" Was lag Hanna daran, Nils zum Sprechen zu bewegen? Wollte sie Edda etwas bieten? Eine besondere Unterhaltung oder Landeskunde für eine Fremde?

„Ich weiß es nicht mehr. Es änderte sich ja auch ständig. Manchmal ging ein Onkel weg oder eine Schwester kam dazu. Jedenfalls waren wir viele Kinder. Zwanzig oder dreißig."

Er griff nach der Bierflasche, trank in langen Zügen und leckte sich danach die Oberlippe. Dieses Mal sprach er ohne Anstoß weiter.

Unter seinen älteren Schwestern gab es eine, die er über alles liebte. Wenn er sich eine Beule geholt hatte oder eine Schramme oder sonst einen Schrecken, dann tröstete ihn Heikka und nahm ihn in die Arme, bis es nicht mehr weh tat.

Er bewunderte Heikka maßlos. Niemand sonst war so gut mit dem Lasso wie sie. Sie erwischte jedes Rentier. Und immer fand sie die besten Stellen, um mit den Herden über die Flüsse zu kommen.

Sein Körper vibrierte kaum merklich beim Sprechen. Mit einem verlegenen Lächeln nahm er die Decke, die Hanna ihm reichte und legte sie sich um die Schultern. Doch Edda meinte, noch immer sein Frösteln zu spüren. Sie hörte es in der Stimme, mit der er weitersprach.

„Aber sie war auch seltsam", erzählte er. „Sie trug die Haare kurz geschnitten wie ein Mann, und sie kleidete sich wie ein Mann. Manchmal ging etwas von ihr aus, das war uns unheimlich. Sie saß dann stundenlang auf einem Stein und starrte ins Leere oder murmelte unverständliches Zeug. Sie sammelte Kräuter und trommelte. Wie ein *noajdde* – ein Schamane."

Edda musste an die Regenpfeiferfrau denken. Sie wusste plötzlich, woher sie den Akzent kannte.

Heikka ging nie mit zur Kirche. Als der Pfarrer sie fragte, warum, sagte sie ihm ohne Angst ins Gesicht: Sie wolle nicht zu einem Gott beten, der so eifersüchtig ist, dass er keinen anderen neben sich gelten lässt. Und noch etwas sagte sie ihm: In allen Dingen verbirgt sich ein göttlicher Geist. Im Wind, im Feuer, in allen Elementen, auch in allen Tieren und Pflanzen. Doch für den Pfarrer war das Aberglaube.

Mit der Zeit kamen immer häufiger Männer und Frauen zu ihr. Manche von weit her. Sie ging mit ihnen an die alten

Kultplätze ihres Volkes. Zum Stein in der Seggenwiese, zum Wasserfall, zum See mit dem milchgrünen Wasser – oben in den Bergen. Der Pfarrer beschwerte sich. Ein Stein, ein Baum, ein Ort könne nicht beseelt sein, sagte er.

Er war etwa zwölf, als Heikka die Sijdda verließ. Eine andere Aufgabe habe sie gerufen. Sie sagte nicht welche. Fortan lebte sie alleine in den Bergen. Nur zu den großen Samentreffen kam sie herunter. Nicht immer, aber meistens. Im Frühsommer zur Kälbermarkierung und im Herbst, vor der Brunftzeit, wenn unter den männlichen Rentieren welche zum Schlachten ausgesucht wurden.

Einmal gab Heikka ihm bei einem Besuch eine hölzerne Schachtel, eine alte Zigarrenschachtel mit Briefen, Zeitungsausschnitten, Fotographien. Bilder von Soldaten – deutschen Besatzungssoldaten. Keine Kriegsfotos oder Fotos von Gefechtsübungen. Eher Urlaubsfotos. Lachende Gesichter beim Picknick, beim Fußballspielen. Dazwischen Bilder von Heikka als junges Mädchen mit langen Haaren. Er konnte nicht sagen, wie alt sie damals war – fünfzehn, vielleicht sechzehn, vielleicht auch schon achtzehn. Dann vergaß er die Schachtel wieder. Es verwunderte ihn jedoch, dass er plötzlich an der Besatzungszeit so interessiert war. Alles, was er darüber finden konnte, saugte er in sich hinein.

Eines Tages – er muss etwas gesucht haben, was, wusste er nicht mehr – stieß er wieder auf die Schatulle. Schaute sich alles noch mal an. Am Boden der Schachtel fand er ein Papier, das er noch nicht kannte, einen Zeitungsausschnitt mit großem Bild. Es zeigte eine Frau im weißen Kittel. Sah aus wie eine Krankenschwester. In den Armen ein Säugling.

„Die Frau mit dem Kind ... ist Heikka ... kahl geschoren." Das letzte Wort spuckte er geradezu vor sich hin, als hätte man ihn gezwungen, etwas Unanständiges auszusprechen.

Eine Weile war es still im Raum. Draußen hatte der Regen aufgehört. Hin und wieder blitzte ein Stern zwischen den Wolken auf.

„Du hast den Zeitungsausschnitt doch noch?“, fragte Hanna in die Stille hinein und blickte Nils streng an. Er nickte, holte aus der Innentasche seiner Jeansjacke ein Bündel und reichte es Hanna.

Vorsichtig faltete Hanna die brüchige Zeitungsseite auseinander und legte sie so auf den Tisch, dass auch Edda das Bild sehen konnte. Darum herum ordnete sie die Fotos an.

Die Frau im weißen Kittel war gut zu erkennen. Eddas Puls begann zu pochen. Die Frau hatte die Gesichtszüge der Regenpfeiferfrau.

In ihrer Vorstellung holte sie sich das Gesicht der Heilerin ganz nah zu sich heran.

Als sie jetzt die Fotos ansah, blickte sie doch immer nur in das jugendliche Gesicht der Regenpfeiferfrau, erkannte den hellen Streifen über der rechten Augenbraue, dieses eindeutige Merkmal, besonders deutlich auf dem letzten Bild, das Heikka zusammen mit einem Wehrmachtssoldaten zeigte, Arm in Arm.

Verwirrt fuhr sie sich durch die Haare und schluckte etwas hinunter, etwas Heftiges, das sie selbst überraschte. Als hätte das Foto ein inneres Bild zerstört – die Vorstellung von der weisen Alten, der großen Mutter.

Sie legte die Brille ab und hielt sich den Zeitungsausschnitt mit der Frau im weißen Kittel dicht vor ihre kurzsichtigen Augen.

Ein Platz oder eine breite Straße voller Menschen – Frauen, Männer, Kinder. Alle lachend. Ein merkwürdig verlegenes Lachen, irgendwie verdrückt. Die Menschen hielten Abstand zu der kahl geschorenen Frau, um sie besser sehen zu können. Aber vielleicht hatte der Abstand einen ganz anderen Grund. Und das Lachen wirkte deshalb so verdrückt, weil Schadenfreude und Häme nicht so richtig gelingen wollten.

Je länger sie das Bild betrachtete, umso mehr entdeckte sie.

Die Frau ohne Haare schaute nur auf das Kind in ihren Armen. Als gäbe es nichts Wichtigeres auf der Welt. Als wollte sie das Kind mit ihrer Liebe abschirmen von der Gehässigkeit um sie herum. Es war diese Innigkeit, die bewirkte, dass die anderen auf Distanz blieben, dass ihnen das Lachen im Hals stecken blieb. Edda war sich da plötzlich ganz sicher. Sollten die Gaffer doch an ihrem Lachen ersticken. Eine Mutter, die ihr Kind schützt, taugt nicht als Hassobjekt. Da war kein Stolz, den man brechen konnte, als Rache für die am eigenen Leib erfahrenen Erniedrigungen. Da war zuviel Würdevolles, Liebevolles.

Edda legte den Zeitungsausschnitt zurück auf den Tisch und strich ihn behutsam glatt. Etwas schnürte ihr die Kehle zu, so stark, dass sie sich anstrengen musste, den Impuls, laut aufzuschluchzen, zu unterdrücken. Wie sehr sie sich eine Mutter gewünscht hatte, so eine wie diese.

Als sie die Brille wieder aufsetzte, sah sie, dass zwei Augenpaare sie aufmerksam beobachteten.

Das Feuer war inzwischen heruntergebrannt. Doch keiner von ihnen rührte sich. Erst nach einer Weile stand Hanna auf und legte neues Holz in die Glut.

Nils griff nach der Flasche und trank sie leer, bevor er weitersprach.

In einer Art traumhafter Benommenheit hörte Edda ihm zu

Er las alle Briefe, die er in der Kiste fand, um herauszufinden, warum sich Heikka mit einem deutschen Soldaten hatte fotografieren lassen. Sie musste doch gewusst haben, welchen Hass sie damit auf sich zog. Viele hatten sich der *Heimatfront* als Widerstandskämpfer angeschlossen. Hatte sie keine Warnungen, keine Drohbriefe bekommen? Doch statt Drohbriefen befanden sich nur Liebesbriefe in der Schachtel. Heikkas Briefe an einen „geliebten Karl“. Keiner der Briefe war angekommen. Alle waren mit dem Vermerk zurückgeschickt worden: Empfänger unbekannt.

In einem dieser Briefe teilte sie Karl mit, dass sie ein Kind von ihm bekommen habe. Einen Sohn. Sie wollte ihn Niljalls nennen.

„Niljalls ... Versteht ihr! ... Mein Name."

Zuerst konnte er es nicht glauben und hielt es für ein Hirngespinst. Aber weil der Gedanke einmal da war und ihn nicht losließ, nahm er all seinen Mut zusammen und ging zu Lasse, dem Oberhaupt ihrer Gemeinschaft.

„Also, Lasse hatte es die ganze Zeit gewusst. Heikka war nicht meine Schwester und ich nicht ihr Bruder, und Lasse war nicht unser Vater. ... alles stimmte nicht mehr."

Er wollte nichts wissen von diesem Karl. Es gab sogar Zeiten, da hasste er den Mann regelrecht. Er hasste ihn für das, was Heikka geschehen war.

„Das war die Scherfront gewesen", sagte Hanna zu Edda.

Ganze Banden, vor allem junge Männer, zogen nach dem Krieg herum, durchkämmten die Städte nach sogenannten Deutschenflittchen. Das Scheren war regelrecht Volksbelustigung. Im Namen der Gerechtigkeit. Heute will niemand mehr dabei gewesen sein, heute schämen sich die Norweger dafür. Das Storting, ihr Parlament, hat inzwischen einen Ausschuss eingerichtet, der sich um die betroffenen Frauen und Kinder kümmern soll. Viele von den Frauen lebten nicht lange oder wurden krank.

„Heikka wurde nicht krank." In Nils Stimme lag Stolz und zugleich Trotz. „In unserer Sijdda fragte keiner nach dem Vater." Dankbar sah er Hanna an, die eine weitere Flasche vor ihn hingestellt hatte.

Aber außerhalb der Sijdda war die Sache nicht so einfach.

Er berichtete von einem Jungen in der Schule, den die anderen ständig verprügelt und als Deutschenbalg beschimpft hatten. Wenn irgendetwas schief gelaufen war, gaben sie Björn die Schuld. Einmal fanden sie in seinem Schulranzen die Handschuhe von einem anderen, dann tauchte eine vermisste Griffelschachtel bei ihm auf und ein Schreibheft.

Der Lehrer sagte, von einem Kriegskind, einem Kind der Schande, ließe sich nichts anderes erwarten. In seinem Blut fließe das kriminelle Erbgut des deutschen Vaters. Aber sie wussten, dass es Olaf gewesen war. Es hatte nur keiner den Mut, das laut zu sagen. Auch Nils nicht. Heute ist er heilfroh, dass niemand, nicht einmal er selbst, damals auch nur ahnte, wer sein Vater war. In der Schule hatten sie gelernt, dass die Deutschen Bestien sind. Sie hatten die Frauen geschwängert, um ihr arisches Herrenvolk zu vergrößern. Jetzt war er plötzlich mit einem Deutschen verwandt, sogar in direkter Linie.

„Willst du damit sagen, dass du diesen Unsinn vom guten oder schlechten Erbgut glaubst? Genau wie damals dein Lehrer?" Hanna schüttelte den Kopf.

Nils verzog schmerzlich berührt das Gesicht.

„Nein. Nein. Es ist anders als ihr denkt. Es ist bloß nicht so leicht zu erklären."

„Versuch es einfach. Wir können ja fragen." Hanna lehnte sich in einem bequemeren Winkel an die Wand.

Nils erzählte von den Vorfahren und welch wichtige Rolle sie im Leben der Samen spielen. Überall haben sie ihre Spuren hinterlassen – in Steinen, in Bäumen, in Wassertümpeln. Daher kommt ihre Zuversicht, den richtigen Weg für die Herden zu finden, die Übergangsstellen durch reißende Flüsse, die Pässe in den Bergen, die Weidegebiete. Die Ahnen konnten das, also würden auch sie das können. Das Wissen der Alten lebt in ihnen weiter, selbst dann, wenn es nicht direkt gelehrt worden war. Vorfahren und Nachkommen bilden eine geistige Einheit.

„Die Ahnen führen uns. Versteht ihr?"

„Nicht ganz", antwortete Edda und lauschte überrascht ihrer Stimme nach. Seit langer Zeit stellte sie zum ersten Mal eine Frage. Aber hier ging es um ihren Auftrag: *Such deine Ahnen.*

Nils holte tief Luft. „Ich wusste, dass ihr mich nicht verstehen könnt."

„Warum ist es für dich ein Problem, dass dein Vater Deutscher ist?“ Hanna wollte Nils nicht so einfach davonkommen lassen.

Er sprach von den Zeiten, die immer schwieriger wurden. Jahr für Jahr verringerten sich die Herden. Jedes Mal die gleiche Katastrophe: zu frühes Tauwetter und anschließend Frost – der Schnee hartgefroren bis auf den Grund. Die Rentiere mochten scharren, soviel sie wollten, doch sie kamen nicht ran an die Moose und Flechten. Schnee können sie mit ihren Hufen und Geweihen wegscharren, aber das Eis das war so dick, das ließ sich nicht aufbrechen. Unzählige Tiere sind damals eingegangen. Das lag an dem Fremden, das bei ihnen eingedrungen war, dachten sie. Die Einwanderer aus dem Süden schürften nach Erzen, bauten Straßen, stauten Flüsse. Sie machten Land zu Besitz und erlaubten keinem, es zu betreten.

Damals fing er an, über die Deutschen nachzuforschen. Zuerst war er erstaunt gewesen, dass sie die Ahnen achteten. Dazu hatten sie sogar einen Ahnenpass eingeführt. Es dauerte eine Weile, bis ihm klar wurde, dass es ihnen nicht um den Geist der Gemeinschaft ging. Die Ahnen, auf die sich die Deutschen beriefen, waren aus seiner Sicht unerlöste Seelen, gekettet an Aufgaben, die sie zu Lebzeiten nicht bewältigt hatten. Solche Ahnen könnten nicht helfen, stattdessen geben sie ihr Vermächtnis weiter: sich größer machen auf Kosten von anderen. Und ganz in diesem Sinn fingen die Deutschen an, reines Blut als Zeichen zu bewerten, dass sie allen anderen überlegen seien.

„Kennst du die Geschichte?“, fragte Hanna Edda.

Edda zuckte mit den Schultern.

So erfuhr Edda von einem Aspekt der deutschen Vergangenheit, der ihr bisher unbekannt war.

Die besetzten Länder im Norden sollten den Zugriff auf gutes Blut sichern, und im Osten errichteten sie Vernichtungslager. Die Norwegerinnen passten den Deutschen. Blond, blauäugig, groß gewachsen. Seit so viele ihrer Soldaten im Krieg gegen Russland umkamen, machten sie sich Sorgen um den reinblütigen Nachwuchs.

Zuerst schickten die Deutschen allen Frauen, die von einem Wehrmachtssoldaten ein Kind bekamen oder schon hatten, kleinere Geldbeträge für Säuglingswäsche. Dann weiteten sie das Hilfsprogramm aus. Für Frauen, die wegen der Schande eines unehelichen Kindes von ihren Familien verstoßen worden waren. In solchen Fällen halfen sie bei der Arbeits- und Wohnungssuche. In speziellen Heimen konnten die Frauen ihre Kinder gebären. Wenn sich die Wöchnerinnen von der Geburt erholt hatten, stand es ihnen frei, nach Hause zu gehen – ohne Kind. Den Müttern versicherten die Deutschen, sie würden sich um gute Adoptionsplätze kümmern. Und die Frauen glaubten ihnen. Vielleicht um ihr Gewissen zu beruhigen oder aus Not oder aus Naivität.

„Lebensborn nannten die Deutschen ihre Organisation. Lebensborn klingt doch hübsch. So harmlos, so freundlich. Die hellere Seite ihrer Rassenpolitik."

Edda wurde das Gefühl nicht mehr los, dass dies alles etwas mit ihr zu tun hatte, ja gewissermaßen ihre eigene Geschichte war. Viele Argumente gab es dafür nicht: Ihre beiden Namen, sowohl ihr Vorname als auch der Name Heinson, Namen, die ohne weiteres norwegisch sein konnten und dass ihr Geburtsdatum in die Zeit passte. Warum sonst hatte sich Nils so bemüht, seine Geschichte zu erzählen.

Die Deutschen registrierten alle Kinder aus norwegisch-deutscher Verbindung. Zu jedem Fall legten sie eine eigene Akte an. Nach der Kapitulation der Deutschen wurden die Akten im Reichsarchiv aufbewahrt. Inzwischen ist es möglich, dass Betroffene unter bestimmten Bedingungen die Dokumente einsehen können.

„Und was wurde aus den Kindern?“ Das war Eddas zweite Frage an diesem Abend.

Hanna stand auf und stocherte in der Glut. Dabei wischte sie sich mit dem Handrücken rasch über die Augen.

„Die blieben in den Heimen“, antwortete Nils. „Keiner wollte sie. Niemand weiß, wie viele von ihnen starben – untererernährt und vernachlässigt; oder weil sie spürten, wie unerwünscht sie waren. Aber das ist eine andere Geschichte.“

Toivo

Ihre Gefühle hatten sich wieder einmal unter jene imaginäre Hülle verkrochen, die wie eine wasserdichte Membran alles abhielt, was sie tiefer berühren konnte.

Nachts jedoch kamen die Träume. Sie rannte und rannte, gehetzt von Verfolgern, die sich nicht zu erkennen gaben, die sie einfangen und fesseln wollten. Ganz dicht kamen sie heran. Sie hörte schon das Klirren der Eisenketten, mit denen sie gefesselt werden sollte.

Beim Erwachen brauchte sie Zeit, bis sie begriff, wo sie war und das klirrende Schaben den Ketten zuordnete, deren Glieder bei jeder Bewegung der Hunde aneinander schrappten.

Die Geschichte, die Nils erzählt hatte, fiel ihr ein. Und die Kinderheime, in denen sie aufgewachsen war. Die Trostlosigkeit der Schlafsäle und die Nonnen, die das Kind für jedes nach unergründlichen Regeln festgelegte Vergehen bestraften.

Nils hatte von einem Archiv gesprochen, das die Namen aller norwegischen *Lebensborn*-Kinder aufbewahrte. Wo befand sich dieses Archiv? Rasch zog sie sich an.

Die Männer waren schon in aller Frühe aufgebrochen, um in den Bergen eine *Gamme* zu reparieren. Hanna beteuerte mit pädagogischem Eifer, Edda habe sicher schon eine von diesen Hütten gesehen. Wie kleine Erdhügel sehen sie aus, bedeckt mit Grassoden und Moosen, ein paar Sträucher wachsen manchmal auch darauf. Nur am Kaminrohr, das oben herausragt und an den Fenstern und der Tür ließe sich erkennen, dass sie bewohnbar sind. Die Gamme benutzten sie als Unterkunft im Winter, wenn sie mit den Hundeschlitten unterwegs waren. Jetzt, in den Sommermonaten, müssten sie die Erdhütte herrichten – Fenster abdichten, morsche Bretter auswechseln, den Kamin erneuern.

Enttäuscht rieb sich Edda die Stirn. Sie hätte sich gerne von den Männern verabschiedet. Dann dachte sie an das Archiv. Vielleicht wusste Hanna, wo es sich befand.

Verneinend schüttelte Hanna den Kopf. In Bergen vielleicht, oder in Trondheim oder in Oslo.

Edda packte ihre Sachen zusammen. Nicht so sorgfältig wie sonst, sie musste sich beeilen, um den Bus nicht zu verpassen.

Hanna stand in der Garageneinfahrt und fluchte: „Diese Idioten." Wütend stieß sie mit dem Fuß gegen einen Seesack aus schwerem, dunkelblauem Leinen.

„Die glauben wohl, dass ich ihnen das Zeug hinterher trage. Und wer hält dann die Hunde auseinander?"

Sie erklärte Edda, dass es in den letzten Tagen in einem der Zwinger zu heftigen Kämpfen um die Rangfolge gekommen sei.

„Der Boss steht schon fest, aber darunter ist alles noch unklar." Manchmal würden sich die Hunde so heftig ineinander verbeißen, dass sie den Kampf nicht überlebten.

Edda verstand sofort die Bitte, die diese Erklärung enthielt. Und weil sie unbedingt noch einmal mit Nils sprechen wollte, war sie, ohne lange zu überlegen, bereit, den Botendienst zu übernehmen.

Das Handwerkszeug aus dem Leinensack – verschiedene Messer, eine Axt, Seile – verstauten sie in zwei Satteltaschen. Dann holte Hanna den Hund von der ersten Hütte.

„Toivo – unser Lieblingshund." Früher sei er Leithund auf verschiedenen Expeditionen gewesen. Jetzt begleite er nur noch Touristen, die nicht alleine gehen wollten und weil der Hund ihnen einen Teil des Gepäcks abnehmen konnte. Er sei zu alt, um im Gespann zu laufen.

Ein stattlicher Hund, schwarz, mit ein paar hellen Stellen in den Flanken. Das Weiß der Schnauze verlief sich als schmaler Strich zwischen den braunen, gutmütigen Augen.

Hanna schnürte ihm die Taschen um den Leib, an jeder Körperseite eine und gab Edda den Fressnapf und eine Plastiktüte mit Trockenfutter. Der Proviant müsste für mehrere Tage reichen, sagte sie, und Edda, die das verwunderte, weil sie allenfalls von einer Tagestour ausging, stellte wie immer keine Fragen, dachte bei sich, zu viel Futter sei besser als zu wenig.

Hanna zeigte ihr den Weg auf der Karte.

„Pass auf ihn auf, wenn du durch Rentierweidegebiet kommst! Huskys sind Jäger", sagte sie, „sie jagen alles, was sich bewegt. Du darfst ihn nie von der Leine lassen."

Erst jetzt wurde sich Edda bewusst, dass sie eine Aufgabe übernommen hatte. Ein merkwürdiges Gefühl, fast schon vergessen. Erschrecken und zugleich Freude. Erschrecken, weil etwas von ihr erwartet wurde und Freude genau aus diesem Grund, dass etwas von ihr erwartet wurde.

Es ging nicht allein darum, das Werkzeug den Männern zu bringen. Es ging auch nicht nur darum, den Weg zu finden. *Pass auf, wenn du durch Weidegebiet kommst!* Toivo war kein verwöhnter Stadthund, sondern ein Husky – von allen Hunderassen am wenigsten der Wolfsnatur entfremdet. Alles, was sie über Hunde wusste, stammte aus der Zeit mit Chimo. Aber ließ sich das auf Toivo übertragen? Sie war sich da alles andere als sicher.

Vielleicht sollte sie doch besser hier bleiben. Nur, wer kam sonst für den Botendienst in Frage? Sie konnte Hanna doch nicht im Stich lassen. Unwillkürlich griff sie nach dem Bärenamulett.

Bei strahlendem Sonnenschein, der die Konturen der Berge in der staublosen Luft ungewöhnlich scharf erscheinen ließ, brachen sie auf. Edda hörte noch lange das heisere Gebell der anderen Hunde, die sich wie toll gebärdeten – empört über die Sonderbehandlung einer der ihren; aber vielleicht war es auch nur ihre Form, Abschied zu nehmen.

Sie kamen schnell voran. Das Gelände fiel in sanften Wellen zum Fluss hinunter. Toivo legte sich ins Zeug, zerrte mit all seiner Kraft an der dicken, hellblauen Nylonleine, die sie am Hüftgurt des Rucksacks befestigt hatte. Um ihn zu bremsen, wickelte sie sich das Seil um eine Hand. Der Strick schnürte ihr das Gelenk ab und zerriss ihre Haut. Mit nach vorne gerecktem Oberkörper hing sie an der Schnurr und vermochte nur mit Mühe Schritt zu halten.

Toivo zerrte sie hinter sich her, als wäre sie nichts weiter als ein leerer Schlitten. Sie zwang sich, langsamer zu gehen oder stehen zu bleiben, wenn er ihr zu schnell wurde. Die Hände nahm sie nur noch zu Hilfe, wenn der Hund nach rechts oder links ausbrach, den viel versprechenden Geruch eines Wildtiers in der Nase – vielleicht ein Schneehuhn oder ein Wiesel.

Die Pausen dagegen bestimmte er. Wann immer ihm danach war, legte er sich hin und schaute sie treuherzig an. Sie setzte sich zu ihm und packte ihren Proviant aus. Er legte den Kopf ein wenig zur Seite, als warte er auf etwas. Die keksförmigen Trockenfutterstücke, die sie ihm daraufhin zuschob, zerknackte er geräuschvoll. Oder sie schnitt ihm eine Ecke vom Parmesan ab. Geradezu vorsichtig nahm er das Käsestück zwischen die Zähne und verschlang es, ohne zu kauen. In solchen Augenblicken liebte sie ihn. Wie sie einmal Chimo geliebt hatte.

Unten am Fluss wurde der Grund zunehmend morastiger. An einer kleinen Bodenstufe rutschte sie aus, griff nach dem Stamm einer Birke, aber Toivo war in Fahrt, riss sie mit sich, sodass sie ins Leere griff. Ihr Fuß knickte um, und dann stürzte sie. Wie sie so auf der Erde saß, drängte sich der Hund an sie, als wollte er sie trösten.

„Schon gut, Chimo“, murmelte sie. Da schnappte der Hund nach ihr und biss sie ins Handgelenk. Ihr Körper reagierte unmittelbar mit heftigem Schwindel. Trotz der Übelkeit untersuchte sie die Bissstelle, aber da war nichts zu sehen. Auch als sie die Hand kreisen ließ, gelang dies problemlos.

„Schon gut, Toivo. Hab’s verstanden.“

Der Biss war mehr gewesen als eine Ohrfeige für die Namensverwechslung. Gleichzeitig war damit eine Schuld getilgt – der Verrat an Chimo, dieser verrostete Drahtstift, war endlich aus seiner Halterung gefallen. So kam es ihr jedenfalls vor. Was hieß schon Schuld? Vielleicht war das alles notwendig gewesen, vielleicht stünde sie sonst immer noch in Victors Schatten, anstatt in der Tundra mit Toivo unterwegs zu sein. Übermütig lachte sie auf, ein befreiendes Lachen, vermischt mit Stolz auf sich selbst.

Edda stand auf und klopfte sich den Sand von der Hose. Die Freude, die es ihr bereitete, den Hund bei sich zu haben, tauchte alles, was sie sah, in ein weiches Licht.

Der Pfad querte einen Hang in gebührendem Abstand zum Fluss. Auch aus der Distanz ließ sich erkennen, wie das Flussbett immer enger und tiefer wurde. An der engsten Stelle verband ein hängender Steg die beiden Ufer. Fast alle Brücken waren hier oben Hängebrücken. So konnten sie im Frühjahr nicht so ohne weiteres von wandernden Eisschollen zu Treibholz zermahlen werden. Das Balancieren über diese schaukelnden Holzlatten war immer eine kleine Mutprobe – wie die Achterbahnfahrten auf den Rummelplätzen in ihrer Jugend.

Toivo sträubte sich und wich mit eingeklemmter Rute nach hinten aus. Er war nicht bereit, auch nur eine Pfote auf dieses schwankende Gestell aus Brettern und Seilen zu setzen, unter dem sich das Wasser dahinwälzte, brüllte und schäumte. Edda flüsterte ihm Koseworte ins Ohr, schwärmte von seiner Stärke und Unerschrockenheit; doch das bewirkte nichts. Sie machte sich keine Illusionen. Es hatte keinen Sinn, ihn zu ziehen, er war viel stärker als sie, und tragen konnte sie ihn auch nicht, sie schaffte es ja nicht einmal, den Hund zu heben. Also suchte sie nach einem anderen Übergang, einer Furt, an der sich der Fluss in die Breite dehnte und nicht so tief war. Ihr Herz schlug wild. Die Regenfälle der vergangenen Tage hatten die Gewässer in der Region anschwellen lassen. Außerdem wusste sie aus ihrem Wanderführer, wie gefährlich das Durchwaten von Flüssen war und dass kaum ein Jahr ohne Todesfälle verging.

Sie stand lange an einer Biegung, die ihr geeignet erschien, beobachtete das Wasser, sein Fließen und Sprudeln, die Wirbel, die sich vor größeren Grundsteinen bildeten, die ahnen ließen, wie stark die Strömung war und lauschte auf das Rauschen, diesem Choral aus flirrend hohen Tönen und dunklem Raunen – ein eigentümlicher Chor undeutlicher Stimmen. Keine laute Bedrohung, doch sie ließ sich nicht täuschen, die Stimmen waren ohne Gnade, nur der Aufgabe verpflichtet, alles mitzunehmen zum Meer.

Ratlos wandte sie sich wieder der Hängebrücke zu. Vielleicht gelang es ihr, Toivo trotz allem zu überzeugen.

„Wir müssen hier rüber“ sagte sie bestimmt und hielt dabei seinen Kopf in ihren Händen, um ihn in die Augen zu sehen. „Die Männer warten auf das Werkzeug. Wir haben eine Aufgabe übernommen. Du und ich.“

Womit bloß konnte sie die Angst des Hundes überwinden? Da fiel ihr ein, wie sie das Schneefeld gequert hatte. Wie sie sich immer nur auf den nächsten Schritt konzentriert hatte. Das war es.

Edda nahm den Hund zwischen ihre Beine, bückte sich und setzte seine Vorderpfoten auf die Holzbretter, gleichzeitig schob sie mit ihren Oberschenkeln den Körper des Tieres vorwärts. Sie war die Herrin, die Amazone, die Kriegerin. Sie war stärker als seine Angst. Jetzt zählte nur ihr Wille. Mit kleinen Schritten drängte sie ihn vorwärts, hin zum anderen

Ende des Stegs, auf das sich im Augenblick die Welt für sie reduzierte.

Drüben, bei einer Rast, teilte sie mit Toivo das letzte Parmesanstück. Ohne sein Einverständnis – sein Vertrauen in ihre Kraft – wären sie nicht über die Brücke gekommen.

Der weitere Weg schlängelte sich durch die Vegetationszonen der Tundra hinauf in eine Region flacher Granitplatten, von Frost und Eis zersprengt und übereinandergeschichtet. Manchmal ragten spitzzulaufende Steinhaufen aus diesem Steinmeer, als sollte ein Prozessionsweg beschrieben werden – von Wanderern ausgelegte Markierungspyramiden, deutlich größer und höher als sonst. Sie ging überaus vorsichtig, überlegte bei jedem Schritt, wohin sie ihren Fuß setzte. Toivo blieb ganz nah bei ihr, den Kopf auf der Höhe ihres rechten Knies. Hin und wieder stupste er sie mit der Schnauze an – kameradschaftlich, aufmunternd. Als spürte er, wie schwierig das Gelände für sie war.

Feine Wolkenschleier verdichteten sich zu drallen Schwaden, zogen über die Bergrücken, blieben wenige Meter über der Hochfläche hängen – eine Endzeitstimmung, in der jederzeit ein strenger Vatergott erscheinen konnte, um Rechenschaft zu fordern oder Gebotstafeln zu übergeben.

Plötzlich erstarrte Toivo. Ein Zittern lief durch seinen Körper. Edda sicherte ihren Stand, indem sie die Füße zwischen zwei Platten klemmte und folgte dem Blick des Hundes.

In einer Entfernung von wenigen Katzensprüngen stand ein Bär. Träumte sie?

Doch Toivos Zittern, seine steil aufgerichteten Nackenhaare, das war real. Also war auch der Bär kein Traumbild. Unwillkürlich richtete sich der Haarflaum ihrer Unterarme steil auf. Am liebsten hätte sie sich zu Boden geworfen, um sich unsichtbar zu machen. Und doch war da nicht nur Angst: Artemis, die in Gestalt einer Bärin die einsamen Gebirge Arkadiens durchstreift. Sie tötet nicht im Blutrausch, sondern drückt ihre Opfer in inniger Umarmung an sich. Etwas in ihr war bereit, diesen Tod zu akzeptieren.

Vor sich sah sie die majestätische Bärengestalt ihrer Träume und fühlte, wie eine rotglühende Kugel in ihr hochstieg und die Kälte aus ihrem Körper verscheuchte. Völlig ruhig konnte sie das große Tier anschauen.

Mit gesenktem Kopf, wie in Gedanken versunken, zog die zimtfarbene Gottheit in gemächlichem Passgang an ihnen vorbei. In der geringen Distanz schimmerte jede Faser des Fells, glänzten die feingliedrigen Tatzen. Wie ein zu großer Mantel baumelte der Pelz bei jedem Schritt locker unter den mächtigen Flanken.

Toivo riss an der Leine. Nachdem der Bär nicht mehr so nah war und offensichtlich kein Interesse an ihnen hatte, mobilisierte der Hund seine Angriffslust und brummte der Pelzgestalt hinterher. Edda wartete eine Weile, bevor sie mit zitternden Knien den Weg fortsetzte – ihre linke Hand umschloss fest das Bärenamulett an ihrer Brust.

Das Trümmerfeld verlief sich in Grasland, Zwergsträuchern und Weidenbüschen. Toivo erstarrte abermals. Im Bruchteil einer Sekunde verwandelte er sich in ein Raubtier, das mit aller Macht an der Leine riss, hin zu einer Gruppe Rentiere, die neugierig verharrend wenige Meter vor ihnen im Gras stand. Edda, die ihrer Kraft nicht traute, sah die einzige Chance, den Hund zu halten, darin, sich über ihn zu werfen und gegen die Erde zu drücken. Sie hielt ihm die Augen zu, als könnte das die Gegenwart der Herde wegzaubern.

Die Rentiere schienen in keiner Weise eine Gefahr zu spüren. In gleichmütiger Gelassenheit entfernten sie sich, derweil der Hund japste und röchelte. Wieder ließ Edda viel Zeit verstreichen, bis sie es wagte, weiterzugehen.

Sie zogen durch ein Gebiet von archaischer Schönheit: sanftes Hügelland bedeckt mit dichten, schillernden Gräsern, dazwischen eine Kette kleiner Seen – glitzernde Perlen, die das Himmelslicht spiegelten. Und überall weidende Rentiere. Wie sollte sie da mit ihrem Raubtierbegleiter durchkommen? Trotz allem, es war ihr Tier. Nicht der anschmiegsame Kamerad, sondern ein Tier mit dem Drang, alles zu töten, was vor ihm flieht, aus keinem anderen Grund als dem, dass es flieht. Verkehrte Welt. Sie, die in unzähligen Träumen vor irgendetwas geflohen war, nun schicksalhaft mit einem Jäger zusammengekettet.

Immer wenn in der Ferne Rentiere auftauchten, fing sie zu pfeifen an, hoffte so, die Rene zu warnen oder sie machte Umwege. Manchmal jedoch sah sie die Tiere zu spät, weil eine Biegung des Weges oder ein Hügel die Sicht begrenzt hatte. Dann klapperte Edda mit Trockenfutterbonbons in ihrer Jackentasche. Der Hund wich nicht von dieser Stoffausbuchtung – seine Sinne fest auf die raschelnde Stelle mit dem verheißungsvollen Duft gerichtet. Es enttäuschte sie, wie leicht er sich ablenken ließ. Doch womöglich tat er das ihr zuliebe, sagte sie sich und streichelte ihn.

Es dämmerte bereits, aber von der Hütte, die auf halber Strecke zur Gamme in der Karte eingezeichnet war, ließ sich weit und breit nicht die geringste Andeutung entdecken.

Warum kamen die Männer, die nicht soviel Vorsprung hatten, ihr nicht entgegen? Vermissten sie nichts?

Sie spornte Toivo an; zuerst mehr vor sich hinmurmelnd, wie in einem Selbstgespräch, dann immer lauter: Führ gut! Führ gut! Gib dein Bestes! Und der Hund hielt sich daran. Nicht wie sonst, mal hierhin, mal dorthin ausbrechend, sondern mit bisher nie da gewesener Konzentration rannte er auf einer kaum sichtbaren Spur, zog sie den Steilhang hinauf, führte wirklich. Sie musste nur darauf achten, ihre Füße richtig zu setzen, in einem Tempo, das sie gerade noch schaffte. Eine wilde Jagd wie auf einer Schlittentour. Die Fußsohlen schmerzten, in Nacken und Lunge brannten glühende Stiche, als wäre dort ein Funkenregen niedergeprasselt. Doch sie stoppte den Hund nicht. Führ gut! Führ gut! Das war kein Befehl. Eher

Aufforderung und Bestätigung – gleich einem begeisterten Publikum, das am Straßenrand steht und die Läufer eines Marathons anfeuert. Ohne einen Blick für die Landschaft, für die Rinnsale, für die Wollgrasteppiche platschte sie durch Bäche und Schlamm, stolperte über Geröll, verließ sich im tiefsten Vertrauen auf seinen Spürsinn.

Unversehens legte sich der Hund in das kühle Nass eines Baches, unmissverständlich eine Pause fordernd. Weiter nach kurzer Rast. Führ gut! Führ gut! Sie betete zur großen Göttin, die die Macht hat, Wünsche zu erfüllen, die Hütte möge doch endlich vor ihnen erscheinen. Und die Göttin erhörte sie.

Die Hütte war leer. Keiner der Männer war da – es hätte ja sein können – um ihr den Hund abzunehmen, den Rucksack, die Satteltaschen. Auch die beiden Wassereimer waren leer. Sie ließ Toivo in der Hütte, stolperte mit einem der Blechkübel zum Bach hinunter, füllte ihn mit frischem Wasser, verschüttete auf dem Rückweg davon die Hälfte, versorgte mit dem Rest zuerst den Hund, danach kühlte sie ihre geschwollenen Füße, entfachte Feuer in dem gusseisernen Ofen, verwundert über die Kraft, die noch in ihr steckte, holte erneut Wasser, setzte einen Topf mit Hirse auf die rostige Ofenplatte, weichte Trockenfutter für den Husky in einer Schüssel ein. Sie sah ihm zu, wie er lautstark klappernd die Blechschale leerte und war froh, ihn bei sich zu haben.

Allein hätte sie es nie hier herauf geschafft. Alle Schwierigkeiten – seine Scheu, über die Brücke zu gehen, sein Jagdtrieb, die Umwege, die sie seinetwegen gemacht hatte – all das zählte im Moment nicht mehr. Wichtig war jetzt nur eines: Es war ihnen gelungen, anzukommen. Ihr kam es vor, als hätten sie etwas Außergewöhnliches vollbracht – ein Kunstwerk oder etwas in der Art.

Toivo kam zu ihr, legte seinen breiten Schädel auf ihr Knie, ließ sich streicheln. Trotzdem blieb er angespannt. Ruhelos lief er von einem Fenster zum anderen, richtete sich auf, schaute nach draußen, kehrte zu ihr zurück, lief wieder von einer Fensteröffnung zur anderen. Edda überlegte, was ihm fehlen könnte; er hatte gegessen und getrunken, daran konnte es nicht liegen. Vermisste er seine vertraute Umgebung, die Gemeinschaft der anderen Hunde, vermisste er seine Leute? War er es nicht gewohnt, sich in geschlossenen Räumen aufzuhalten? Wollte er nach draußen, die Rentiere beobachten?

Im Silberschimmer des Mondlichtes bewegten sich lautlos Schatten. Die Rentiere ästen auch in der Nacht, als gelte es, die Zeit zu nutzen, in der das Gras noch im Saft stand. Die Leiber füllen mit der Würze des Sommers bis an die Grenze des Möglichen, bevor die Frostnächte kommen und die Halme welk werden und fad schmecken. In den Moorgebieten leuchtete die Tundra bereits in den verschiedensten Rottönen – gelbrot, rostrot, purpurrot, korallenrot.

Sie band Toivo an eines der Metallseile, die das Dach der Hütte an allen vier Ecken in der Erde verankerten, um es vor Stürmen zu sichern. Der Hund bereitete sich eine Kuhle im Gras – wie in einer Aussichtskanzel saß er darin, die Ohren aufgestellt, den Kopf mal hierhin mal dorthin drehend, den Bewegungen der Rentiere folgend. Sie setzte sich zu ihm und schaute in den Mond.

Ein feiner Silberklang lag in der Luft. Als sie genauer hinhörte, merkte sie, dass der Klang nicht von außen kam, dass es ein innerer Klang war. Der Nachhall, der entstanden war, wenn das Eichkätzchen im Jalousiekasten ihrer Ulmer Wohnung rumorte, der Laut, wenn Frau Baas Geschichten vorgelesen hatte, der Silberklang, der immer dann zu hören gewesen war, wenn sie sich glücklich fühlte.

Zu ihren Füßen glitzerte ein Wassertropfen. Gleich einer Kristallperle hing er an einem Grashalm, rollte langsam herunter, fiel auf ein ausgetrocknetes Blatt und hinterließ dort einen Fleck – einen smaragdgrünen Kreis.

Nirgendwo in der Natur existiert etwas völlig isoliert, überlegte sie. Jedes noch so unscheinbare Teilchen kann für ein anderes bedeutsam sein – der Wassertropfen für das Blatt, das Mondlicht für die Rentiere, die Flechten für die Steine der Tundra, auf denen sie wie Miniaturlandschaften leuchten. Verbundenheit verursacht keine Dellen. Dellen entstehen, wenn einer den anderen nicht wachsen lässt in der ihm gemäßen Weise. Ja so war es.

Toivo hatte sich hingelegt und schnarchte leise vor sich hin. Sie beugte sich zu ihm herunter und flüsterte ihm Liebkosungen ins Ohr.

Das Mondlicht ergoss sich über die Landschaft, die Rentiere bewegten sich lautlos.

Alle Lebewesen streben nach Vollkommenheit, hatte Core gesagt.

Auf einmal verstand sie den Sinn: Potential will sich entfalten. Manche suchen dazu Einsamkeit, um in der Stille ein Gespür für sich selbst zu bekommen, um nicht im Schatten von anderen zu stehen und sich über die eigenen Dellen hinwegzutäuschen. Vollkommenheit, das war ... Potential komplett entfaltet.

Irgendwann ging sie hinein, um sich vor der Kälte zu schützen.

Am nächsten Morgen erwachte sie vom Schrei einer Möwe. Draußen lag alles unter einer weißen Decke. Der Wind trieb die Schneeflocken fast waagerecht durch das Tal, und auch die Grashalme, die aus dem Schnee ragten, neigten sich bebend in Windrichtung. Noch mehr Sorge bereitete es ihr, dass die Berge der Umgebung unter tiefhängenden Wolkenmassen verschwunden waren. Da oben musste sie hinauf, da ging der Weg weiter, doch die Sicht würde miserabel sein – die Steinmännchen waren selbst bei gutem Wetter schon schwer genug zu erkennen.

Eine Herde Rentiere weidete in der Nähe, scheinbar unbeeindruckt von der Widrigkeit des Wetters. Edda beschloss, auf der Hütte zu bleiben und nichts weiter zu tun, als Rentiere zu beobachten.

Toivo bellte. Das Stahlseil, an dem sie die Leine befestigt hatte, ermöglichte dem Hund genügend Spielraum, um mehrere Meter hin- und herzulaufen. Diese Spanne hatte er genutzt und sich eine Mulde direkt an der Hauswand gegraben. Das überstehende Dach schützte seinen Platz vor Nässe. Da stand er nun und bellte den grauen Himmel an. Edda wickelte sich eine Decke um die Schultern und ließ sich neben ihm nieder, die Arme um die Knie verschränkt. Ihre Gegenwart beruhigte den Husky, er legte sich zu ihren Füßen und schloss die Augen. Völlig reglos lag er da und schien zu schlafen. Nur manchmal zuckten seine Läufe, als jagte er im Traum den Renen hinterher. Endlich konnte er das tun, was sie ihm in der Wirklichkeit verwehrte. Eine Wirklichkeit, in der Menschen die Größe und Stärke einer Herde beeinflussten, Wölfe und Wetter jedoch als störende Einmischung galten.

Es musste schon um die Mittagszeit sein, als sich das Schneetreiben allmählich legte. Edda überlegte, ob sie es wagen sollte, aufzubrechen. Aber die Wolken hingen noch genauso tief wie am Morgen. Da sah sie jemand auf die Hütte zukommen. Ein stämmiger, nicht sehr großer Mann sprang mit erstaunlichem Geschick von Stein zu Stein. Sie erkannte Nils, lief ihm entgegen, winkte ihm zu, stolperte, lief weiter.

Plötzlich erschrak sie über sich. Was sollte er denken, wenn sie ihn so überschwänglich begrüßte? Sie sah an sich herunter. Wie lange hatte sie sich schon nicht mehr im Spiegel gesehen, wie lange hatte sie ihre Haare nicht mehr gewaschen? Jacke und Hose hatten an vielen Stellen einen dunklen, speckigen Glanz bekommen. Verlegen stand sie vor ihm und bemühte sich, gelassen zu wirken.

Nils schaute sie lange an, ohne etwas zu sagen. Sie hielt dem Blick stand, bestrebt, ihre Unsicherheit zu verbergen, dann versuchte sie zu verstehen, was der Blick sagte. Als sie es verstand, war es vor allem dies: es war nicht nötig, ihn davon zu überzeugen, kein schlechter Mensch zu sein.

Später aßen sie gemeinsam und sprachen darüber, was sie erlebt hatten.

Bei ihrer ersten Rast, mittags, hatten die Männer gemerkt, dass ein Sack mit Werkzeug fehlte. Nils war zur Farm zurückgelaufen. Weglos, querfeldein. Als er ankam, war Edda schon nicht mehr da.

„Du musst der Bärin begegnet sein“, sagte er. „Ihre Spuren und die von euch waren ganz nah beieinander.“

Edda nickte und erzählte von ihrer Angst und wie sich die Angst unvermittelt aufgelöst hatte.

„So sind Tiere“, sagte Nils. „Sie spüren unsere Absichten. Alle Gefühle. Selbst die, von denen wir nichts wissen.“ Das wären die Antennen, die sie zum Überleben brauchten. Und je nachdem entschieden sie, anzugreifen oder weiterzuziehen.

„Warum sollte sie dich angreifen, du warst keine Gefahr für sie.“

Schweigend aßen sie weiter. Edda überlegte, wie sie ihm nach dem Reichsarchiv fragen könnte. Schließlich entschloss sie sich, es möglichst schnell hinter sich zu bringen, gleich einem Sprung ins kalte Wasser.

„Hast du nie nach deinem Vater gesucht?“

Nils schien die Frage nicht ungehörig zu finden. „Schon“, antwortete er. „Es gab so viele Dinge, die mich beschäftigten und durch meine Träume zogen. Was war er für ein Mensch? War er einer von denen, die mit ihren Eroberungen prahlen, als hätten sie ein seltenes Wild erlegt? Warum kamen die Briefe zurück? Warum hat er nicht zu ihr gestanden, als sie schwanger wurde und dann, als ich da war? Hatten sie ihn an einen anderen Frontabschnitt versetzt oder war er gefallen? Und warum hat sich Heikka mit ihm fotografieren lassen?“

Er sprach ganz ruhig, ohne erkennbare Aufregung.

„Ich bin extra nach Oslo gefahren. Im Reichsarchiv fanden sie nichts über meinen Fall. Das Kind einer Samin hatten die Deutschen nicht registriert.“

Nils aß bedächtig weiter, schien alles gesagt zu haben. Und auch Edda löffelte schweigend ihre Suppe, wagte es nicht, noch mal eine Frage zu stellen. Doch dann sprach Nils unvermittelt weiter.

„Heikka zu fragen, schämte ich mich. Ich wollte sie nicht an die alte Geschichte erinnern, vernarbte Wunden aufreißen. Es war auch gar nicht nötig. Als sie wieder einmal aus den Bergen zu uns kam, hat sie mich zum Kräutersammeln mitgenommen. Abends, am Feuer, erzählte sie mir von meinem Vater.“

Heikka erzählt

Du willst wissen, warum ich nicht in unserer *sijdda* geblieben bin? Ich will es dir erzählen, Nijllas, mein Sohn.

Zwischen Lasse, den wir alle als unseren Vater achteten, und mir stand es nicht gut. Das war wegen Matvei. Ich hatte beobachtet, wie Lasse mit Matvei sprach. Lasse hatte auf mich gedeutet, und Matvei hatte genickt. So hatten sie es also geplant. Doch ich wollte nicht die Frau von Matvei werden. Er gefiel mir nicht. Es war nicht der faltige Hals. Matvei und ich hatten nicht den selben Traum. Er träumte davon, viele Kinder zu haben. Und ich wollte in den Bergen zusammen mit den anderen Rentiere hüten. Es reichte mir nicht, nur das Feuer in seiner Hütte und Kinder zu hüten. Ich sah in seinen Augen, dass er mir verbieten würde, mit den anderen in die Berge zu gehen. Ich bat Lasse, es zu verhindern. Aber Lasse blickte zu Boden und sagte, es sei beschlossen. Da bin ich weggelaufen.

Ich war jung und voller Unruhe. Ich suchte etwas und wusste nicht, was es war. Etwas rief mich. Damals glaubte ich, es sei die Stadt. Ich fand Arbeit in einem Krankenhaus – einfache Tätigkeiten. Wischte Böden, leerte Nachttöpfe, half in der Wäscherei. Wenn es nötig war, setzen sie mich für Botendienste ein. Ich durfte sogar Medikamente aus dem Depot in die Abteilungen bringen. Das war eine besondere Ehre.

Im Frühjahr 1940 hatten die Deutschen Norwegen besetzt. In der Stadt standen an jeder Straßenecke Soldaten in grauen Uniformen. Zuerst fürchteten sich alle vor ihnen. Jeder versuchte, ihnen aus dem Weg zu gehen. Aber das war unmöglich. Sie halfen überall mit. Wenn ein Haus gebaut wurde, halfen sie mit, beim Schlachten der Schafe, beim

Holzfällen. Oder wenn ein Telegrafenmast zu reparieren war oder sonst was. Dazu sangen sie. Im Rhythmus des Marschierens. Jeder Handgriff ein Schlag, der den Willen bestärkt. Ein Rhythmus, so anders als der Herzrhythmus unseres Trommelschlags.

Sie gingen mit zu den Gottesdiensten, sie nahmen an allen Festen teil, sie tanzten mit den Frauen. Sie zeigten die Fotos ihrer Kinder, ihrer Ehefrauen, ihrer Verlobten herum. Als hätten sie Sehnsucht nach einem Zuhause.

Wir gewöhnten uns an die deutschen Soldaten und achteten immer weniger auf die *Heimatfront*. Die Leute von der *Heimatfront* warnten ständig vor Landesverrat. Aber niemand konnte genau sagen, wo die Grenze zwischen Verrat und Selbstschutz verlief. War es eine Bitte oder ein Befehl, wenn ein Deutscher eine Frau zum Tanzen ins Casino einlud? Was würde passieren, wenn eine ablehnte?

Und die deutschen Soldaten machten Eindruck – besonders auf die jungen Mädchen. Zum Arbeiten zogen sie Jackett und Hemd aus und mit nacktem Oberkörper oder im Unterhemd zeigten sie ihre starken Arme und Schultern. Außerdem waren sie charmant. Sie wussten, schöne Komplimente zu machen. Das waren sie hier nicht gewöhnt. Die Männer hier reden wenig. Sie waren attraktiv, diese Fremden. Sie machten das Leben aufregender, es passierte doch sonst so wenig. Immer mehr Mädchen in der Stadt gingen mit einem Deutschen.

Karl war ein schöner Mann. Groß und breit, mit feinen Gesichtszügen. Aber das wusste er nicht. Er bemerkte nicht die Blicke, die ihm galten. In seinen Augen lag ein Staunen, als würde er alles, was vor ihm lag, zum ersten Mal sehen. Immerzu musste ich in diese Augen blicken, in dieses seltsame Lilablau. Es war, als würde meine Seele daraus trinken. Ich ging zu den Gottesdiensten, zu den Stadtfesten, verbrachte meine freien Stunden an den Treffpunkten der

Soldaten. Nur um in seiner Nähe zu sein. Ich unternahm alles Mögliche, um die Sehnsucht meines Herzens zu beruhigen.

Einmal schob ich ein Fahrrad, beladen mit Wäschepaketen vor ihm her. Ich richtete es so ein, dass ich stolperte und meine Fracht vor seinen Füßen landete. Während wir beide auf dem Pflaster knieten und die Sachen einsammelten, sah er mich zum ersten Mal an. Ich streichelte sein Gesicht.

So begann die Geschichte mit deinem Vater, Nijllas. Wir trafen uns in Scheunen, in Parkanlagen, in den Wäldern. Manchmal hätte ich am liebsten mein Glück in die Welt hinausgeschrieen oder an Mauern und Wänden verkündet. Wir waren nicht vorsichtig; wir vergaßen, in einer Welt zu leben, in der Liebe nur unter bestimmten Bedingungen erlaubt ist.

Eines Abends kam Karl bestürzt zu unserem Treffpunkt. Sein Vorgesetzter hatte ihm am Nachmittag zu einem Gespräch in die Kommandantur bestellt. Zu Viert waren sie über ihn hergezogen. Die Verbindung mit einer Samin sei ein Verstoß gegen das deutsche Rassengesetz. Er habe den richtigen Blick verloren, sagten sie. Er solle den nächsten Zug zurück nach Deutschland nehmen. In Bremen würde man ihm mitteilen, an welchem Frontabschnitt er eingesetzt wird.

Wir blieben die ganze Nacht zusammen. Ich habe ihn danach nie wieder gesehen.

Im darauffolgenden Frühjahr bist du gekommen, Nijllas. Kurz danach haben die Deutschen kapituliert und sind abgezogen.

Dann kam dieser unsägliche Tag. Du hast das Bild gesehen. Es ging damals durch alle Zeitungen. *Nicht ungeschoren davongekommen,* schrieben sie über das Bild.

Biret kam und versorgte mich und dich. Sie schickte einen Boten in unsere Sijdda. Kurz vor Weihnachten stand Lasse mit einem Rentiergespann im Hof. Er wickelte mich in Felle und half mir auf den Schlitten. Er küsste mich auf die Stirn und legte mir mein Kind in die Arme.

Es tat mir gut, bei den Rentieren zu sitzen. Einige Plätze liebte ich besonders. Dort sprachen die Pflanzen mit mir und machten mir Mut. Sie sprachen mit mir in Reimen und gaben mir Botschaften.

Als Sire ihr Kind verlor, bevor es geboren war, tanzte ich mit ihr in einer Vollmondnacht und sang dazu. Im Jahr darauf gebar sie einen gesunden Knaben.

Wenn wir mit den Herden weiterzogen, aus den Winterquartieren, die im Frühlingstauwetter versumpften, hinauf in den Norden ans Meer, dann wisperte mir der Wind zu, welchen Weg wir zu gehen hatten und die Regenpfeifer segelten mit mir, um mich vor Gefahren zu warnen. Die Leute brachten mir immer mehr Vertrauen entgegen und wollten, dass ich sie führe. Aber die Ahnen sagten, dass dies nicht meine Aufgabe sei. In der Sehnsucht, geführt zu werden, liegt eine Gefahr, sagten sie. Geführte hören nicht auf die Stimme in ihrem Inneren. Sie suchen etwas im Außen und merken nicht, dass sie es schon haben.

So kam es, dass ich in die Berge ging.

Jahre vergingen, da fand ein deutscher Tourist den Weg zu mir herauf. Er hatte sich nicht verirrt. Er hatte mich gesucht. Der Mann war aufgeregt. Er holte ein verknittertes Papier aus seinem Gepäck und begann, das, was darauf stand, ins Englische zu übersetzen:

Lieber Gustav,

ich hoffe, es klappt und der Mann schafft es, den Zettel rauszubringen. Wenn kein Wunder geschieht, lebe ich morgen nicht mehr.

Als ich aus Norwegen zurückkam und mich beim Kommandanten meiner neuen Einheit vorstellte, ließ er mich sofort verhaften. Eine Meldung war mir per Telegramm vorausgeeilt – unerlaubtes Fernbleiben von der Truppe. Sie meinten damit meine letzte Nacht mit Heikka.

Im Schnellverfahren haben sie das Urteil gefällt. Morgen soll ich standrechtlich erschossen werden.

Bitte such Heikka. Berichte ihr das. Sie soll nicht glauben, dass ich sie vergessen habe.

Dein Freund Karl

Abschied

Nils verabschiedete sich bald.

„Die anderen warten auf das Werkzeug, Edda." Zum ersten Mal nannte er sie beim Namen. Sie spürte das Bedeutsame daran und wie der Raum zwischen ihnen für diesen Augenblick weniger wurde.

Toivo samt Taschen und Trockenfutter nahm er mit. Edda blieb noch eine Nacht auf der Hütte. Erst am folgenden Tag machte sie sich auf den Rückweg.

Am späten Nachmittag kam sie auf der Huskyfarm an. Die Hunde lagen auf den Dächern ihrer Holzkisten oder davor im Sand und dösten in der Sonne. Edda setzte sich auf einen Gartenstuhl und genoss den Anblick: die schlafenden Hunde, die glitzernde Oberfläche des Sees, dahinter die Berge in den rotbraun und violett schimmernden Farben der Tundra, durchsetzt von weißen Schneeflächen. Lange saß sie so und ruhte sich aus.

Hanna kam aus dem Haus.

„Hey, Edda", rief sie, „wo hast du Toivo gelassen?"

„Der ist bei den Männern", antwortete Edda knapp.

Hanna wirkte ungeduldig wie immer. „Als du weg warst, hab' ich mir Sorgen gemacht. Ob ich dir nicht zu viel zugemutet habe. Hast du Hunger? Komm! Zur Feier des Tages mach' ich uns Pizza."

Der Fladen, belegt mit Schinken, war so groß, dass er weit über den Tellerrand reichte. Unvorstellbar für Edda, dieses Wagenrad alleine aufzuessen. Aber dann war der Teller doch unversehens leer.

Unter dem wohligen Gefühl, satt zu sein, spürte sie noch ein anderes Wohlgefühl. Sie hatte es geschafft, sie hatte ihren Auftrag bewältigt. Edda stellte sich Core vor und die anderen

Frauen aus dem Kreis der Trommlerinnen. Wie sie staunen würden über das schüchterne Mauerblümchen, das blasse Großstadtgeschöpf, das kaum eine Pflanze oder einen Vogel gekannt hatte und sich bei jeder Gelegenheit schutzsuchend hinter den Rücken anderer versteckte. Das unscheinbare Wesen, ständig auf der Hut, um bloß nicht aufzufallen, hatte es gewagt, etwas Eigenes zu sein, war alleine durch menschenleere Wildnis gewandert, hatte auf einer vom Permafrost harten Erde geschlafen, war durch eisige Wildbäche gewatet und über einem Schneefeld abgerutscht, hatte eine Schamanin kennengelernt und einen wolfsähnlichen Hund gebändigt. Und sie war einer leibhaftigen Bärin begegnet, ohne vor Angst zu sterben. Sie war nicht nur eine Delle losgeworden, eher ein ganzes Dellenfeld. Jedenfalls kam es ihr so vor.

Und Victor? Wie würde er auf ihre Veränderung reagieren? Doch etwas in ihr weigerte sich, darüber nachzudenken. Das war jetzt nicht wichtig.

In ihrem Wohlgefühl war sie sich sicher, auch den anderen Auftrag zu meistern: *Such deine Ahnen. Von ihnen hast du deine Lebenskraft und deine Aufgabe bekommen.* Wie Musik klang der Satz in ihren Ohren – ein süßes Geheimnis, das geweckt werden wollte. Herkunft – den eigenen Ursprung zu kennen – das bedeutete, nicht nur in seltenen Ausnahmefällen, sondern ständig sicher zu sein, etwas Eigenes zu verkörpern, sich von allen anderen zu unterscheiden. Sich voller Stolz im Spiegel anzusehen und zu wissen: das bin ich, Edda Sanz.

Sie wusste nun, was sie zu tun hatte. Zumindest den ersten Schritt kannte sie. Oslo. Dort befand sich das Reichsarchiv. Die norwegische Metropole zu besuchen, war es allemal wert. Dieses Mal würde sie nicht mit dem Zug fahren, sondern fliegen, um keine Zeit zu verlieren.

Hanna brachte sie am nächsten Morgen zur Bushaltestelle.

„Komm wieder!“, sagte Hanna. „Du bist hier immer willkommen.“

Eigentlich wollte sie nur einen kurzen, unsentimentalen Abschied. Aber dann lagen sie sich doch lange in den Armen und lösten sich erst voneinander, als der Busfahrer zu hupen begann.

Teil III: Die Suche

Andere sind verborgen in uns gegenwärtig,
sogar jene, die wir kaum gekannt haben.

MICHAEL ONDAATJE, Divisadero

Oslo

Während der Busfahrt nach Tromsø regnete es. Je näher sie der Küste kamen, umso stärker wurden die Schauer. In der Stadt am Meer peitschten Sturmböen das Wasser vom Himmel über die Straßen, trieben die aufspritzenden Tropfen zu Gruppen zusammen, die wie winzige Reiterscharen, dicht auf dicht, über das Pflaster galoppierten. Eine glitzernde, spritzende Wasserschlacht. Kein Wetter, um eine Unterkunft zu suchen.

Edda winkte ein Taxi heran. Der jugendliche Fahrer kurbelte die Scheibe herunter, betrachtete unverhohlen spöttisch die Gestalt, die sich im Wind krümmte und gleichzeitig das verschmutzte und zerrissene blaue Regencape zu bändigen versuchte, das sich immer wieder blähte und wie eine Wetterfahne knatterte. Er wollte das Fahrziel wissen. Sie konnte keines angeben, irgendein einfaches, nicht zu teures Hotel, sagte sie. Daraufhin sprach er in sein Funkgerät, schien etwas gefunden zu haben, jedenfalls lud er den Rucksack in den Kofferraum, und sie durfte einsteigen. Nach wenigen Minuten setzte er sie in einer schmalen Seitenstraße vor einem zweistöckigen Haus ab, wollte kein Geld für die kurze Fahrt.

Polarhotel stand auf einem kleinen, glänzenden Messingschild. Sie läutete. Aus einer Lautsprecheranlage sprudelte ein Text vom Band, zuerst in norwegisch, dann in englisch, den sie sich zweimal anhören musste, bis sie ihn verstand. Sie solle erst mit ihrer Kreditkarte bezahlen, dann würde sie eine Codenummer bekommen, die ihr die Hoteltüre öffne. Der Automat dazu sei gleich um die Ecke.

Sie fütterte den Apparat mit den gewünschten Daten und der Blechkasten schob aus einem Spalt seine Antwort heraus.

Als sie im Vorraum des Hotels stand, wies sie ein mit Hand beschriebener Zettel an, ihren Code in den Safe einzugeben.

Edda kam sich vor wie ein Wildtier, dessen Intelligenz geringste Veränderungen in der Umgebung zu deuten vermag, jedoch hilflos in einem Bereich versagt, der gänzlich ohne Leben ist. Mit zitternden Fingern tippte sie die Ziffern auf das Display. Die Safetür öffnete sich, ein Fach sprang auf, und darin lag der Zimmerschlüssel.

Gab es hier denn niemanden, den sie fragen konnte?

Sie betrat einen Raum, möbliert wie ein Wohnzimmer mit lehmfarbenem Sofa und Sesseln. In einer Ecke lief ein Fernseher, der Menschen in einem Überschwemmungsgebiet zeigte. Mit ihrer Habe auf dem Kopf kämpften sie sich durch lehmfarbene Fluten.

Einem realen Menschen begegnete sie nicht.

23 stand auf dem Schlüssel. Das kleine Zimmer im zweiten Stock war bedrückend eng. Nachdem sie den Rucksack abgestellt hatte, war die Kammer voll.

Sie schlief unruhig, hörte den Regen auf das Fenstersims trommeln, sorgte sich, sie könne verschlafen und keinen Flug mehr bekommen. Ihre erste Nacht in frischen Laken seit langem. Wie lange? Wochen? Monate? Sie rechnete zurück, kam jedoch nicht darauf. Als hätte sich die Zeit mit jedem Ort, an dem sie verweilt hatte, ausgedehnt wie ein elastisches Band.

Als der Morgen dämmerte, machte sie sich fertig und verließ das Haus.

Am Flughafen hastete sie zum nächstbesten Schalter, buchte den nächstbesten Flug. Die Maschinen nach Oslo starteten stündlich.

Überall wartende Menschen. Alleine oder in Gruppen. Ansammlungen, die sich wieder auflösten, manche zäh, andere hektisch. Stadteinsamkeit – Beziehungslosigkeit. Sie sehnte sich nach der Einsamkeit der Tundra, die einem das Gefühl gab, über sich hinauszuwachsen.

Eine Gruppe von fünf, sechs Männern kam im Eilschritt auf sie zu – alle in schwarzen oder grauen Anzügen und Aktenkoffern in den Händen. Sie duckte sich unwillkürlich in das Kunstlederpolster, wollte in Deckung gehen, wie vor einem Angriff aggressiver Vögel. Da rauschte der Schwarm auch schon an ihr vorbei, ohne sie wahrzunehmen.

Wie sehr sie den driftenden Rhythmus der Tundra vermisste.

Langsam, so souverän sie es vermochte, betrat sie das Flugzeug. Sie nahm es als gutes Zeichen, viele Kinder unter den Passagieren vorzufinden – mindestens eine Schulklasse lümmelte sich lautstark in den Sitzen, kicherte über die Illustriertenbilder ihrer Idole, reichte Coladosen und Snacks durch die Reihen.

Beim Start schloss sie die Augen, erinnerte sich an Victor, hörte seine Stimme: „Pass auf den Moment auf, wenn der Vogel abhebt ..."

Um sich abzulenken, las sie Zeitung, lauschte dabei auf das gleichmäßige Wummern der Triebwerke und schlief über den Berichten von staatlichen Drohgebärden und bewaffneten Kämpfen unversehens ein.

In Oslo mietete sie ein Zimmer in einem *Vandrerhjem* am Rande einer Grünanlage, durch die sich ein melancholisches Flüsschen schlängelte, das verträumt vor sich hinmurmelte, in trauter Eintracht mit den Trauerweiden an seinen Ufern.

Bis zum Abendessen streifte sie durch die Stadt. Durch Viertel mit verspiegelten Glastürmen und Betonpalästen so hoch, dass die oberen Etagen im diesigen Oktoberhimmel verschwanden, vorbei an Literatencafés und Restaurants, wo schöngekleidete Menschen unter funkelnden Kristalllüstern an Tischen mit aufgefächerten Damastservietten saßen.

Eine Tür öffnete sich, spuckte einen Pulk lachender Leute aus, die der Nebel verschluckte. Mit ihnen flirrten die Takte eines bekannten Liedes nach draußen, blieben sekundenlang im nasskalten Herbstdunst hängen, bis auch sie sich verloren. Edda starrte immer noch durch das Fenster nach innen. Auf einer Bühne saß ein Mann im dunklen Mantel und breitkrempigen Hut am Piano und klimperte auf die Tasten Schlagermelodien. Minutenlang blieb sie stehen und hörte zu. *Stranger in the night; Killing me softly; Sweet little Baby.*

Aus dem Dunst tauchte eine Erinnerung auf – die Gestalt im langen schwarzen Mantel und breitkrempigem Hut beugte sich über ein Kind im Gitterbett und streichelte über das Köpfchen.

Edda schüttelte sich wie eine nass gewordene Katze. Als der Regen stärker wurde, lief sie zurück in ihre Unterkunft.

Zum Abendessen ging sie hinunter in den Speisesaal. Neonbeleuchtet, vollbesetzt, miefig von gekochtem Gemüse, von den Kleidern der Menschen oder den Menschen selbst, lärmdurchflutet. Sie holte sich eine Mahlzeit vom Büfett, zwängte sich zwischen besetzten Tischen hindurch, fand einen freien Platz, drehte sich die Spaghetti Bolognese auf die Gabel, hörte den Gesprächen der anderen zu, die in langsamem Englisch an ihr vorbeizogen.

Unvermittelt wandte sich ihre Tischnachbarin an sie. Fragte, ob sie ein Mittel gegen schmerzende Füße wüsste. So plötzlich herausgerissen aus der Rolle der unbeteiligten Beobachterin, zuckte Edda zusammen und stammelte „nein".

„Aus welchem Land kommst du?"

Nach Eddas Antwort stand sie auf, ohne sich zu verabschieden, und auch die anderen erhoben sich und entfernten sich kommentarlos. Nur eine nannte einen Grund, den Edda in ihrer Verblüffung nicht wirklich hörte. Allein am Tisch dachte sie darüber nach, was da geschehen war.

Waren die Frauen weggegangen, weil sie Deutsche nicht mochten?

Die Bäckersfrau in dem französischen Straßennest, fiel ihr ein. Eiligst hatte sie die Tür ihrer *boulangerie* vor Victor und ihr abgeschlossen, nachdem sie das deutsche Kennzeichen des Wagens erkannt hatte.

Und dann diese Episode in dem katalanischen Bergdorf. Sie hatte dort mit Victor ein paar Urlaubstage verbracht. Abends speisten sie im einzigen Gasthof des Ortes. Einmal setzte sich ein Junge zu ihnen an den Tisch. Etwa zwölf Jahre alt. Blond und blauäugig – ungewöhnlich für diese Gegend. Sie unterhielt sich gerne mit dem zutraulichen Knaben. Er möchte für sie ein Bild malen, hatte er gesagt und eine Damenhandtasche gezeichnet. Mit dickem Bleistift zog er die Umrisslinie. Als wäre die Tasche durchsichtig, malte er innen hinein einen Lippenstift, eine Geldbörse, eine Puderdose.

Pubertätsfantasien, hatte Edda damals zuerst gedacht. Hinterher kam die Wirtin zu ihnen und warnte sie. Das sei ein Krimineller, der die Gäste bestehlen würde. Mit einer Kopfbewegung, die zum Ausdruck brachte, jede weitere Erklärung erübrige sich, setzte sie hinzu: deutsche Eltern. Die Frau hatte nicht bemerkt, aus welchem Land Edda kam. Edda hätte ihn gerne verteidigt, brachte jedoch kein Wort über die Lippen.

Am nächsten Morgen fragte sie im Touristenbüro vor der *Sentralstasjon* nach der Adresse des Reichsarchivs. Die Frau hinterm Tresen holte aus einem Regal eine kopierte Seite des Stadtplans, markierte in der Ecke links oben mit gelbem Filzstift einen Punkt und notierte die Bus- und alternativ die Metrolinie, die sie dorthin bringen würde. Edda entschied sich für den Bus. In ihrer Ungeduld wartete sie nicht auf die Linie, die ihr angegeben worden war, sondern nahm statt der Nummer 45 den 145er, in der Hoffnung, dass die Richtung stimmte.

Im Nebeldunst zuckelte der klapprige Kasten zwischen Siedlungen aus rotem Backstein und Fabrikanlagen gemächlich dahin, entließ an jeder Haltestelle ein paar Fahrgäste mit blassen, übernächtigten Gesichtern, bis sie nur noch alleine dasaß und beinahe wieder zu ihrem Ausgangspunkt zurückgefahren wäre, weil sie die letzte Haltestelle nicht als Endstation erkannt hatte. Sie zeigte dem Schaffner den Plan mit der gelben Markierung. Auch er engagierte sich und beschrieb ihr einen Weg mit zahlreichen Links- und Rechtsabbiegungen bis zur Haltestelle der Buslinie, in die sie umsteigen müsste.

Sie ging zu Fuß weiter, sah Oslo jetzt unten liegen, blickte auf die glitzernde Wasserfläche des Fjords, auf die winzigen Punkte der ein- und auslaufenden Schiffe und hier oben, wo die Stadt allmählich in Landschaft überging, wo Scharen von Elstern über den feucht glänzenden Asphalt hüpften und mit heiserem Schackern nach den roten Beeren pickten, die von den Ebereschen herabgefallen waren, dort, wo freundliche Holzvillen durch das bunte Herbstlaub schimmerten, da endlich verlor sich die Anspannung der Heimatlosigkeit etwas.

Das Eingangstor des Reichsarchivs roch angenehm harzig. Es öffnete sich automatisch, und als sie in das Gebäude eintrat, musste sie bei der Vorstellung schmunzeln, dass ein Film diesen Moment mit bedeutungsschwerer Musik ausgeschmückt hätte.

Dem Mann an der Garderobe sagte sie ihr Sprüchlein, das sie sich zurechtgelegt hatte. Dann sagte sie es noch mal dem zuständigen Referenten, der vom Portier geholt worden war.

Der Referent, ein älterer Herr mit väterlich gütigen Augen, lächelte und erklärte, sie müsse einen schriftlichen Antrag stellen, der genaue Angaben enthielt, was sie wissen wolle. Es könne mehrere Wochen dauern, bis sie Antwort bekomme. Edda nickte und kaute an ihrer Unterlippe. „Danke!“, sagte sie und tat so, als interessierten sie die Handschriften von norwegischen Dichtern, die in Glasvitrinen ausgestellt waren.

Die Enttäuschung hatte noch nicht vollständig den Weg in ihr Bewusstsein gefunden, da sah sie den Referenten wieder. Er stand in einer Tür und gab ihr ein Zeichen, sie solle zu ihm kommen, dabei legte er einen Finger auf seinen Mund als Signal für konspiratives Vorgehen.

Edda sah sich um. Der Portier las Zeitung, zwei Damen unterhielten sich mit gedämpften Stimmen in der Eingangshalle. Sie folgte dem Mann durch verschiedene Gänge in einen Büroraum. Dort bat er sie, Platz zu nehmen und zu warten. Kurz darauf erschien er mit zwei Folianten.

„Schauen wir mal, ob wir unter den Tausenden Ihren Namen finden. Die Deutschen waren pedantische Bürokraten." Mit dem Zeigefinger wanderte er über Buchstaben- und Zahlenkolonnen. Ein Name pro Zeile, dazu Geburtstag des Kindes, Name und Wohnort der Mutter, Name und Wohnort des Vaters, außerdem Anmerkungen, ob die Vaterschaft anerkannt worden war oder gerichtlich geklärt werden musste. Jeder Fall zusammengeschrumpft auf eine Zeile.

Bilder fliehender Frauen zogen durch ihren Kopf – schwangere Frauen, Frauen auf der Suche nach dem Geliebten, Frauen auf der Flucht vor ihren Landsleuten, Frauen mit kleinen Kindern an der Hand. Sie kämpfen sich über tückischen Bruchharsch, auf Pfaden, die unter Tauwasser stehen, durch Schlamm, dem sie mit jedem Schritt den Stiefel entreißen müssen. Eine kahl geschorene Frau im weißen Kittel schreitet würdevoll durch die Menge. Blickt nur auf das Kind in ihren Armen. Wie eine Heilige schreitet sie dahin, unberührt vom hämischen Gelächter der Gaffer.

Der Name Heinson füllte mehrere Zeilen.

„Wann sind Sie geboren?", fragte der Referent.

„29. Januar 1946."

„Kurz vor der Kapitulation der Deutschen gezeugt", sagte er. „Da wussten bereits die meisten, dass der Krieg für die

Wehrmacht verloren war. Der Geliebte ihrer Mutter ...", er sah sie streng an, „Angehöriger einer geschlagenen Armee, kein Sieger. Sein Land in Schutt und Asche gebombt, in den wenigen noch intakten Häusern lebten die Menschen in bedrängender Enge, die Versorgung mit Lebensmitteln zusammengebrochen, die Felder brachliegend. Wenn etwas blühte, dann der Schwarzmarkt. Ihre Mutter muss das gewusst haben. Nicht wahr?"

Edda schwieg.

„Tut mir leid", sagte der Mann mit den väterlichen Augen. „Hier ist kein Kind, geboren am 29. Januar 1946. Zu spät geboren, um noch erfasst worden zu sein."

Er schlug das Buch zu. Das war es, sagte die Geste. Nicht registriert. Nichts. Wo es keine Spuren gab, da war auch nichts geschehen. Nils hatte sie auf eine Fährte gelockt, die im Nichts endete. Der Anfang ihrer ganz persönlichen, individuellen Geschichte verlor sich im Nichts. Damit hatte sie doch bisher ganz gut leben können. Hatte sie das? Sie schüttelte den Kopf, verscheuchte den Gedanken, aufgeben zu wollen. So einfach wollte sie es sich nicht machen. Sie hatte sich verändert, seit sie alleine unterwegs war. Sie verstand sich jetzt als etwas Eigenes, nicht mehr als Teil von einem anderen. Also hatte sie auch einen eigenen Ursprung. Victor hatte ihr einmal das alte spanische Wort für Leute mit nobler Herkunft erklärt:

„Hidalgo", hatte er gesagt, „Hijo de algo – Kind von jemandem."

Kind von jemandem – das hatte sie beeindruckt.

Sie dachte an Frau Margarete. Es gab niemanden sonst, den sie fragen konnte. Es musste sein, auch wenn es ihr schwer fiel. Das war ihre Bewährungsprobe.

Frau Margarete

Auf dem Flug nach Berlin saßen wieder Schüler in den Reihen vor ihr und verbreiteten fröhlichen Lärm. Vielleicht war gerade Ferienzeit und damit Zeit für Klassenfahrten. Papierknäuel flogen in verschiedene Richtungen, Getränkedosen schepperten auf dem Boden, Ermahnungen bewirkten nichts weiter als flirrendes Kichern, das sich wellenartig in den Reihen ausbreitete.

Neben Edda hatte ein sorgfältig gescheitelter Herr Platz genommen. Die meisten Lehrer seien von ihrer Aufgabe völlig überfordert, sagte er. An deren Stelle würde er jeden von diesen Lümmeln einzeln dazu zwingen, das Zeug aufzuheben, das er fallen gelassen hatte.

Sie widersprach nicht, gab sich den Anschein, interessiert zu sein, war es auch irgendwie, weil es sie ablenkte von den Turbulenzen des Fluges.

Noch am Flughafen rief sie die Auskunft an. Unter der genannten Rufnummer tönte ihr eine unpersönliche Frauenstimme entgegen: „Kein Anschluss..." Also beschloss sie, direkt zu der Adresse zu fahren, die sie noch kannte. Dort würde sie weitersehen. Es konnte doch nicht so schwer sein, Frau Margarete zu finden.

Berlin kam ihr hektischer vor als jede andere ihr bekannte Stadt. Zudem lag etwas Bedrückendes in der Luft. Ging das von den Menschen aus? Wie in anderen Städten auch bildeten sie Ströme, die sich durch die Einkaufstraßen ergossen – zielstrebig, quirlig, unaufhaltsam. Fast schon grob, stießen sie aneinander, rempelten sich an, sprangen im letzten Moment auf gerade anfahrende Busse, quetschten sich zwischen schließende Türen. Ein Betrunkener hielt jeden Vorübergehenden an: „Haste'ne Zigarette für mich?" Ein Mundharmonikaspieler, von kaum jemandem beachtet, pustete in sein Instrument als sei es eine Trompete und brachte entsprechend schräge Töne hervor.

Dann, in der S-Bahn, wusste sie, woher die Schwere kam, die auf der Stadt lastete. Die finsteren Gänge, in denen sich die Blicke verloren, die Wachsoldaten mit Gewehr über der Schulter, die unvermittelt auf den Bahnsteigen auftauchten, während der Zug im Schritttempo an ihnen vorbeischlich. Die Bilder hatten sich in ihrem Körper eingenistet und dort geschlummert, bis die Gerüche und Geräusche der Stadt sie aufweckten.

Sie stieg im Wedding – Reinickendorferstraße – aus, suchte das Haus, in dem sie mit Frau Margarete gewohnt hatte. Es existierte nicht mehr. Anstelle der Altbauten, hinter deren bröckelnden Gründerzeitfassaden hohe Räume mit stuckverzierten Kachelöfen aufgewartet hatten, säumten jetzt Betonkästen im modernen Standard – zweckmäßig und glatt – die Straße.

Edda erkundigte sich auf dem Polizeirevier.

„Frau Margarete Gerhardt? Nein. Nicht bekannt. Versuchen Sie es bei der Meldebehörde. Einen Stock höher."

Dort schrieb der Beamte ihre Angaben zur Person auf und verschwand damit in einem Nebenraum. Als er zurückkam, übergab er ihr einen Zettel mit der gewünschten Adresse.

Kurz darauf stand sie vor einer Tür mit mehreren Namen – eine Art Pension oder Wohngemeinschaft. Eine Frau mittleren Alters öffnete auf ihr Klingeln. Der Blick – misstrauisch und zugleich neugierig – musterte Edda ohne Hemmung. Auf Eddas Frage kam die Antwort so unvermittelt, dass nur lange Gewohnheit, Hausierer und andere lästige Personen abzuweisen, dahinter stecken konnte.

„Frau Gerhardt ist nicht zu sprechen."

„Aber sagen Sie ihr doch bitte, dass ich da bin, Edda, ihre Tochter."

Etwas im Gesicht der Frau veränderte sich. „Sie sind die Tochter? Können Sie det beweisn?“

Edda wusste, dass sie keine Ähnlichkeit mit Frau Margarete hatte; deren Kopf war viel schmaler, die Gesichtszüge ganz anders, wie genau konnte sie nicht sagen, irgendwie übermütiger, selbstbewusster. Außer den blonden Haaren gab es nichts Gemeinsames. Aber selbst das war nur Schein, denn Frau Margarete pflegte ihre ursprünglich brünette Haarpracht blond zu färben.

Niemand konnte erwarten, dass sie eine Geburtsurkunde mit sich herumschleppte. Edda dachte an das Papier, das sie zu bestimmten Anlässen – Immatrikulation, Trauung – hatte vorlegen müssen. In dieser Abstammungsurkunde stand in der Rubrik Mutter der Name Margarete Gerhardt. Und weiter unten gab es einen Vermerk:

Auf Verfügung des Senats von Berlin wird der Name des oben bezeichneten Kindes in Gerhardt geändert.

„Bitte, informieren Sie Frau Gerhardt!“

Die Frau kramte in ihrer Jackentasche. Wieder bekam Edda einen Zettel ausgehändigt. Mit großen, zittrigen Buchstaben war darauf die Adresse eines Krankenhauses der Inneren Mission notiert. Edda erkannte sofort die Schrift von Frau Margarete, etwas verwackelt durch die Alterssteifheit der Hände.

Als Edda das Mehrbettzimmer betrat, saß Frau Margarete aufrecht im Bett, den Rücken mit mehreren Kissen abgestützt. Einen Moment schaute sie verwundert, reckte den Kopf neugierig dem Besuch entgegen, den sie noch nicht erkannte. Dann ging ein Leuchten über ihr Gesicht.

„Edda“, stammelte sie und streckte ihr die Hände entgegen.

Die alte Dame musste inzwischen weit über siebzig sein. Im Gesicht jedoch verriet nichts das Alter. Die hellgrünen Augen von Frau Margarete hatten noch Glanz, die Lippen waren zwar blass, aber immer noch schwungvoll, die Haare immer noch füllig, wenn auch inzwischen schlohweiß. Warum war ihr diese Schönheit früher nie aufgefallen?

In den Gesichtszügen der alten Frau schimmerte das Kind durch, das sie einmal gewesen war. Eine niedliche, verwöhnte Prinzessin, die nichts unversucht ließ, mit ihrem Charme zu betören. Charme? Auch das hatte sie zuvor nie bemerkt. Oder doch. Das Lächeln von Frau Margarete, wenn Edda als Kind nach langem Üben endlich das Einmaleins richtig hersagen konnte. Die zur Begrüßung ausgestreckten Arme, das Leuchten im Gesicht der alten Frau berührten sie wie damals.

Frau Margarete plapperte aufgeregt vor sich hin.

„Das Essen – nein, wirklich – ausgezeichnet. Jeden Tag Pudding. Und der Herr Doktor – nein, wirklich – so ein feiner Mensch. Und der Herr Pastor kommt jeden Tag und liest mir aus einem Buch vor und die Schwestern ..."

Edda wartete ungeduldig auf das Ende des Wortschwalls und dachte an die Frage, die sie stellen wollte. Jetzt, in der konkreten Situation, erwies es sich noch schwieriger als in ihrer Vorstellung.

„Bist du schon lange hier?" Das klang härter als gewollt. Zumindest verscheuchte es die Rührung, die sie erfasst hatte und die ihr peinlich war.

Die Augen der alten Frau begannen zu flackern.

„Da ... da steht alles drin." Sie deutete auf die Bibel, die auf dem Beistelltisch lag.

Waren das Anzeichen einer beginnenden Demenz? Vielleicht wusste Frau Margarete nicht einmal mehr, wo sie war, vielleicht hatte sie bereits kein Zeitgefühl mehr.

„Weißt du, welchen Wochentag wir heute haben?" Wieder hörte Edda ihre eigene Stimme mit Unbehagen. War das die Aufregung, die Angst, ihrem Auftrag nicht gerecht zu werden, die sie spröde, ja regelrecht schroff klingen ließ?

Frau Margarete bewegte die Hände, als müsste sie die Antwort in der Luft formen, als käme das Denken ohne diese greifende Unterstützung nicht mehr zurecht.

„Sie ... sie zeigen das jeden Tag im Fernsehen", sagte sie schließlich, bemüht um einen resoluten Ton in der Stimme.

Edda schluckte. Eine Welle der Enttäuschung rollte über sie hinweg. So wie es aussah, würde sie von Frau Margarete kaum noch brauchbare Informationen bekommen. Doch noch wollte sie nicht aufgeben. So nahe am Ziel. Etwas trieb sie weiter, wenigstens einen Versuch zu wagen. Was konnte sie denn verlieren, wenn sie die Frage stellte, die sie so lange schon mit sich umhertrug, wenn auch bis vor kurzem unter einer dichten Schicht von Verboten verborgen. Später machte sie sich Vorwürfe deswegen. Jetzt aber versuchte sie es noch einmal.

„Warum hast du mir nie etwas von meinen Eltern erzählt?"

Die Frau im Krankenbett erbleichte, murmelte verstört: „Geh nicht zu nah ran ... sonst bringt er dich um."

Edda schrak auf. Hatte sie richtig gehört? Oder war das nur Einbildung? Das war doch der Satz aus ihrem Traum vom schwarzen Hund:

Geh nicht so nah ran an den Schwarzen, sonst tötet er dich.

Während sie den Worten nachlauschte, starrte sie aus dem Fenster und achtete kaum darauf, wie sich Frau Margarete anschickte, aufzustehen, sich an den Bettrand setzte und nach unten bückte, um sich die Schuhe anzuziehen. Dabei kippte sie nach vorne, verlor das Gleichgewicht und lag auf dem Boden. Edda fuhr zusammen, als sie das Plumpsen hörte, stürzte zu der verkrümmt liegenden Frau, hielt ihr den Kopf, versuchte das lallende Gestammel zu verstehen, schellte nach der Schwester.

„Schlaganfall", sagte die Schwester und schickte Edda hinaus.

Ein unsichtbarer Schleier fiel herunter, hüllte sie ein, erstickte alle Gefühle.

Um irgendetwas zu tun, holte sie Kaffee aus dem Automaten, umschloss den Pappbecher mit beiden Händen, trank schluckweise die heiße, bittere Brühe, die vom Hals hinunter in den Magen brannte und doch das Frösteln nicht löschen konnte, das sie erfasst hatte. Sie sah auf die Straße mit den Ahornbäumen, deren Blätter tiefrot leuchteten, schaute einem kleinen Jungen zu, der durch die Laubhaufen am Boden pflügte, jedes Mal wieder Anlauf nahm, in die Blätter hineinschlitterte und sie aufwirbelte, dabei mit den Armen flatterte, als wären sie Flügel. Teilnahmslos nahm sie die Veränderungen wahr, bemerkte, wie die Schatten länger wurden, wie die Lichter zunahmen, zuerst die Schaufensterbeleuchtungen und Leuchtreklamen, dann die Scheinwerfer und Rücklichter der Fahrzeuge, schließlich die Straßenlaternen.

Ihr Name erklang in der Sprechanlage. Die Lautsprecherstimme bat sie, auf das Zimmer 315 zu kommen.

„Es sieht nicht gut aus", sagte der Stationsarzt. Der Schlaganfall sei ziemlich heftig gewesen, so heftig, dass Teile des Gehirns nicht mehr funktionierten und damit zugleich viele Körperfunktionen. Frau Gerhardt müsse künstlich ernährt werden.

Ob sie das einzige Kind sei, fragte er noch.

„Ja", sagte sie.

Erst auf dem Flur fielen ihr die Fragen wieder ein, die sie dem Arzt hatte stellen wollen – aus welchem Grund Frau Gerhardt sich hier aufhielt und wie lange schon.

Frau Margarete war in ein Einzelzimmer verlegt worden – ein schmaler Raum mit kahlen Wänden im angegrauten Weiß und hohen Fenstern. Lediglich ein dünnes, kupfernes Kreuz, schmucklos wie alles in dieser Zelle, hing in einer Ecke. Die alte Frau lag in einem Stahlrohrbett, daneben ein fahrbarer Blechkasten, mit der Abendmahlzeit darauf. Reglos lag sie mit dem Gesicht zur Decke, die Augen geschlossen, die Wangen eingefallen, der Mund, der Edda noch vor wenigen Stunden so schwungvoll vorgekommen war, gänzlich verschwunden, stattdessen nur noch Hautfalten über einer zahnlosen Mundöffnung. Das Gebiss befand sich in einem Wasserglas auf dem blechernen Beistellkasten.

Edda holte sich einen Stuhl und setzte sich ans Bett. Sie blickte unentwegt auf die Hände, die auf der Bettdecke ruhten. Auf der pergamentdünnen Haut, blass und altersfleckig, drückte sich das Netz der Blutgefäße blauschimmernd durch. Sie hätte nicht zu sagen vermocht, was sie dazu bewegte, eine dieser Hände auf ihre eigene Hand zu legen und das Plumeau darüber zu ziehen. Sicher, sie hoffte, die kalten Finger zu erwärmen. Aber dazu hätte es gereicht, die Decke darüber zu ziehen. Dass sie es überhaupt wagte, Frau Margarete zu berühren? Sie konnte sich nicht erinnern, wann sie das zuletzt getan hatte – als Kind, die Hand der großen Frau suchend? Jetzt erschien es ihr zu aufdringlich, die Hand zu halten, sie wollte nicht festhalten, nur berühren. So saß sie Stunden.

Wie sich Augen in der Dunkelheit nicht sofort zurechtfinden, so konnten auch ihre Ohren erst nach einer Weile die feinen Unterschiede im Geräusch des Atemholens heraushören – welche Mühe es dem Körper bereitete, die Luft einzusaugen, die rasselnd an den trocken gewordenen Schleimhäuten entlangstreifte.

Nach einer Weile wurde der Atem leiser. Edda nickte ein, nicht sehr lange, sicher war es nur ein Sekundenschlaf gewesen, schreckte hoch, das Keuchen von Frau Margarete im Ohr. Sie streichelte über die Stirn der alten Frau und kämmte mit einer Bürste durch das weiße Haar, glaubte zu spüren, wie sich der Körper beruhigte, das Einatmen leichter wurde, das Ausatmen länger.

Zwei Schwestern schoben ein weiteres Bett herein. Da könne sie sich hinlegen, sagten sie und lächelten aufmunternd.

Die Freundlichkeit der Schwestern tat ihr gut. Nachdem die beiden den Raum verlassen hatten, zog Edda die Schuhe aus und legte sich auf das für sie bestimmte Bett. Die Kleidung wollte sie anbehalten, für alle Fälle. Wer weiß was noch geschehen würde. Es dauerte nicht lange, und sie war eingeschlafen.

Am Morgen brachten die Schwestern ein Frühstück mit Kaffee, frischen Brötchen, Butter und Marmelade. Sie trank nur den Kaffee, dann machte sie sich auf die Suche nach einer Waschgelegenheit. Auf dem Gang begegnete ihr der Krankenhauspfarrer. Im ersten Stock sei eine Dusche für Besucher. Sie müsse sich nicht zu beeilen. Er kümmere sich solange um die Mutter.

Als sie in das Zimmer zurückkam, sprang der Pastor von seinem Platz auf, nahm ihre Hände in die seinen und schaute sie ernst an:

„Die meisten gehen genau in dem Augenblick, wenn keine Angehörigen mehr anwesend sind." Er reichte ihr ein Papiertaschentuch. „Vielleicht ist es Ihnen ein Trost, dass ich in diesem Augenblick bei ihr war und das Totengebet sprach."

Edda setzte sich ans Bett, sah in das Gesicht der Toten, sah ein friedliches Gesicht und betete. Niemand kam und störte.

Als der Schatten des Fensterkreuzes auf die Bettdecke kroch, begab sie sich in das Büro des Krankenhauses, das für die Formalitäten zuständig war.

Danach machte sie sich auf die Suche nach einem Quartier, fand ein kleines Frühstückshotel in der Gneisenaustraße, nicht weit entfernt von der Pension, in der Frau Margarete zuletzt gewohnt hatte.

Fotografien

Mit der Sterbeurkunde in der Tasche ging Edda am nächsten Morgen in die Pension von Frau Margarete. Sie zeigte der misstrauisch blickenden Vermieterin – oder was immer sie war – das Dokument, nahm – ohne genau hinzuhören – die Beileidsbekundung entgegen, überhörte das Gestammel „ihre Mutter ... diese tapfere Frau“, schaute nur unentwegt auf die schwarzgrau melierten Linoleumfließen des Korridors, um dem schaulustigen Starren dieser Geschäftsfrau auszuweichen.

Die Vermieterin bat Edda in das Zimmer gleich neben dem Eingang. Noch bevor die Frau über die Schwelle getreten war, zündete sie sich eine Zigarette an und stieß den Rauch mit vorgeschobener Unterlippe, leicht schnaubend, vor sich hin.

„Und wer zahlt mir die ausfallende Miete? Es kann dauern, bis ich wieder jemanden gefunden habe.“

„Ich werde alle Kosten übernehmen.“ Edda suchte in ihrer Tasche nach einem Geldschein und steckte ihn der Frau zu, die ihn mit selbstverständlicher Geste in ihrer Jacke verschwinden ließ. Rauchwolken ausstoßend führte sie die Besucherin durch ein plüschig möbliertes Durchgangszimmer in einen schlauchartigen Gang, schloss dort eine Tür auf und übergab ihr sowohl Wohnungs- als auch Zimmerschlüssel.

In diesem Raum hing ebenfalls ein schwerer Duftvorhang. Nicht der Zigarettengeruch der anderen Zimmer. In diesen Wänden dünstete alles, was dazu in der Lage war, das süßliche Aroma von Frau Margaretes Lieblingsparfüm aus: der Stapel alter Zeitschriften, die Kunststoffkerzen des Kronleuchters, die im Licht der Morgensonne tanzenden Staubpartikel. Edda sah aus dem Fenster und blickte auf eine Reihe von Mülltonnen, die auf Leerung warteten.

Nach einem Aufbewahrungsort von Schriftstücken suchend, musterte sie das Inventar. Einige der Möbel kannte sie noch – eine Kommode, deren Mahagonifurnier inzwischen an vielen Stellen abgeplatzt war, das Regal mit den in Leder gebunden Werken deutscher Klassiker, einige der unzähligen Bilder an den Wänden. Kaum ein Fleckchen hatte Frau Margarete freigelassen: Landschaften von billiger Machart, kitschige Katzenbilder, Fotographien von Schlössern und Herrensitzen, vor allem jedoch Prachtbauten aus der Zeit des Dritten Reichs, manche mit wertvollem Rahmen, andere nur mit Klebestreifen festgehalten. Überall standen Dosen und Döschen, Schachteln und Kästchen, dazwischen eine buntbemalte Tänzerin aus Porzellan und ebenso bunte Keramikvögel. Auch darin unterschieden sie sich. Während sie von der Idee begeistert war, möglichst wenig zu besitzen, vor ihrer Ehe sogar davon geträumt hatte, mit einem Wohnwagen über die Lande zu fahren, sammelte Frau Margarete leidenschaftlich allen möglichen Krimskrams.

Der Schreibtisch, dilettantisch mit weißer Lackfarbe übermalt, hatte eine Jalousientür, die sich nicht öffnen ließ.

Sie machte sich daran, all die Dosen, Schachteln und Kästchen zu durchsuchen, fand jedoch keinen Schlüssel, sondern nur Ringe, Halsketten, Broschen und anderen Schmuck. In ihrer Ungeduld kam sie sich vor wie eine Agentin, die unter Zeitdruck eine verschwiegene Mission durchführt. Was, wenn sich Frau Margarete ein ausgefallenes Versteck ausgedacht hatte, einen geheimen Safe hinter einem der zahlreichen Bilder? Oder noch schlimmer: das Geheimnis ihrer Herkunft in den Speichern eines Gehirns verwahrt, das sich in Kürze zu Erde verwandeln würde?

Mal den Teufel nicht an die Wand, ermahnte sie sich. Erwartungen haben manchmal die Eigenart, sich zu materialisieren. Angespannt suchte sie weiter. Als sie hörte, wie draußen eine Tür zugeschlagen wurde, zuckte sie zusammen, lauschte, ob sich die Schritte entfernen würden. Die altvertraute Angst, etwas Verbotenes zu tun, überfiel sie hinterhältig. Leichenfledderin, den Tod benützen, um an Dinge heranzukommen, die sonst nicht zu erlangen waren. Schmuck hätte ihr Frau Margarete sicher gerne überlassen, aber das Abstammungsgeheimnis ließ sich nicht mit Schmuck aufwiegen.

Schließlich fand sie verschiedene Schlüssel in einem Porzellandöschen, das wahrscheinlich nicht zufällig so platziert war, dass es den Brandfleck einer Zigarettenkippe auf der ramponierten Mahagonikommode notdürftig verbarg. Einer davon passte in das Schloss an der Rolltür des weißlackierten Schreibtischs.

In den oberen Fächern stapelten sich Kontoauszüge, Rechnungen und Rentenunterlagen, zusammengebunden mit grauer Paketschnur, jeweils ein Jahr ein Päckchen. Ungewöhnlich ordentlich für Frau Margarete, wenn auch die Systematik nicht ganz auf der Höhe der Zeit war. Das darunter liegende Fach barg eine umfangreiche Korrespondenz mit einem Telefonbuchverlag, in der es um Einstellung oder Wiedereinstellung ging. Zuunterst eine Schublade mit Familiendokumenten: schwarzumrandete Urkunden in Sütterlinschrift, kryptische Zeichen, nicht zu entziffern – sie würde sich dafür professionelle Hilfe holen müssen – dazwischen ein Fotoalbum und eine Ahnentafel.

Als erstes öffnete sie den Bogen der Ahnentafel aus pergamentartigem Papier und breitete ihn vor sich aus. Kein einziger Name darunter, den sie kannte. Schließlich stieß sie am linken Rand auf den Namen Heinson. Er wiederholte sich über drei Generationen und mündete in dem Namen Margarete Heinson. Den norwegischen Text dazu übersetzte sie sich mit *Mutter von 7/ verwitwete Gerhardt.* Darunter in der letzen Zeile: *7 Edda Heinson * 29.1.1946*

Reglos starrte Edda auf das Blatt mit den vielen Namen.

Eine Fliege brummte. Mit leisem Knall stieß sie gegen das Fenster.

Gefühle haben einen Klang, hatte die Regenpfeiferfrau gesagt. Jetzt klangen ihre Gefühle wie das nervtötende Summen einer verwirrten Stubenfliege. *Heb den Klang auf eine andere Ebene. Der Schmerz wird dadurch leichter.*

Allein schon die Suche nach einem Ton half ihr, den Boden unter ihren Füßen wieder zu spüren.

Edda öffnete das Fenster. Brummend stürzte sich die Fliege auf eine der Mülltonnen. Der Fäulnisgeruch von draußen mischte sich mit dem Duft von Frau Margaretes Lieblingsparfüm.

Eine Elster keckerte vom Dach des gegenüberliegenden Gebäudes zu ihr herunter. War das die Ebene, auf die sie das Gesumm in ihrem Kopf zu heben hatte? Ein Keckern gleich einem spöttischen Gelächter. Das war es doch tatsächlich: lächerlich. Diese Märchengeschichte von einer Stiefmutter. Unzählige Kinder glaubten, in die falsche Familie hineingeboren zu sein und erfanden Hirngespinste, um sich zu trösten. Das war nicht nur lächerlich, das war ungerecht.

Wie gepflegt ihre alten Hände gewesen waren. Darauf hatte sie immer viel Wert gelegt. Und die Freude in ihrem Gesicht als sie Edda erkannte.

Plötzlich verschluckte sich Edda und musste husten.

Die Frage nach ihren Eltern hätte sie nicht stellen dürfen. Jedenfalls nicht so. Was musste die alte Frau dabei empfunden haben? Weshalb fragte ihr Kind nach den Eltern? Sie war doch die Mutter. Zweifelte ihre Tochter etwa daran? Vielleicht hatte die Aufregung darüber das Blut der ohnehin schon geschwächten Frau ins Stocken gebracht.

Die Elster hörte nicht auf mit ihrem Gelächter.

Wie kühl es hier war. Und dieser Fäulnisgeruch.

Warum hatte sich Frau Margarete so spät erst um ihr Kind gekümmert? Lediglich sporadische Besuche in den ersten zehn Jahren. Ihr Zusammenzucken, wenn Edda ihre Hand suchte. Hatte sie nicht bemerkt, dass da jemand ihren Schutz brauchte? Nicht irgendwer, sondern ihre kleine Tochter. Bei einem ihrer seltenen Besuche hatte Frau Margarete blaue Flecken und Striemen an Armen und Beinen der Vierjährigen bemerkt. Sie hatte Eddas Bluse hoch geschoben und sich den Rücken angesehen. „Wo hast du das her?" Edda hatte nicht geantwortet. Sie schämte sich für das, was ihr angetan worden war.

Einzig in den gemeinsamen Unterrichtsstunden, in denen Frau Margarete sich bemüht hatte, ihr Wissen weiterzugeben, hatte sich Edda mit ihr verbunden gefühlt. Aber das reichte nicht, die Zeit aufzuholen, in der Kinder ganz natürlich in bedingungsloser Liebe ihren Eltern zugetan sind.

Doch die Sehnsucht, Hand in Hand mit einem Menschen zu gehen, dem sie vertraute, war geblieben. Wenn nicht Frau Margarete dann eben der unbekannte Vater. Da es weder Bilder noch Erzählungen, noch sonst irgendwelche Hinweise gegeben hatte, mussten Bibelgeschichten, Märchen und Mythen als Material dienen, um sich eine Vorstellung von ihrem Vater zu machen. Nach jeder Begegnung mit einem väterlich gütigen Menschen waren ihr Tränen in die Augen gestiegen. Sogar noch während ihres Studiums konnte das passieren.

Die Elster war inzwischen weggeflogen. Das vorlaute, freche Lachen des Vogels hätte ihr jetzt geholfen. Ein Gewicht gegen den nebulösen Sog in ihrem Herzen. Seit ihrer Rückkehr aus Lappland war es für sie natürlich geworden, dass alles mehrere Bedeutungen haben konnte. Das Gelächter der Elster war einerseits Botschaft an alle anderen Vögel des Reviers und zugleich ein Gespräch mit der Frau, die dort unten am offenen Fenster auf den tristen Hinterhof hinausblickte.

Das Kichern kam wieder. Irgendwo in einem der benachbarten Höfe musste der Vogel nun sein. Edda konzentrierte sich auf den Laut, machte sich taub gegen ihre sonstigen

Gefühle, lauschte nur diesem heiseren Spott, bis es ihr vorkam, in jeder Zelle ihres Körpers das Lachen zu spüren. Keine Angst, keine Fragen, keine Sehnsucht, nur dieses spöttische Lachen.

Sie schloss das Fenster und wandte sich dem Album zu.

Die Bilder schienen ihr merkwürdig bekannt zu sein. Margarete Heinson als junge Frau mit flottem Hut in einer Gruppe von Freundinnen, gut aussehend, lebenslustig; Margarete Heinson auf Skiern in einsamer nordischer Landschaft; und immer wieder Margarete Heinson zusammen mit Wehrmachtssoldaten, sogar sie selbst einmal in Uniform. Als bildeten diese Fotografien das Material für die Vision, die das Trommeln der Regenpfeiferfrau in der norwegischen Berghöhle in ihr ausgelöst hatte. Doch sie konnte sich nicht erinnern, die Bilder jemals gesehen zu haben.

Sie erforschte das Gesicht dieser Frau, vielleicht gab es Ähnlichkeiten, die sie bisher nicht wahrgenommen hatte, weil etwas in ihr das nicht zuließ. Doch auch jetzt fand sie keine Übereinstimmungen. Sie war sich schon immer sicher gewesen, nach dem Vater gekommen zu sein. Aber wenn schon keine äußeren Gemeinsamkeiten, so gab es vielleicht Prägungen, die ihr nicht bewusst waren – bestimmte Gesten oder die Art zu sprechen? Und alles andere? Die Hartnäckigkeit, mit der sie sich durchgebissen hatte, sich unscheinbar machen konnte und die exzentrische Selbstinszenierung von Frau Margarete, wie hing das zusammen?

Auf den folgenden Seiten Fotos von Frau Margarete in der Trümmerlandschaft einer zerbombten Stadt. Einige Bilder waren wellig umrandet, manchmal stand dabei ein Text in schnörkliger Schönschrift. *Edda wenige Tage alt* gehörte zu einem Bild, das einen Säugling mit geschlossenen Augen zeigte, nicht wie im Schlaf, eher wie unter Schmerzen. *Edda als Vierjährige* kommentierte die schnörkelige Schönschrift zu einem blassen Geschöpf mit zusammengezogenen Augenbrauen und dunklen Schatten unter den Augen.

Auf den nächsten Seiten klebten nur Ecken ohne Fotos. Dann folgte ein Bild, das drei Personen zeigte: links außen Frau Margarete, in der Mitte eine große, korpulente Person mit einem Samthütchen auf den Haaren, das an die Kopfbedeckung einer Soldatin der Heilsarmee erinnerte, rechts daneben ein Mann – in langem, dunklem Mantel und dunklem, breitkrempigem Hut, die Arme bis zu den Ellbogen in den Taschen vergraben. Ebenso korpulent und groß wie die Heilsarmeesoldatin, die ein Kissen in den Armen hielt. Sie hielt das weiße Polster fest an ihren Leib gepresst, die auffallend schmalen Hände versunken in das weiche Weiß. Das Kind darin war nicht zu erkennen. Darunter in der Handschrift von Frau Margarete: *Nach Eddas Geburt im Krankenhaus. Oskar, immerhin der Vater meines Kindes, hat mich keines Blickes gewürdigt.*

Es passierte nichts. Keine Welt stürzte ein.

Die Sonne schien durch das Fenster mitten in ihr Gesicht. Ihr war mit einem Mal schrecklich heiß. Sonst empfand sie nichts. Wiedereinmal.

Er hieß also Oskar – der Mann, der sich hinter dem schwarzen Hund verbarg.

Wie oft hatte sie als junges Mädchen vor dem Spiegel gestanden und versucht, in den eigenen Gesichtszügen die ihres Vaters herauszufiltern, weil sie sich eingebildet hatte, sie müsste ihm ähnlich sehen. Aber die Bilder zum Vergleich hatten gefehlt.

Der Schwung der Augenbrauen? Vielleicht? Oder der Mund? Nein, ihrer war breiter.

Sie kniff die Augen zusammen, bis das Gesicht des Mannes verschwamm, denn die Details, so glaubte sie, überdeckten das Eigentliche – den Charakter, der hinter dem Sichtbaren durchschimmert.

Das war nicht der Mann, nach dem sie sich immer gesehnt hatte. Der gütige Vater, nur durch widrige Umstände daran gehindert, sie zu schützen und ihr die Welt zu zeigen. Ein fremdes Gesicht mit tragischem Zug um den Mund und merkwürdig verloren wirkenden Augen.

Wer war die Frau in der Mitte? Eine zufällig anwesende Person? Aber warum hatte *sie* das Kind gehalten, warum nicht die Eltern? Eine gelöste Frage löste die nächste aus. Sie wusste zwar jetzt, warum sich Frau Margarete um das schlimme Kind gekümmert hatte, doch warum erst so spät, warum nicht von Anfang an? Und was bedeutete der merkwürdige Satz: *Geh nicht so nah ran, sonst bringt er dich um.* Für Edda stand zweifelsfrei fest, dass damit ihr Vater gemeint war. Aber warum dieses Warnung? Hing der Tod von Frau Margarete damit zusammen?

Verwirrt schlug Edda das Album zu. Die erstickende Süße im Raum war nicht zum Aushalten, als hielte sich Frau Margarete irgendwo verborgen. Die Kuhle im Bett – der Abdruck ihres Körpers – als sei sie gerade eben erst aufgestanden; der verschnörkelte Stuhl vor dem Fernseher – zu zerbrechlich, um sich darauf gemütlich anzulehnen – gleich würde sich Frau Margarete erheben und wie ein Gespenst durch den Raum schweben.

Überstürzt, ohne abzuschließen, lief sie hinaus, lief ziellos durch die Straßen, deren Namen sie noch kannte, aber nicht die Häuser. Als sie den *Tiergarten* erreichte, setzte sie sich auf eine Bank und sah den Wasservögeln zu, die sich in den Gewässern tummelten. Erst in der Dunkelheit ging sie zurück in ihr Quartier.

Der Schlaf, diese launische Gottheit, ließ sie wiedereinmal im Stich. Bei jedem Geräusch zuckte sie zusammen: Autotüren, die zugeschlagen wurden, eine Wasserleitung, die irgendwo im Haus rauschte, das Klappern von hohen Absätzen auf dem Bürgersteig. Der Schatten des Fensterkreuzes wanderte immer dann an der Wand entlang, wenn draußen ein Bus vorbeifuhr.

Als sie endlich einschlief, hatte der Schlaf nichts Erlösendes.

Aus einer Lautsprecheranlage in der Ferne tönte ihr Name: *Frau Edda Sanz, Frau Edda Sanz. Kommen Sie auf das Zimmer 315. Es hat keinen Sinn, sich zu verstecken.*

Sie stellte sich. Die Ärzte drehten ihre Handflächen nach oben. Aha. Blutspuren. Überall Blutspuren.

„Ich bin unschuldig", beteuerte sie. Doch ganz sicher war sie sich nicht.

Mit pochendem Puls wachte sie auf.

Sie hätte die Frage nach ihren Eltern nicht stellen dürfen. Jedenfalls nicht in dieser Form. Sie hätte geschickter, vorsichtiger vorgehen müssen.

Das eingefallene Gesicht von Frau Margarete, die altersfleckigen Hände auf der Bettdecke flimmerten vor ihren Augen. Gerade mal eine Nacht war seither vergangen, und doch schien es Edda, als läge ein unermesslicher Zeitraum dazwischen.

Sie sah Szenen mit Frau Margarete als selbstgefällig aufgemachter Herrscherin, glitzernde Ketten um den Hals, juwelenbesetzte Ringe an den Händen. Frau Margarete, die ihr Kind in Operetten und Wagner Opern mitschleppte. Eine Welt festlich gekleideter Frauen, die dem schüchternen Mädchen spitze Finger hinhielten und es aufforderten, einen Knicks zu machen.

Sie sah Frau Margarete, wie sie sich an einer Glaswand entlangtastete, verzweifelt bemüht, das Kind auf der anderen Seite zu erreichen. Doch das Kind wandte den Kopf ab.

Edda schluckte und verschluckte sich. Bekam keine Luft. Von Panik erfasst, sprang sie aus dem Bett. Wer konnte ihr hier helfen? Sie stürzte aus dem Zimmer, den Gang entlang, die Treppe hinunter in den kleinen Empfangsraum des Hotels.

Hinter dem Tresen saß ein junger Mann mit ölig glänzendem Haar und las Zeitung. Er verstand sofort ihre Zeichen und schlug ihr mehrmals kräftig auf den Rücken. Nachdem sie wieder atmen konnte, begleitete er sie zurück. Vor der Zimmertür sah er sie besorgt an, zögerte, sie allein zu lassen.

„Nur ein Asthmaanfall", sagte sie, als müsste sie ihn beruhigen. „Danke für ihre Hilfe!" Hastig öffnete sie die Tür und schloss hinter sich ab. Es war ihr äußerst peinlich, den jungen Mann gestört zu haben.

Aus Angst vor einem erneuten Erstickungsanfall legte sie sich nicht hin, sondern setzte sich an den schmalen Tisch am Fenster. Sie drehte an den Knöpfen des Radioapparates, suchte nach etwas, das sie ablenken konnte und fand einen Sender mit einer sanften Männerstimme, afrikanische Lieder singend, begleitet von einem Trommelrhythmus, der ihr bekannt vorkam. Der Rhythmus der Trommlerinnen aus der Bärenhöhle und auch der Rhythmus, mit dem die Regenpfeiferfrau sie auf ihre Reise in die eigene Frühgeschichte geschickt hatte.

Als ein Sprecher Nachrichten ansagte, schaltete Edda das Gerät aus. Etwas Wichtiges war ihr eingefallen, und nun versuchte sie, den Gedanken festzuhalten.

Die Glaswand, die sie von Frau Margarete getrennt hatte, das war keine Bosheit gewesen, die Glaswand entsprach einem gewissen Maß an Selbstschutz. Edda hörte wieder den barschen Ton in der Stimme von Frau Margarete: *Wo hast du das her?* Weil die Frau kein Wort des Trostes hervorgebracht hatte und keine Geste des Mitfühlens und auch sonst nicht wusste, wie sie mit dem an Körper und Seele verletzten Kind umgehen sollte, konnte Edda Frau Margarete nicht als ihre Mutter lieben. Darunter litt sie als Kind und fühlte sich schuldig. So war das Mal auf der Stirn entstanden, dieses Zeichen dafür, dass sie ihre Mutter nicht liebte und daher keine Mutter hatte. Alle konnten nun sehen, dass sie böse war.

Kinder fragen nicht nach dem Warum, aber sie als Erwachsene verstand nun die Zusammenhänge. Die plötzliche Angst vor Hunden, das fehlende Interesse an den Regeln der Nonnen; das Kind, das am Fluss mit Kieselsteinen spielte, die immer wiederkehrenden Alpträume, in denen sie um ihr Leben rannte ...

Eine merkwürdige Erschöpfung erfasste ihren Körper. Sie stützte die Arme auf den Tisch und hielt ihren Kopf mit beiden Händen.

Such deine Ahnen. Von ihnen hast du deine Lebenskraft bekommen.

Edda schüttelte den Kopf. Frau Margarete hatte sie geboren. Das ja. Aber die Kraft zum Überleben, woher hatte sie die?

Mit dem Nachklang des afrikanischen Trostliedes in den Ohren ging sie zu Bett. Vielleicht würde es ihr doch noch gelingen, ein bisschen zu schlafen.

Der Mann im schwarzen Mantel

Sie frühstückte im *KaDeWe*, schrieb nebenbei an Victor, informierte ihn von den Ereignissen und kündigte an, nach der Beerdigung wieder in Ulm zu sein. Dass sie die Scheidung einreichen möchte, davon schrieb sie nichts. Erst zuhause wollte sie ihm das mitteilen. Anschließend hob sie vom Konto, das sie mit Victor gemeinsam hatte, Geld ab. Noch waren sie ja nicht geschieden. Sie hatte jahrelang für ihn gearbeitet, ohne Ansprüche zu stellen.

Für die Beerdigung kaufte sie einen Hosenanzug und ein schwarzes T-Shirt – vorne mit Perlen bestickt. Frau Margarete hätte es sicher gefallen. Auch sie selbst gefiel sich in der schwarzen Ausstattung. Schwarz passte gut zu ihren blonden Haaren. Schwarz hatte etwas Unpersönliches, es eignete sich wunderbar, alles Individuelle dahinter zu verstecken, während es zugleich die Aura von Bedeutung verlieh. Flüchtig dachte sie an den Mann im schwarzen Mantel, verdrängte ihn aber sogleich wieder. Das war jetzt nicht der Augenblick dafür.

Danach telefonierte sie aus einer öffentlichen Zelle mit einem Beerdigungsinstitut, dann mit der Friedhofsverwaltung und mit dem Krankenhausseelsorger, der das Totengebet am Bett von Frau Margarete gesprochen hatte. Alle zeigten sich hilfsbereit, die Trauerfeier für den nächsten Tag zu arrangieren.

„Können Sie eigene Musik mitbringen?“, fragte der Pastor, „eine Schallplatte oder eine Kassette, etwas, das zu Tränen rührt. Es ist gut, wenn viel geweint wird.“

Edda stöberte in der Musikabteilung des *KaDeWe*'s.

Weil sie der Ansicht war, dass die Musik, die Frau Margarete gemocht hatte – Schlager, Operettenmusik – für eine Begräbnisfeier ungeeignet sei und auch nicht der Empfehlung des Pastors entsprach, entschied sie sich für Schuberts Streichquartett *Der Tod und das Mädchen*. Der Tod in langem, schwarzem Mantel und das Mädchen mit schlohweißem Haar – das Mädchen verkleidet als Siebzigjährige.

Bevor sie in ihr Hotel zurückkehrte, um sich für die Trauerfeier fertig zu machen, zog es sie noch mal in das Zimmer von Frau Margarete. Erschrocken stellte sie fest, dass sie nicht abgeschlossen hatte. Aber nichts schien sich seit dem gestrigen Tag verändert zu haben. Das Album lag so auf dem Schreibtisch, wie sie es in ihrer konfusen Stimmung zurückgelassen hatte. Als sie es aufschlug, um sich noch einmal in das Bild des Mannes im schwarzen Mantel zu versenken, fand sie eine weitere Fotographie zwischen der letzten Seite und dem Kartondeckel. Es zeigte den gleichen Mann, der ihr Vater sein musste. Dieses Mal in Uniform mit Eichenblatt am Revers.

Seine Gesichtszüge hatten etwas Angsteinflößendes. Eine Autorität jenseits alltäglicher Belange. Eine geradezu mystische Gestalt, ein monolithischer Block, der einem unversehens in einer Nebellandschaft den Weg verstellt; ein Erlkönig, der menschliche Gestalt angenommen hatte. Trotz seiner Strenge war er jung. Kälte erfasste sie, eine irritierende Aufregung, die sie sich nicht erklären konnte.

Sie steckte das Album und die Ahnentafel in eine Tragetüte, kehrte zurück in ihre Pension und zog sich für die Trauerfeier um.

Zur Totenmesse kamen außer Edda noch die Vermieterin aus der Gneisenaustraße und eine Altenpflegerin, die erzählte, sie hätte sich in den letzten Jahren um Frau Gerhardt gekümmert, bis die arme Frau nach einem Sturz mit gebrochenem Hüftgelenk ins Krankenhaus eingeliefert worden sei.

Ein Angestellter der Friedhofsverwaltung lotste die drei in eine fensterlose Halle von düsterer Feierlichkeit. Unterwürfig setzten sie sich in die erste der Reihen von Klappstühlen und starrten den schweren, roten Samtvorhang an, der die gesamte Frontseite bedeckte. Gewaltige Orgelmusik aus unsichtbaren Lautsprechern beschallte den Raum.

Als der Pastor endlich erschien, verstummte die Orgel. In die Stille hinein sprach er ein paar Worte, die ihr nicht haften blieben, dann las er aus den Korintherbriefen einige Zeilen und schlug die Bibel zu. Zum Schluss ertönte die Kassette, die Edda dem Friedhofspersonal gegeben hatte.

Gefühle haben einen Klang.

Bereits die ersten Akkorde trugen Edda weit weg. Das Glücksgefühl, hinauszugehen in die Welt – entschlossen, voller Wissbegier. Und dann etwas, das Angst macht. Hinter dem taghellen Jubel lauert dieses Unbekannte, kommt manchmal näher und verschwindet wieder. Unvermittelt tritt es mit schmeichelnder Zärtlichkeit hervor, fordert auf zum Tanz, verführt mit unendlicher Süße. Selbstaufgabe, Hingabe. Ein Paar dreht sich im Kreis. Sie halten sich einander wie im Delirium, verlieren sich einer im anderen.

Zurück im Hotel betrachtete sie wieder die Fotografie des Militärmannes. Es war wie ein Rausch. So also sieht er aus. Da war nichts mehr, was ihr Angst machte. Das Fremde hatte sich aufgelöst, hatte einer Vertrautheit Platz gemacht, die sich als wohlige Wärme in ihr ausbreitete.

Das innere Bild von ihrem Vater nahm Konturen an. Als sie die Augen schloss, sah sie sein Gesicht in feinen violett-rosa Farbtönen, wenn auch durchsetzt von vielen Rissen. Ein strenges Gesicht – durchaus – aber auch freundlich, voller Mitgefühl und Wärme.

Die schmerzhafte Leerstelle – die diffuse Schwärze in ihr – begann sich endlich aufzuhellen, es gab eine konkrete Gestalt, mochte sie auch finster wirken, das war nur vordergründig, nur eine Momentaufnahme. Sein wahres Wesen zeigte die Vision in den feinen rosavioletten Farbtönen.

Auf der Rückseite des Bildes erkannte sie einen mit Bleistift geschriebenen Schriftzug: *Oskar Amann in SA-Paradeuniform.*

Im Archiv

Das bedeutet nichts, das war damals üblich. Fieberhaft suchte sie nach Erklärungen für die SA-Uniform ihres Vaters, setzte die Brille ab und wieder auf, starrte auf den Schriftzug. SA war nicht gleich SS. Eigentlich wusste sie gar nicht genau, was sich hinter dem Etikett SA alles verbarg.

Immerhin kannte sie jetzt seinen Namen. *Oskar Amann.* Das reichte doch.

Nein, es reichte nicht. Was bedeutete die Uniform? Sie rieb sich die Stirn und kam sich vor, als triebe sie in einer graubleiernen See, verzweifelt bemüht, an Land zu kommen.

Am besten wäre es, einen Menschen zu finden, der diese Zeit miterlebt hatte, überlegte sie und schob die Idee gleich wieder zur Seite. Die Begabung, andere auszufragen, war ihr nicht gegeben. Und selbst wenn, würde sie wahrscheinlich nur Rechtfertigungen zu hören bekommen.

Es gab doch Archive, fiel ihr ein. Norwegen hatte ein Reichsarchiv und Deutschland...

Edda rief im Bundesarchiv an. Nach mehreren Weiterverbindungen bekam sie eine ähnliche Auskunft wie in Oslo. Sie müsse einen schriftlichen Antrag stellen, mit genauen Angaben, was sie wissen wolle, und dann könne es mehrere Wochen dauern, bis die Recherchen abgeschlossen seien und sie Antwort erhalte. Für eigene Nachforschungen stünde ihr die Bibliothek des Archivs offen.

Existierten überhaupt Akten zu seiner Person? Falls Material über Oskar Amann aufbewahrt wurde, dann war er mehr als ein harmloser Mitläufer gewesen. Der Satz *Geh nicht so nah ran, sonst tötet er dich* tauchte kurz auf und sofort wieder unter.

Es war ein trister Spätherbsttag, als sie nach Lichterfelde fuhr, in die ehemalige preußische Kadettenanstalt, die nun das Bundesarchiv beherbergte. Hohe Eisengitter umzäumten die weit auseinander liegenden, zweistöckigen Gebäude aus rotem Backsteinklinker. Militärisches Sperrgebiet – doch ohne die grauen Baracken, wie in ihrem Traum vom schwarzen Hund. Trotzdem registrierte sie alles mit erhöhter Wachheit: die weiße, aufgedunsene Hand des Beamten hinter dem Schalter am Eingang, die Art, wie er ihren Pass entgegennahm und die Uhrzeit auf das Formular eintrug, das sie mit ihren Daten hatte füllen müssen.

Sie verbrachte den ganzen Tag in der Bibliothek und kam auch die nächsten Tage wieder, holte sich Bücher aus den Regalen und stapelte sie auf ihrem Arbeitsplatz.

Zunächst verstand sie wenig. Die Welt, an die sie sich heranmachte, umstellte ihren Kern mit einem Schilderwall aus Buchstabenkombinationen: RAD, DAF, NSKK ... Hinter den Schildern tauchten Lager auf – eine Gesellschaft, die das Leben ihrer Mitglieder bevorzugt in Lagern organisierte. Elitelager für ausgewählte Jugendliche, studentische und allgemeine Arbeitslager, Ausbildungslager für Polizisten und Juristen, Lager für Mädchen und Frauen, Lager zu Erholungszwecken. Immer wieder niedrige Holzhütten oder graue, flache Betonkästen. Manche umgeben von elektrisch geladenen Maschendrahtzäunen und im Abstand von einigen hundert Metern Wachtürme – die Lager zur Bestrafung oder zur Vernichtung.

Waren das die Baracken aus ihrem Traum vom schwarzen Hund ?

Von den Menschen, die sich das ausgedacht hatten, erfuhr sie lange nichts. Wenn es Darstellungen gab, dann meist nur vom Führer und seinen nächsten Leuten.

Edda legte auf ihre Büchertürme eine Reihe von Biografien.

Zurück in ihrem Zimmer, schrieb sie wieder an Victor, teilte ihm mit, dass sie nun doch erst später zurückkomme, denn es gäbe noch einiges zu erledigen. Kein Wort davon, dass sie Tag für Tag im Bundesarchiv saß.

Allmählich wuchsen im Puzzlebild ihrer Vorstellungen Einzelsteinchen zu Inseln zusammen.

Heimkehrer aus dem 1.Weltkrieg, Arbeitslose, Entwurzelte – erdrückt von der Scham, nichts wert zu sein, durchbrachen ihre Isolation, schlossen sich der SA an, erlebten in der Gewalt endlich einmal, überlegen zu sein.

Gehörte Oskar Amann zu diesen Gewalttätern? In seiner Uniform wirkte er mächtig. Aber sein Augenausdruck – so verloren – passte nicht dazu. Oder doch? Vielleicht hatte ihn Reinhard Heydrich in seinen Sicherheitsdienst geholt. Nach Kriegsbeginn sorgten Heydrichs Leute in den besetzten Gebieten Osteuropas für den reibungslosen Ablauf der Massenmorde.

Der Gedanke, er könnte an der Tötungsmaschinerie beteiligt gewesen sein, zog in ihr ein, breitete sich aus wie ein Gift, das die Gliedmaßen langsam erkalten lässt und dann lähmt.

Geh nicht so nah ran, wisperte die Stimme von Frau Margarete in ihrem Kopf, *sonst bringt er dich um.* Und nach dieser Warnung war sie gestorben. War er ein Kriegsverbrecher? Einer, der sein Kind im Stich ließ, der mochte auch an dem großen Morden teilgenommen haben.

Worauf hatte sie sich da eingelassen? Was zählte ihr eigenes kleines Leben schon angesichts der Schrecken der Vergangenheit?

Trotz allem, es war ihr Vater. Das war die Linie, in der sie stand. Element in einer Reihe von Gewalttätern? Seine Schuld ihre Schuld? Erbsünde, von Generation zu Generation weitergegeben, nur durch den Tod zu sühnen? Eine schier endlose Prozession von Büßern, an den Fußgelenken eiserne Ketten mit bleischweren Kugeln, die sie hinter sich herzogen. Zu ihnen gehörte ein zotteliger Hirtenhund, die Rute zwischen den geknickten Hinterläufen eingeklemmt, schicksalsergeben, zur Existenz nur berechtigt, indem er im Schatten von anderen mitschlich.

Das Streichquartett

Auf dem Rückweg zu ihrer Pension kam sie an einem Musikgeschäft vorbei. Unwillkürlich trat sie ein, wollte noch einmal Schuberts Streichquartett hören.

Wieder tanzte sie mit dem Mann im langen schwarzen Mantel voller Hingabe. Sich nicht mehr spüren, sich verlieren im anderen, darüber den Schmerz vergessen, dass er sie nicht geschützt hatte, vergessen, dass er möglicherweise ein Verbrecher war.

Sie tanzte auch dann noch mit ihm, als sie längst wieder draußen auf der Straße stand. Ohne darauf zu achten, folgte sie dem Menschenstrom, der durch die Einkaufsstraße zog. Erst als ein Wagen mit lautem Quietschen vor ihr bremste und ein dumpfer Schlag erfolgte, erlosch der Tanz in ihrem Ohr, und schwarzer Nebel fiel vom Himmel.

Der Nebel begann zu wabern, eine Spirale wirbelte um sich selbst, dehnte sich aus, wurde heller. Ein fahrbares Bett ratterte einen Korridor entlang. Das Gesicht eines unbekannten Menschen beugte sich über sie. Feuchte, kalte Finger klopften auf ihren Oberarm und versenkten eine Nadel mit leichtem Stich in ihrer Armbeuge. Dann stellte sich wieder schwarzer Nebel ein.

Ein Gipspanzer umschloss das linke Bein. Ihr Körper schillerte in vielen Farben. Aus ihrem Arm kam ein dünner Schlauch, verbunden mit einem Plastikbeutel voll rötlicher Flüssigkeit, der über ihrem Kopf an einer Stange baumelte.

Sie hatten sie gefangen genommen. Schlussendlich hatten sie die Verfolger doch erwischt. Ihr Kerker – ein Verschlag mit Fenstern aus Glasbausteinen, einer Holzpritsche und einem Blecheimer als Toilette. Da war sie eingesperrt und mit Stöcken geschlagen worden, bis ihr Körper in allen Farben schillerte. Als Strafe dafür, dass sie sich zu nahe an den schwarzen Hund herangewagt hatte. Das Kind eines Verbrechers hatte kein Recht auf Leben.

Die Zeit schlich dahin. Bleigrau zog sie draußen am Fensterkreuz vorbei. Zuweilen schneite es. Nachts, wenn die Neonlichter der Deckenbeleuchtung gelöscht waren, tanzten an der Wand gegenüber die Schatten der Zweige eines kahlen Baumes. Langsam schaukelten die Äste im Wind und reckten ihre Spitzen nach unerreichbaren Dingen. In den Astgabeln hingen die Gesichter jenseitiger Geister. Sie nickten sich zu und murmelten vor sich hin, verständigten sich über den Zustand der Frau im Krankenbett. Es lag nicht in ihrem Interesse, dass sie starb. Die Zeit dafür war noch nicht gekommen.

Unter den Gesichtern im Baum erkannte Edda die Regenpfeiferfrau. „Such deine Ahnen", raunte sie. Edda drehte sich zur Seite.

Sie gewöhnte sich an die weißgekleideten Menschen, die es immer eilig hatten, nahm den Geruch von alten Gemäuern und Medikamenten nicht mehr wahr. An das breiige Essen gewöhnte sie sich nicht.

Langsam heilten unter dem Gips die Narben. Jemand von den weißgekleideten Menschen brachte ihr bei, mit Krücken zu gehen.

„Das linke Knie nicht belasten! Achten Sie darauf!"

Sie machte Gehübungen in der verschneiten Grünanlage des Krankenhauses, sah endlich wieder Himmel. Golden und orangerot strahlte ein Streifen am Horizont unter den dunkelvioletten Wolken hervor, beschien die Konturen einzeln stehender Hochhäuser.

Auf ihren Krücken hüpfte sie den Weg entlang, hielt unter jedem Baum und schaute auf die funkelnden Eiszapfen der gefrorenen Wassertropfen. Wie das Dekor für die Krönungsfeierlichkeit der Schneekönigin hingen sie an den kahlen Zweigen.

Als sie wieder im Bett lag und die Augen schloss, funkelten Nachbilder der Eiskristalle auf ihrer Netzhaut. Die Schneekönigin schaute sie mahnend an. Die Schneekönigin hatte die Gesichtszüge der Regenpfeiferfrau. Edda legte die Kristalle auf alle möglichen Arten zusammen. Aber das Rätsel ließ sich nicht lösen.

An ihrem Geburtstag kam Victor ins Krankenhaus.

„Was machst du denn für Sachen, mein Mädchen?" Er redete pausenlos und hielt ihre Hand. Es hatte etwas Beruhigendes, wie damals auf den gemeinsamen Flügen. Auch in den folgenden Tagen besuchte er sie. Seither schlief sie tiefer und träumte nicht mehr.

Dann sagten die Ärzte, sie könne das Krankenhaus in ein paar Tagen verlassen. Wann, wollte Victor wissen. Am Freitag, sagten die Ärzte.

Victor holte sie ab, brachte sie in das Frühstückshotel in der Gneisenaustraße.

Sie gingen zusammen in die Pension von Frau Margarete und beschlossen, alles zum Sperrmüll bringen zu lassen. Lediglich eine Kiste mit Büchern und Schriftstücken aus dem weißlackierten Schreibtisch, zudem eine Tasche mit Schmuck nahmen sie mit.

Die Männer, die das ganze übrige Zeug holten, erlaubten ihnen, mitzufahren. Hinter einem Föhrenwald erstreckten sich buntscheckige Schnipselberge, über deren Kuppen Schwärme von Möwen kreisten. Unter gellendem Kreischen stürzten einzelne Vögel herab, berührten die Oberfläche nur kurz und stiegen kreischend wieder auf. Sichtbar und hörbar gemachte Aufregung der Geister, die hier entsorgt wurden.

Der Kastenwagen wurde auf einer Rampe gewogen, die Männer warfen die Mahagonikommode, den weißen Schreibtisch und all die anderen Überreste von Frau Margaretes Leben in die Grube zu zersplitterten Schrankwänden, zerschlissenen Polstern und Gerippen von Bettgestellen. Trotz der Kälte erfüllte Modergeruch die Luft. Dann fuhr der Wagen wieder auf die Rampe, und die Differenz zwischen Anfangs- und Endgewicht bestimmte den Preis. Ein organischer Verdauungsvorgang, meinte Victor. Edda fand, dass er recht hatte.

Zusammen besuchten sie das Grab von Frau Margarete. Victor hatte sich darum gekümmert. Unter einer Steinplatte lag ihre Asche in einem tönernen Gefäß, ganz in der Nähe einer Birke. Wind rauschte in den Bäumen des Friedhofs und eine Amsel jubelte den grauen Vorfrühlingshimmel an. Edda schob ihren Arm unter Victors Arm und lauschte auf das Knirschen ihrer Schritte im Kies des Friedhofwegs.

Seither verbrachte sie die Nächte in seinem Hotelzimmer. Es war größer als ihres und auch das Bett war breiter.

Er flüsterte ihr schöne Dinge ins Ohr:

„Dein Haar riecht gut ... so nach Wildnis."

„Du lügst", schmollte sie und musste lachen. „Es riecht nach Krankenhaus."

Aber er beharrte darauf.

„Glaub mir, es riecht gut ... nordische Wildnis ... Tundra, Taiga."

Sie schlief neben ihm, den Kopf in seine Achselhöhle gebettet.

Einmal stieß er in der Nacht aus Versehen gegen ihr verletztes Bein. Als sie vor Schmerz aufstöhnte, zog er sie zu sich und sprach beruhigend auf sie ein.

Nach einer Woche verkündete er: „Alles ist erledigt. Morgen fahren wir zurück."

In der Nacht lag sie lange wach. Die Vorstellung hatte etwas Verführerisches. Wieder zurückkehren in die Sicherheit an seiner Seite. Nicht mehr alleine sein. Es hatte keinen Sinn, sich etwas vorzumachen. Sie war nicht stark genug für den Auftrag: *Such deine Ahnen*. Der Unfall war der beste Beweis – die Ahnen hatten ihr ein Zeichen gegeben. Oder war es ihre eigene Seele, die sich sträubte bis zur Selbstaufgabe?

Einsichten

Am nächsten Morgen ging sie in ihr Zimmer, packte ihre Sachen und fuhr mit Victor zum Bahnhof.

Während sie im Bahnhofsrestaurant auf den Zug warteten, erzählte sie ihm von der Huskyfarm und was sie über die Zeit der deutschen Besatzung in Norwegen erfahren hatte. Auch von ihren Besuchen im Osloer Reichsarchiv und im Berliner Bundesarchiv berichtete sie. Es tat ihr gut, sich einmal alles von der Seele zu reden. Victor war so liebevoll gewesen, so fürsorglich, so besorgt. Dafür war sie ihm dankbar, wollte ihm etwas zurückgeben. Was hatte sie schon anderes, als ihm zu zeigen, dass sie ihm vertraute, dass sie bereit war, das Zerwürfnis zwischen ihnen zu vergessen?

Victor hörte interessiert zu, aufmerksamer denn je zuvor, fand sie.

„Ach, wer hätte das gedacht", sagte er und fuhr sich durch die Haare. „Die Mutter ein Deutschenflittchen, der Vater ein Nazi. Mich wundert gar nichts mehr."

Edda stand auf und rannte nach draußen.

Die Bäume im Tiergarten standen kahl und stumm. Die kalte Luft schnitt ihr ins Gesicht, trieb ihr Tränen in die Augen. Über einem still daliegenden See stiegen Möwen kreischend auf und ab.

Flittchen. Das Wort gellte in ihren Ohren und vermischte sich mit den Schreien der Möwen. Es war nicht nur Frau Margarete, die er beleidigt hatte. Unter ihrer Wut kroch etwas Schmerzhaftes hervor. Er hatte die Frau beleidigt, die ihre Mutter war. Unversehens gab es die trennende Glaswand zwischen ihr und Frau Margarete nicht mehr.

Sie sah die Frau mit den zerrissenen Nylonstrümpfen und den verschmutzten Häkelhandschuhen vor sich, diese seltene Besucherin aus Kindheitstagen, hörte, wie sich die Nonnen über die grell geschminkten Lippen lustig machten. Das Kind, das in Edda schlummerte, war aufgewacht und erkannte in der verspotteten Person etwas Gleichartiges, ein anderes Kind, das ebenso unter dem Spott litt wie es selbst. Der Wunsch, sich schützend vor diese Kindfrau zu stellen, ließ sie unvermittelt aufschluchzen.

Flittchen, das war die Arroganz der Stärkeren, derjenigen, die sich als die Besseren fühlten, die Guten, die im Namen der Gerechtigkeit ihre Grausamkeit auslebten. In ihrer Wut trennte Edda nicht mehr zwischen der Geschichte ihrer Mutter und eigenen Erlebnissen. Ihr Zorn weitete sich aus auf alle, die von oben herab auf sie geschaut hatten und es je tun würden – die Nonnen, die Lehrer, die anderen Kinder, die mit ihren Vätern geprahlt hatten, Victor, der so stolz auf seine Herkunft war, wie nur irgendein spanischer Hidalgo.

Edda redete sich in ihre Wut hinein. Die sollten sie nicht aufhalten in ihrer Suche nach dem Mann im schwarzen Mantel. Sollten sie es doch wagen, sie zu töten. Damit würden sie nur das Spielzeug verlieren, das Gegenüber, das sie brauchten, um sich als die Besseren zu fühlen. Aber sie würde keinen Laut von sich geben und ihren Vater verraten. Mochte er schuldig sein. Und wenn schon. Wenn er schuldig war, dann war sie das böse Kind, das zu ihm hielt.

Sie sah Victor auf sich zukommen, wollte wegrennen, dann besann sie sich und blieb auf der Parkbank sitzen.

„Komm mit!", bat er sie.

Sie schüttelte den Kopf.

Eine Weile stand er schweigend da, setzte mehrmals an, um etwas zu sagen. Ihr Zorn legte sich. Vielleicht wollte er sich entschuldigen; sie glaubte schon zu hören: *es tut mir Leid*.

Aber er wiederholte nur: „Komm mit!"

„Lass mein Gepäck in die Gneisenaustraße bringen", sagte sie. Dieses Mal war es ihr nur recht, wenn es schroff klang. „Ich brauch' noch Zeit. Ich muss nachdenken, ich muss ... ich muss noch mehr herausfinden."

Victor schluckte. „Wie du meinst." Langsam ging er zurück in Richtung Bahnhof.

Such deine Ahnen. Und jetzt, in ihrer Wut, war sie sich sicher. Wie konnte sie nur glauben, dass es ihr je gereicht hätte, seinen Namen zu kennen und ein Bild von ihm zu besitzen? Die Fragen wären nicht still geworden, hätten in ihr weiter gepocht und sich in ihr Leben auf unkontrollierbare Weise gemischt. Außerdem wäre es einem Verrat gleichgekommen. Verrat an ihrem Vater. Verrat an ihrem Glauben an das Gute.

Wenigstens verstehen wollte sie. Wenn er ein Kriegsverbrecher gewesen war, dann wollte sie verstehen, was ihn dazu gebracht hatte. Vielleicht lag darin ein Trost. Der Verwirrung, die jede Sinnlosigkeit hervorruft, etwas entgegensetzen. Wenn sich das Knäuel entwirren ließ, wenn es möglich war, zu verstehen, dann gab es Ursache und Wirkung wie bei einer Krankheit.

Mit energischen Handgriffen wickelte sie sich ihren Schal fester um den Hals. War Verstehen nicht immer schon auch Teil der Heilung? Zumindest der erste Schritt?

Edda sah den Möwen zu, bewunderte die Choreographie in ihren Sturzflügen, hörte nun in ihrem Kreischen den Übermut, die Freude am Leben.

Auf dem Weg in die Pension fiel ihr ein, dass ihr Bücherstudium doch etwas aufgedeckt hatte. Sie hatte sich verwirren lassen durch eine Frage, die selbst die besten Köpfe der Holocaustforscher nicht hinreichend beantworten konnten – die Frage nach den Ursachen menschlicher Grausamkeit. Aber unter den vielen Ansätzen hatte sie einen gefunden, der ihr plausibler erschien als andere: Die Generation ihrer Eltern,

Großeltern und Urgroßeltern – eine schier endlose Linie in die Vergangenheit hinein – sie alle glaubten, den Willen der Kinder brechen zu müssen und gaben damit, ohne es zu wissen, das Prinzip der demütigenden Aggression weiter, schufen verbeulte Subjekte mit gestörtem Empfinden, etwas Eigenes zu sein. Ein Räderwerk, das mechanisch das Prinzip wiederholte – geschlagen werden und wieder schlagen oder sich schlagen lassen.

In der Pension verstaute sie ihre Sachen in den Regalen und stieß dabei auf das Bärenamulett. Wann hatte sie es zum letzten Mal getragen? Als sie Frau Margarete im Krankenhaus besucht hatte? Oder war es in Oslo gewesen?

Jemand klopfte an der Tür.

Der junge Mann mit den ölig glänzenden Haaren, der den Nachtdienst meist zeitungslesend in der Rezeption absaß, stand im Gang mit einem Zettel in der Hand.

„Entschuldigen Sie", nuschelte er, „für Sie ist eine Nachricht hinterlassen worden."

Edda überflog den Zettel. Das Bundesarchiv teilte ihr mit, die Akten stünden zur Einsicht bereit.

Oskar Amann

In der Nacht hatte es gestürmt. Abgebrochene Äste lagen überall verstreut auf dem weiträumigen Gelände der ehemaligen Kadettenanstalt herum, und Wasserlachen, die der immer noch heftige Wind kräuselte, standen auf den asphaltierten Wegen.

Die Angestellte in der Besucherhalle reichte ihr einen Stoß Mappen über den Tresen, alle in blaugrauer Kartonhülle. Die Ordner enthielten Unterlagen eines Verfahrens vor dem Parteigericht, das 1933 begann und 1934 mit einer Urteilsverkündigung abschloss.

Verknittertes Dünndruckpapier, hin und wieder, wenn auch selten, Büttenpapier. Doch welches Papier auch immer, auf allen saß der Hoheitsadler als Briefkopf, in den Klauen die Sonnenrune. Was für die Zeitgenossen der Hitlerdiktatur ein Symbol der Macht war, stellte für sie nichts weiter als ein historisches Kuriosum dar, wie eine Grabinschrift oder Hieroglyphen auf Papyrus. Wichtiger waren ihr die Inhalte, über die der Hoheitsadler wachte. Schwer lesbare Handschriften von Amtspersonen, Zeugenaussagen, Vorladungen, Gesuche. Juristisches Kauderwelsch. Material, das für jeden anderen spröde sein mochte, auf Edda jedoch eine Anziehungskraft ausübte, gleich einem Lichtphänomen in der Düsternis eines Irrgartens. Jedwede Ängste vor irgendwelchen schrecklichen Entdeckungen waren wie weggeblasen.

Sie dachte an die Trommelreise in der norwegischen Berghöhle zurück, an die Risse und Sprünge, die sich dadurch in ihrer seelischen Verpanzerung aufgetan hatten und wie sich aus den Spalten zunehmend verdrängte Erinnerungen und verleugnete Bedürfnisse emporgezwängt hatten. Sich Wiedererkennen in ihrem Vater, wie in einem Spiegel. Den eigenen

Wert darin erfahren. Es glich dem Einreißen von Schranken, einem Hinauswachsen über die eigene Begrenztheit. Oder auch dem Auffüllen von leeren Gefäßen.

Was aber, wenn der Spiegel etwas zeigen würde, das sie lieber nicht sehen wollte? Anstatt den eigenen Wert zu erfahren, den eigenen Unwert? *Hüte dich davor, dich größer zu machen.* War es überhaupt möglich, dem Sirenengesang der Selbstüberhöhung zu widerstehen? Der Bedeutungslosigkeit zu entkommen und sei es durch den ... Tanz mit dem Tod. Edda schluckte und schob den Gedanken zur Seite. Sie griff nach dem Bärenamulett, das sie am Morgen angelegt hatte, und atmete hörbar ein und aus.

Ein Lebenslauf fand sich gleich zu Beginn der Prozessunterlagen.

Geboren in Leipzig am 7. 6. 1905 als Sohn des Apothekers Ferdinand A. und seiner Ehefrau Martha, geborene Meister, beide evangelisch-lutherisch.

Bürgerliches Milieu – nicht eben überraschend. Aber sie hätte gerne mehr gewusst.

War er ein stilles Kind? Sie stellte sich vor, wie er auf dem Schulweg verträumt den Möwen nachschaute oder den weißen Laken zuwinkte, die auf der Wäscheleine im Nachbarsgarten hingen und sich im Wind blähten wie Segel. Sie sah vor sich die schweren Pferde, die damals noch häufig mit Fässern beladene Fuhrwerke über das Kopfsteinpflaster der Leipziger Straßen gezogen haben mussten.

Geburt einer Schwester: Amalia Augusta am 21. 3. 1907

Das überlas sie. Damit konnte sie nichts anfangen. Sie hatte keine Geschwister gehabt, und die bloße Erwähnung der Tatsache weckte keine Vorstellung in ihr.

Vater gefallen am 20. Oktober 1916

Zeittypisch waren die Kriegsspiele der zwischen 1905 und 1914 geborenen Söhne, deren Väter aus dem Krieg nicht zurückkehrten. U-Bootkapitäne, Stoßtruppenführer,

Jagdflieger waren ihre Idole. Unter den Schreibplatten der Schultische versteckt, spielten sie Schiffeversenken und sehnten sich nach einem Führer. In Eddas Kindheit hatten sich die Kinder in Cowboys und Indianer aufgeteilt und gegeneinander gekämpft.

Ostern 1924: Maturitätsexamen an der Thomasschule

Thomasschule?

Thomaskantor, Johann Sebastian Bach, fiel ihr ein. Sie schaute auf die große Uhr, die über dem Ausgabetresen hing. Es war Mittagszeit. Gegen ihren Drang, weiterzulesen, entschied sie sich, die Kantine aufzusuchen, bevor diese schloss. Nachdem sie gegessen hatte, suchte sie in der Bibliothek ein Lexikon, schlug unter Thomasschule nach.

Gymnasium mit ausgeprägter Musiktradition. Aus den Schülern der bis 1212 zurückreichenden Thomasschule bildete sich der Thomanerchor. Berühmtester und ältester deutscher Knabenchor, der sich insbesondere der Bewahrung und Pflege alter christlicher Messen, Kantaten und Motetten widmet.

Es folgte eine Aufzählung von Thomaskantoren.

Edda erinnerte sich an die fehlgeschlagenen Bemühungen von Frau Margarete, ihrem Kind Klavierunterricht zu verordnen. Sie bestellte wöchentlich eine Klavierlehrerin in die Wohnung, weil sie meinte, ein Instrument zu spielen, nicht irgendeines, sondern dieses, sei standesgemäß, entspräche der Ausbildung im gehobenen Bürgertum, zu dem sie sich schließlich zählte, auch wenn das Schicksal sie in ein Arbeiterviertel verschlagen hatte. Damals hatte Edda nicht verstanden, warum Frau Margarete soviel Wert auf die musikalische Ausbildung ihrer Tochter legte. Sonst interessierte sich Frau Margarete doch auch nicht für Musik. Die häufigen Besuche in der Oper dienten ihr vor allem dazu, sich zu zeigen.

Der Klavierunterricht war quälend langsam dahingestolpert. Als Kind war sie sich sicher gewesen, dass das an ihr gelegen hatte, dass sie einfach zu dumm war, Notenzeichen in Tastengriffe umzusetzen. *Alle Tage ist kein Sonntag* stand oben auf dem Blatt.

Über die spätere Vorliebe ihrer Tochter für Madrigale und Motetten konnte Frau Margarete lediglich verständnislos den Kopf schütteln.

Auf dem Weg in den Lesesaal kickte Edda übermütig abgebrochene Zweige von den Pflastersteinen. Sie war sich schon immer sicher gewesen, nach dem Vater gekommen zu sein.

Sommer 1924: Ernennung zum Liederwart des Deutschen Pfadfinderbundes

Auch darin erkannte sie sich wieder. Erstaunlicherweise hatte Frau Margarete nichts dagegen gehabt, dass sie sich einer Gruppe von Pfadfinderinnen anschloss. Edda hatte die Sommerlager geliebt. Es war etwas Wildes darin. Das Lachen in der Gemeinschaft, Pilze suchen, Holz sammeln, zusammen kochen. Das Züngeln der Flammen. Nebeneinanderliegen unter den Sternen. Lieder der Sehnsucht nach Freiheit und von Vagabunden, die über die Berge ziehen – ach, so weit.

Sie hatte sich durch das Austragen von Zeitungen Geld verdient, und es gespart, um eine Gitarre zu kaufen. Da der Verdienst nicht für regelmäßigen Unterricht gereicht hätte, besorgte sie sich ein Lehrbuch und übte so lange, bis sie vier, fünf Griffe beherrschte. Damit konnte sie überraschend viele Lieder begleiten. Ohne Noten, einfach nach Gehör.

Frau Margarete fand diese *Zigeunermusik* ordinär.

1924/31: Studium der Philosophie und Musikwissenschaften in Leipzig und Göttingen, Mitglied der Teutonia

Aus den Akten entnahm sie, dass Oskar Amann gerne als Redner auftrat. Sprecher seiner Fachschaft und schlagenden Verbindung, schließlich Sprecher der Leipziger Studentenschaft. In seinen Ansprachen schwärmte er von einer Volksgemeinschaft, in der sich jeder von Innen heraus dem Überlegenen unterordnet. Er berief sich auf Heidegger, dem später mit Ruhm überhäuften Philosophen seiner Generation, der das Führerprinzip als Daseinsmodus des deutschen Volkes bezeichnet hatte.

Zwischen den Zeilen kam ihr der schwarze Wolfshund entgegen. Das Alphatier, dem alle im Rudel folgen. Sie merkte, wie er ihr entglitt, doch noch konnte sie das wegwischen: Es war eine andere Zeit. Kaum einem von ihnen war deutlich, wohin das führen würde.

März 1932: Eintritt in die NSDAP und SA im Anschluss an eine Rede Baldur von Schirachs, dem Jugendführer der NSDAP

Es war naiv von ihr, nach Übereinstimmungen zu suchen. Sie schüttelte den Kopf. Einer, der bereits 1932, vor Hitlers Machtantritt, in die Partei eingetreten war und gleichzeitig in die SA, konnte kein simpler Opportunist gewesen sein. Doch was trieb einen Sohn aus offenbar bürgerlichen Verhältnissen, sich dieser Organisation hasserfüllter Verlierertypen anzuschließen?

In einem Standardwerk über die Geschichte der SA las sie nach, dass im Frühjahr 1932 die Hitlerpartei damit begonnen hatte, in bürgerlichen Kreisen zu fischen. Allein mit Straßenschlachten war die Macht im Staate nicht zu erringen.

Oskar Amann war ihnen also ins Netz gegangen. Ein relativ großer Fisch. Liederwart bei den Pfadfindern, zudem ein guter Organisator und Redner. Einer, der beeindruckte, dem die Jugend folgte. Die Partei sandte ihn als Singleiter in die Arbeitslager, die nach dem Vorbild der Ernteeinsätze von Pfadfindern überall in der Republik entstanden, um Arbeitslose von der Straße zu holen.

Es folgten mehrere Briefe Oskar Amanns an einen Freund. Eine klare Handschrift mit ausgeprägten Rundungen und langen Schweifen nach oben und unten – gut lesbar.

17. Mai 1932

Lieber Hans,

gestern war mein erster Einsatz. Die Männer vom Arbeitsdienst sind in einem Bauernhof untergebracht. Sie haben sich freiwillig gemeldet. Ohne den Arbeitsdienst stünde es schlecht für die Gemeinden hier im Grenzland zu Polen. Niemand sonst ist noch bereit für gemeinnützige Arbeiten – es gibt nämlich kein Entgelt dafür. Arbeitsziel ist die Einleitung einer Bachregulierung, die den Anliegern mehrere tausend Morgen Wiesen- und Ackerland erschließen soll.

Ich schaue ihnen gerne beim Arbeiten zu. Wie sie die Schaufeln ausholen, das Blatt in die Erde treiben und mit Schwung mehr oder weniger flüssiges Erdreich durch die Luft befördern. Breitbeinig stehen sie im Graben, um den Bach zu begradigen. Der Regen rinnt über ihre Gesichter und nackten Oberkörper und vermischt sich mit Lehmspritzern und Klumpen auf ihrer Haut. Sie wischen sich den Schweiß von der Stirn und gleichen einem Trupp rußverschmierter Bergarbeiter, die aus dem Erdinnern aufsteigen.

Als Kind war sie an Baustellen stehen geblieben und hatte zugeschaut, wie die Maurer einen Ziegel neben den anderen setzten. Heute würde sie sagen, es hatte etwas Hypnotisierendes, wie aus den Bewegungen der Arbeiter etwas entstand, Form annahm. Es war nicht notwendig, sich vorzustellen, was in den Köpfen der Männer vor sich ging, es war sichtbar im Wachsen der Mauer.

Die Faschinen schleppen sie immer zu viert. Sechs Meter lange mit Draht zusammengeschnürte Bündel aus Reisig, die zur Böschungssicherung dienen. Der kleinste Mann vorne, der längste hinten. Die scharfen Kanten der abgesägten Äste bohren sich ihnen ins Muskelgewebe, machen ihre Haut wund und rissig. Im ehernen Gleichschritt geht's erst über Sturzbäche, dann durch Schilf und Sumpf, und dann kommt das übelste Stück: auf glitschigem Lehm an der Böschung entlang. Hier zeigt sich, was gute Kameradschaft ist. Ich schlage ihnen vor, sich Strohkissen auf die Rücken zu packen. Da lachen sie und schütteln die Köpfe. Am Abend zeigen sie sich voller Stolz ihre zerschundenen Rücken.

Wie akribisch er die Arbeit beschrieb. Vielleicht täuschte sie sich, aber es kam ihr so vor, als ginge es ihm nicht so sehr um das Werk, als vielmehr um das Zusammenspiel der Männer, um ihre Härte, um ihren Stolz.

Die Singstunde wurde nach dem Abendessen angesetzt. Du kannst mir glauben, es erforderte viel Kraft, die erschöpften Leute, die sich vor allem nach ihren staubigen Strohmatratzen sehnten, wach zu halten. „Singen für alle" fanden sie merkwürdig und fingen zu grölen an: „War einst ein Polenmädchen" oder das Lied von Lisa, die dem Reservemann immer noch eins einschenkt. Mein Ideal einer Singstunde auf dem höchsten Grad von Frische und Konzentration sieht anders aus. Doch was soll's. Da hilft nur ein guter Humor. Steinerne Prinzipienfestigkeit hätte mehr verdorben als genützt. Stattdessen packte ich meine Gitarre aus und sang Landsknechtslieder. Danach waren sie eher bereit, mir zuzuhören.

„Mitfühlend, nachgiebig, begierig nach Anerkennung", schrieb Edda in ihr Notizbuch. „Bin auch ich so?"

Sie hatte es inzwischen aufgegeben, sich dagegen zu wehren, alles, was sie las, mit eigenen Erfahrungen zu verknüpfen. Vielleicht war das sogar sinnvoll, denn sie wollte doch verstehen. Wie sollte Verstehen sonst zustande kommen?

30. Mai 1932

Lieber Hans,

nur selten unterstützt mich ein singbegeisterter Amtsleiter und gibt mir einen halben oder ganzen Tag. Dann ist mehr möglich, als die immer gleichen Burschenlieder, dann kann ich die Stimmung – die innere Sammlung, die mir so wichtig ist – aufbauen und Choräle, ja sogar Liebesweisen mit den Kerlen einstudieren.

Wenn ich Glück habe, kann ich mit den Leuten sogar über das echte Volkslied reden: Teil werden von etwas Größerem, sich als einzelner preisgeben in der Gemeinschaft der Stimmen, der Seele des Volkes ganz nahe kommen – ihr Ausdruck verleihen.

Warum berührte sie das so sehr? Sie nahm ihre Brille ab und wischte sich über die Augen. Während sie noch darüber nachsann, gewann etwas anderes die Oberhand. Wie eine alte, nur oberflächlich verheilte Wunde saugte in ihr die Sehnsucht, dazuzugehören, in einer Gemeinschaft geborgen zu sein. *Teil werden von etwas Größerem.* Er kannte es also auch.

Verschämt ob der eigenen Sentimentalität schaute sie sich um. Die Menschen in diesem Raum taten alle das gleiche: saßen vereinzelt an langen Tischreihen, blätterten in Aktenstößen, machten sich Notizen. Außer dem Rascheln von Papieren und dem leisen Schleifgeräusch schreibender Stifte war nichts zu hören. Der Stundenzeiger auf der großen Uhr war auf drei weitergerückt.

22. August 1932

Lieber Hans,

endlich können wir Jungen zeigen, was in uns steckt. Es reizt mich, Aufgaben zu übernehmen, für die sich die altgedienten Offiziere zu schade sind. Ich übernehme die Lager, die von den alten Herren abgelehnt wurden, weil die Unterkünfte keine Wasser- und Stromleitungen haben und die Zufahrtswege erst noch angelegt werden müssen. Die Herren Generale sind sich zu fein dazu, sie lassen sich lieber zum Frühstück Schokolade ans Bett bringen, während draußen ihre Männer schuften.

Der Flaggenaufzug am Sonntagmorgen ist Auftakt des Lagers. Ich wollte, Du könntest dabei sein, wenn sich alle im weißen Hemd um den Fahnenmast aufreihen. Und dann singen wir.

Diese rauen Burschen werden ganz innig, wenn sie von den Fahnen singen, die weit ins Land hinauswehen, denen sie treu bleiben, wo alle untreu werden, die sie bewachen und schützen und verteidigen. Liebeslieder an unsere Fahne, die jeder Frau zu Ehren gereichen würden. Die Fahne als Symbol unserer überpersönlichen Identität.

Der Wolfsgesang der Lapplandhunde kam ihr in den Sinn. Dieser wehmütige Sphärenklang, den die Hunde mehrmals am Tag in den Himmel heulten, als wollten sie einander mitteilen, wir gehören zusammen.

Die Mädchen hier sind sehr bodenständig. Ein bisschen drall, genau genommen. Starker Knochbau, dennoch attraktiv. Manche bewegen sich so, dass du meinst, sie würden mit bloßen Füßen über schwarze Erde laufen. Auch ihre Fingernägel sind nicht sehr sauber. Mir gefällt das. Einmal etwas anderes als die herausgeputzten Stadtmädchen.

Seine Beziehungen zu Frauen und was er über sie dachte, interessierten sie nicht. Als bestimmte noch immer die kindliche Vorstellung ihre Erwartungen, dass Eltern – gleich überirdischen Wesen – frei von solchen Bedürfnissen seien.

25. November 1932

Lieber Hans,

schon zum zweiten Mal sind die Fördergelder entgegen der Zusage der Partei nicht gekommen. Ich verstehe ja die Kalamität. Woher soll die Partei das Geld nehmen, wenn die meisten Parteigenossen mittellos sind und keinen Obolus zahlen können?

Auf Anregung von Mutter habe ich mich als Spendensammler versucht. Ich hatte keine Vorstellung, wie mühsam das ist. Was die Leute alles gegen uns vorbringen, um nichts herausrücken zu müssen. Völkische Propaganda sagen sie voll Verachtung, wenn ich von einer Gemeinschaft spreche, jenseits aller individueller Unterschiede, die nur durch gemeinsame Arbeit entsteht.

Aber unsere Zeit wird kommen. Noch gibt es nicht viele Arbeitslager. Doch ihre Zahl wird wachsen. Bald werden es Hunderte sein. Welch einzigartige Möglichkeit, das echte, deutsche Volkslied in die Jugend hineinzutragen.

Arbeitslager. Zwang, Deportation. Doch 1932 konnte davon noch keine Rede sein. Das kam erst später. Sie dachte an die Lagerfeuer ihrer Pfadfinderzeit. Lieder aus der ganzen Welt – dafür hatten sie sich begeistert und waren auf diese Weise über Kontinente und Ozeane gereist. Deutsche Volkslieder vermieden sie – zu belastet durch die Vergangenheit.

Eine Ansage aus dem Lautsprecher schreckte Edda auf.

„Statt wie üblich um 19 Uhr schließt die Besucherhalle heute bereits um 17 Uhr.“ Von ihrer Tischnachbarin erfuhr sie, dass die Nachrichten Sturmwarnungen durchgegeben hatten. Ein Unwetter mit Orkanböen rase auf Berlin und Umgebung zu. Busse und S-Bahnen sollten in Kürze ihre Fahrten einstellen.

Als sich Edda an der Pforte abmeldete, riet ihr der Beamte: „Achten Sie auf Bäume!“

Ihr blaues Regencape, das von der Nordlandreise ohnehin mitgenommen war, hielt nicht lange dicht. Nachdem sie die Straße gequert hatte, spürte sie bereits die Feuchtigkeit durch ihren Anorak dringen. Es hatte keinen Sinn, auf den Bus zu warten. Die wenigen Autos, die noch unterwegs waren, pflügten sich durch das Wasser, das schon einige Zentimeter hoch stand und überschütteten die Gehwege mit gischtartigen Fontänen. Sie kämpfte sich zu einer Eckkneipe durch, hatte Mühe, die Türe zu öffnen, seufzte erleichtert, als sie es geschafft hatte.

Im Gastraum gab es nur zwei Tische, einer davon besetzt mit einem Paar, umhüllt von Rauchwolken. Sie setzte sich an die Bar und bestellte eine *Berliner Weiße*. Ihr Kopf schmerzte, als hätte sie selbst den ganzen Tag Faschinen geschleppt.

Noch war alles offen. Noch war nicht ausgeschlossen, dass Reinhard Heydrich auf ihn aufmerksam geworden war und sich den Lagerführer Amann, diesen zuverlässigen und geschickten Organisator, in seinen Sicherheitsdienst geholt hatte. Sämtliche Hochschulen durchforstete dieser Stratege des Holocaust nach begabten Absolventen und scheute keine Tricks, sie anzuwerben. Umschmeichelte sie mit Lob oder erpresste sie, weil ihr Lebenslauf nicht in allen Details zu den Vorgaben der Partei passte. Der Kern seiner Leute stammte aus Leipzig!

Nach einem weiteren Bier beruhigte sich ihre Erregung, und sie bestellte ein Taxi.

Die Lichter der Straßen – Laternen und Autoscheinwerfer – beleuchteten eine Regenwand, in die das Fahrzeug langsam hineinschlingerte. Die Geräusche kamen ihr so verhalten vor – monoton eines wie das andere – das Prasseln des Regens auf das Autodach genauso wie der Schlag der Scheibenwischer. Innerhalb weniger Minuten schlief sie auf dem Rücksitz ein und erwachte erst wieder, als der Wagen vor ihrer Pension hielt. Schlaftrunken bezahlte sie den überhöhten Preis, hörte kaum die Erklärungen des Fahrers – die vielen Umwege, alle S-Bahnunterführungen voll Wasser – und wankte in ihr Zimmer.

Die Intrige

Am nächsten Morgen hatte der Regen aufgehört, und die kahlen Kastanien bewegten ihre Äste nur leicht. Ihr Kopf schmerzte noch immer, und im Hals begann eine Erkältung zu kratzen.

Nach dem Frühstück steckte sie Handschuhe und Stirnband in ihre Umhängetasche, versicherte sich tastend, dass sich das Bärenamulett an seinem Platz befand. Edda blickte in den Spiegel. Wie lang ihr Haar geworden war. Sie warf den Kopf nach hinten und fand, dass sie trotz ihrer Blässe gut aussah, wie eine Amazone, eine Abenteurerin.

Auf dem Weg zur Haltestelle besorgte sie sich in der Apotheke Medikamente gegen Grippe und nahm statt der S-Bahn den Bus. Die meisten S-Bahnlinien waren wegen blockierter Gleise ausgefallen.

Im Bus hielt sie dem Fahrer ihre Fahrkarte entgegen und wartete auf das Zeichen von ihm, nach hinten gehen zu dürfen. Der Mann stierte auf die Straße und schob das Kinn mal nach links, mal nach rechts. Schließlich fauchte er sie an:

„Warten Se d'rauf, dass ick en Foto von Ihn'n mach?"

Die Blicke der anderen Fahrgäste brannten in ihrem Rücken.

„Klar, brauch grad ein's."

Das Publikum lachte. Da fuhr der Bus ruckartig los. Sie musste sich festhalten, um nicht umzufallen.

Am Eingang des Bundesarchivs grüßte der Beamte an der Pforte die Besucherin im blauen Regencape wie eine alte Bekannte.

In den Briefen an seinen Freund beklagte sich Oskar Amann, dass da etwas im Gange sei, das er nicht verstehe.

Meine Leute haben zum wiederholten Mal kein Fördergeld für ihre Arbeit erhalten. Obwohl sie bei oft hundsmiserablen Wetter wochenlang im Graben standen.

In Leipzig traf ich den Parteigenossen Wagner. Er hörte sich mein Anliegen mit Wohlwollen an. Meine Sorge um das Ansehen des Arbeitsdienstes. Einen riesigen Skandal ergebe das, wenn bekannt würde, dass die Arbeitsdienstler kein Entgeld bekommen haben. Die durchwegs rote Provinzpresse des Erzgebirges würde das voller Begeisterung verbreiten.

Ein paar Tage nach diesem Treffen wurde Oskar Amann vor den Untersuchungsausschuss der Partei geladen.

Hans, Du glaubst es kaum: Dieser Wagner behauptet doch tatsächlich, ich wolle an die Öffentlichkeit gehen, um den Ruf der Partei zu schaden.

Das Aktenmaterial bestand nun aus Gutachten und Gesuchen, aus Vernehmungsprotokollen und Gegendarstellungen. Auf der einen Seite Oskar Amann, der dem Parteigericht die Lauterkeit seiner Absichten deutlich zu machen suchte, auf der anderen Seite jener Parteigenosse Wagner und seine Leute, die in Amann einen Trittbrettfahrer sahen, einen arroganten Besserwisser, der nur in die Partei wegen einer sicheren Arbeitsstelle eingetreten war.

Edda fiel ein, was sie über die Machtkämpfe innerhalb der NSDAP gelesen hatte. Die SA verstand sich als sozialrevolutionäre Kampforganisation gegen Bürgertum und Kapital. Die Öffnung der Partei für die verhassten Geld- und Bildungsbürger passte den altgedienten Kämpfern der SA nicht. Sie, die in unzähligen Straßen- und Saalschlachten ihre Köpfe hingehalten hatten, witterten die Gefahr der Entmachtung.

Und sie sollten recht behalten. Nachdem Hitler sie nicht mehr benötigte, entsorgte er diese innerparteiliche Opposition 1934 im sogenannten Röhmputsch.

Der Prozess gegen Amann lag noch in der Zeit davor. Es sah ganz danach aus, dass die Revolutionäre der ersten Stunde mit dieser Intrige einen Bürgerlichen aus ihren Reihen zu drängen versuchten.

Anfang 1934 entschied das Gaugericht Sachsen, den Parteigenossen Oskar Amann wegen parteischädigender Äußerungen zu verwarnen. Zudem wurde ihm untersagt, für die Dauer von zwei Jahren ein Parteiamt zu übernehmen.

Edda drückte eine Tablette gegen Halsschmerzen aus der Folie.

Was sie herausgefunden hatte, gefiel ihr. Oder genauer – er gefiel ihr. Nicht in allen Details. Aber im Großen und Ganzen. Er war für seine Leute eingetreten und auch für seine Ideale. Er war kein Feigling.

Bevor sie sich in den Bus setzte, suchte sie wieder die Eckkneipe auf. Nach dem zweiten Bier fuhr sie nach Hause. Der leichte Alkoholgehalt einer *Berliner Weißen* hatte sich als Einschlafhilfe bewährt.

Überindividuelle Einheit

Unter einem trüben und kalten Frühlingshimmel eilte sie am nächsten Morgen mit vielen anderen zur U-Bahn am Halleschen Tor, stieg am Gleisdreieck in die S-Bahn um. Die Stadtverwaltung hatte die Sturmschäden rasch beseitigen lassen.

Der Zug ließ auf sich warten. Eine merkwürdige Unruhe lag in der Luft. Mit schrillem Gezeter zerschnitt eine Amsel den nachttrunkenen Morgen. Eddas Blick suchte das Bahngelände ab, schweifte über stillgelegte Schienen und die wintertrockenen Halme von Beifuss und Goldrute, die dazwischen aufragten. Sie entdeckte das schimpfende Tier auf einer mit bunten Schriftzügen verzierten Mauer, unter der, kaum erkennbar, ein Kadaver lag – eine Katze oder ein Marder. Darum herum stolzierte mit gravitätischem Schritt eine Krähe und antwortete gelegentlich auf das Alarmschrillen der Amsel mit einem tiefen, gelassenen „grrock, grrock". Das weitere Geschehen verdeckte der einfahrende Zug.

„Ihre Akten", sagte die Frau am Tresen und reichte ihr die Mappen.

Seit 1935 freier Schriftsteller, vermerkte der Lebenslauf. Darunter Datum und Unterschrift. Es folgten Zeitungsartikel über Oskar Amann und von ihm selbst verfasste Glossen.

Sein Interesse galt nach wie vor der Singbewegung. Er durchreiste das Land auf der Suche nach alten Liedersammlungen, hoffte, darin das Wesen der deutschen Seele aufzuspüren.

Er kritisierte die Kunstgesinnung, der es nur um l'art pour l'art ginge, um den Effekt, um Geltung, um Genuss. Darin würde das Zentrum der Welt in das Individuum verlegt, schrieb er, und so verliere Musik ihre überpersönliche Bezogenheit, sinke aus der Sphäre des Kosmischen in die Welt der Sinne herab. Musik reduziert zum bloßen Unterhaltungswert.

Musik habe mehr zu sein – Läuterung, sich erheben, dem Göttlichen näher kommen. Noch zu Zeiten Bachs und Händels habe sich Musik als Zwiesprache mit Gott verstanden – wie im polyphonen Gesang, mit seiner begrenzten Zahl von Klangverbindungen. Darin sah er das Mysterium der *schier unglaublichen, überindividuellen Einheitlichkeit der Polyphonie.*

Der Rundfunk wurde sein bevorzugtes Medium. Das war sein Weg, den *Schatz der Volkslieder* vor dem Vergessen zu bewahren. Doch warum konzentrierte er sich immer mehr auf Soldatenlieder? Wo blieben die polyphonen Gesänge, die Liebesweisen, für die er sich früher so erwärmt hatte?

Die Reichswehr engagierte ihn als Kapellmeister; auf den Reichsparteitagen arrangierte und leitete er das musikalische Programm, auf den *KdF*-Norwegenfahrten der Wehrmacht sangen die Soldaten nach seinem Taktstock; das Kriegsministerium stellte ihn vom Wehrdienst frei, damit er weiterhin die *KdF*-Fahrten als musikalischer Leiter betreuen konnte.

Der Reichsjugendminister holte sich den Musiker als Redenschreiber in seinen Stab und sorgte dafür, dass er zum Sängergauführer ernannt wurde.

Über den weiteren Verlauf der Karriere Oskar Amanns enthielten die Akten nichts.

Er war also kein Kriegsverbrecher.

Aber weshalb wurden die Mappen über ihn hier aufbewahrt?

„Ach wissen Sie", sagte die Angestellte, von der sie die Akten bekommen hatte und die sie jetzt wieder zurücknahm, „es hat ein Verfahren vor dem Parteigericht gegen ihn gegeben. Also gab es Unterlagen. Und alle Unterlagen, die nicht vernichtet wurden oder verloren gingen, sind bei uns gelandet."

In Gedanken versunken, lief sie durch die Alleen Lichterfeldes zur S-Bahn.

Dem Mann im schwarzen Mantel und breitkrempigen Hut konnte einiges vorgeworfen werden: Führend beteiligt an der Verbreitung der NS-Ideologie und an der Zweckentfremdung des Volksliedes zum Propagandainstrument. Auch seine Scheuklappen, die ihn blind machten für den Charakter des NS-Regimes, zeugten nicht von Stärke. Aber er war kein Mörder.

Vielleicht hatte er einfach Glück gehabt, oder es lag an diesem leidigen Parteigerichtsverfahren, dass er nicht ins Visier von einem wie Reinhard Heydrich geraten war.

Dann wieder dachte sie, es war kein Zufall. Es entsprach einfach nicht seinem Wesen. Er war ein Träumer, ein Idealist, nicht hart genug für solche Ansprüche.

Die auseinandergerissenen Klänge eines einfachen Ländlers klimperten ihr im Kopf. *Alle Tage ist kein Sonntag*. Von ihm hätte sie Saitengriffe statt Tastengriffe gelernt.

Seine Soldatenlieder im Radio? Zu schwach, um sich dem braunen Zeitstrom zu entziehen. Aber verurteilen wollte sie ihn dafür nicht. Solange sie nicht sicher war, ob sie selbst in der Lage gewesen wäre, genauer hinzuschauen, dem Anpassungsdruck zu widerstehen und den Erfolgsverlockungen, hatte sie kein Recht dazu.

Sie hätte gerne gewusst, wie er lachte und worüber er lachte. Wie klang seine Stimme? Hell oder dunkel? Gebieterisch scharf oder vertrauenserweckend warm?

Immerhin wusste sie jetzt über sein Denken Bescheid: sein Streben nach einer Volksgemeinschaft als überpersönlicher Einheit, sein Kampf gegen alles Subjektive, einschließlich dem eigenen Selbst, sein Bestreben, sich dem Objektiven zu öffnen. Und immer wieder Hingabe – Auslöschung des Individuums, nichts Eigenes mehr sein, Verschmelzung mit einer übergeordneten Instanz.

Stand auch sie selbst unter diesem Bann? Als Tochter ihres Vaters? Ihre Vorliebe für die Farbe Schwarz – diese unpersönlichste aller Farben und zugleich in ihrer Schwärze auf das Absolute verweisend? War ihre eigene Sehnsucht nach Hingabe, ihr Wunsch, schwerelos über den Dingen zu schweben, nicht die gleiche Sehnsucht, die er beschrieb als ein Sich-Selbst-Vergessen über der Sache, über dem Werk? Schwang in seinem Schwärmen für polyphone Musik und ihrer *schier unglaublichen, überindividuellen Einheitlichkeit* nicht das gleiche Bedürfnis mit, das sie von ihrer Nordlandwanderung kannte: das Verschmelzen in einer Einheit mit der Landschaft? Glich die Selbstaufgabe in ihrer Ehe nicht der Hingabe Oskar Amanns an den völkischen Gedanken?

Etwas stimmte nicht in diesen Überlegungen. Es fiel ihr nicht sofort ein. Doch dann kam sie darauf: Die überindividuelle Einheit der polyphonen Musik und das Verschmelzen mit der Landschaft mochten verwandt sein, das konnte hingehen. Anders war es mit ihrer Selbstaufgabe in den Jahren mit Victor und der Hingabe ihres Vaters an eine völkische Gemeinschaft. Sie rang regelrecht nach Worten, um das, was ihr dämmerte, auszudrücken.

Es war der Horizont. Der Horizont der polyphonen Musik reichte weiter, stellte eine Verbindung her zu Dingen, die frei waren von menschlichem Größenwahn. Das galt auch für ihr Entrücktsein in der Landschaft, diesem Weitwerden über die Enge der alltäglichen Ansprüche hinaus.

Der völkische Gedanke jedoch war ein Aufblähen von Dellen, sich größer machen auf Kosten von anderen. Und so konnte im Grunde auch ihre Ehe beschrieben werden. Sie hatte sich in Victors Erfolg gesonnt und seinen Schutz genossen, dabei jedoch sich selbst aufgegeben.

Alle Wesen streben nach Vollkommenheit, hatte ihre Freundin Core gesagt. *Alle Körper im Kosmos drehen sich um ihr eigenes Zentrum, und zugleich umlaufen sie auf kreisförmigen Bahnen die anderen Körper.*

In einem luziden Moment der Erkenntnis, glaubte sie, das Bild endlich zu verstehen. All diese Schwärmer für die Ichlosigkeit vergaßen über dem Kreisen der Planeten – diesem schweigsamen Tanz auf elliptischen Bahnen – wer da tanzt. Sie vergaßen das einzelne Wesen, das sich um sich selbst dreht und zu seiner Eigenbewegung die Umlaufbahn des größeren Zusammenhangs erst finden muss.

Das Ganze mochte mehr sein als die Summe seiner Teile. Aber es stimmte eben auch, ohne Planeten gab es keine Ekliptik, ohne Stimmen keinen Chorgesang, ohne Individuen kein Volk, keine Stammesgemeinschaft. Das Ganze entstand nur, wenn es die Einzelnen herstellten.

Und das Streben nach Vollkommenheit? Wie passte das dazu? Wieder musste sie eine Weile nachdenken, bis sie eine Antwort fand, die ihr gefiel:

Es gehört zu dem Potential, das in uns lebt, das sich entfalten will, sagte sie sich. Etwas in uns möchte sich in größere Zusammenhänge einbinden. In allem, was sich vereinzelt fühlt, lebt diese Sehnsucht.

Wie ein Schlüssel zum Verständnis menschlicher Leidenschaften erschien ihr diese Einsicht. Sei es die Sehnsucht nach Liebe in all ihren verschiedenen Facetten, sei es der Wunsch nach Schönheit, nach Harmonie, nach Religion, nach Herkunft. Immer ging es dabei darum, dass sich ein einzelnes Wesen in einem Zusammenhang erfahren möchte, der über den eigenen begrenzten Horizont hinausreicht.

Wie einfach es im Grunde war. Schwierig war etwas anderes: *Sich mit Größerem verbinden*, zu unterscheiden, von *sich größer machen* und dabei doch bloß Dellen auszufüllen.

Oskar Amann hatte in seinem Bedürfnis nach Selbstauslöschung etwas Wesentliches übersehen. Die überindividuelle Einheit, nach der er sich so sehnte, Wirklichkeit werden zu lassen, war eine Leistung vieler einzelner Personen, war das Werk ihres individuellen Geistes. Den Wert des Individuums zu unterschätzen, ja sogar zu verdammen, darin bestand sein Irrtum und der seiner Generation. Weil sie sich selbst keinen Wert beimaßen, ließen sie sich führen, folgten einem Scharlatan, der ihr verkümmertes Selbstwertgefühl mit einem gigantischen Wirgefühl aufblähte.

Sie ging weiter zu Fuß, lief durch den Tiergarten, erreichte einen der kleinen Seen. Während Edda ihren Faden weiterspann, hörte sie plötzlich den singenden Tonfall der Regenpfeiferfrau wie eine vertraute Melodie. *Such deine Ahnen. Von ihnen hast du deine Lebenskraft und deine Aufgabe bekommen.* Da wurde ihr bewusst, dass sie längst schon ihre Aufgabe kannte.

Es ging darum, eine Wunde zu heilen. Nicht nur ihre persönliche, sondern die damit verbundene kollektive Wunde. Heilung durch Bewusstwerdung. Der übergeordnete Geist, der in jedem Individuum lebt, der göttliche Funke, will entdeckt werden. Mit allen Fähigkeiten, die uns verfügbar sind. Manche hören diesen Geist in sich als Musik, andere beobachten ihn in den Gesetzmäßigkeiten der Natur, und wieder andere verleihen ihm Ausdruck im Gestalten einer Gartenanlage. Welcher Weg es auch immer ist, auf diesem Weg entfaltet sich individuelles Potential.

Über dem See kreisten Möwen. Unzählige schwingende Flügel in der Abendsonne formierten sich zu einer Figur mit klarem Umriss. Ein Metakörper, der sich ständig wandelte. Als hätten die Vögel ihre Freude daran, immer neue Formen zu erfinden: Schleifen, Girlanden, Ellipsen, Kreise. Je nach der Seite, die sie dem Sonnenlicht zukehrten, schillerten die Punkte der Möwenkörper weiß oder im lichten Blau. Leuchtende Vogelsilhouetten, die sich sammelten, Symbole in den Himmel zeichneten und Augenblicke später die Formation wieder auflösten, bis sie sich erneut zusammenschlossen. Ein unablässiges Wechselspiel zwischen Metakörper und Einzelkörper, zwischen überindividueller Einheit und Individuum.

Edda starrte in den Himmel, verzückt von der Schönheit des Schauspiels und fühlte ihr Blut in den Fingerspitzen pulsieren.

Zurück im Hotel, holte sie ihren Rucksack und Koffer vom Schrank und packte ein.

Vielleicht lebte Oskar Amann noch.

Leipzig

Der schwarze Hund duckte sich, kratzte mit den Vorderläufen die Erde unter dem Zaun locker, bohrte seine Schnauze in die Mulde. Die Tatzen wühlten gleich Schaufeln. Sand, Steine, Lehmklumpen prasselten nach hinten. Wühlend schob er seinen Körper Zentimeter für Zentimeter unter den Metallmaschen hindurch. Schließlich hatte er es geschafft. Er war jetzt ganz still – wie verwundert. Tänzelnd ging er auf sie zu. Hielt seinen Kopf witternd in die Luft. Schnupperte an ihr und dem Hirtenhund an ihrer Seite. Als sie weitergingen, folgte der schwarze Hund hinterher. Er gehörte jetzt zu ihnen.

Edda öffnete die Augen. Jemand hatte ihr auf die Schulter geklopft.

„Wollten Sie nicht in Leipzig aussteigen?", fragte der Schaffner.

Hastig hob sie ihr Gepäck aus der Ablage und stieg aus. In der Bahnhofsbuchhandlung kaufte sie einen Stadtplan, suchte nach der Gepäckaufbewahrung, schob die Sachen in ein Schließfach und schloss ab.

Die Straßennamen hatten sich verändert. Im Stadtplan gab es keine Kaiser-Wilhelmstraße, keine Kronprinzenstraße, keine Königinallee. Straßen, die in den Prozessakten vorgekommen waren. Aber es gab eine Wilhelmstraße.

Sie ging zu Fuß. Das war ihr lieber, als sich im Netz der Trambahnen zurechtfinden zu müssen. Und ihr blieb mehr Zeit zum Schauen.

Die Feuchtigkeit eines nächtlichen Regens hing noch in der Luft, perlte von den Blüten der Forsythien und den Knospen der Magnolien, verflüchtigte sich in Duft. Großstädtische Bürgerhäuser, die Mauern verziert mit Erkern und Simsen, säumten die breite Ringstraße, über die an diesem

Mittag nur mäßiger Verkehr strömte. Die gusseisernen Statuen bedeutender Persönlichkeiten blickten ernst oder lächelten milde auf die Kinder herab, die von der Schule nach Hause oder zum Sportplatz oder sonst wohin stürmten.

Weiter draußen blieb wenig vom Glanz der Innenstadt. Wohnsilos in Plattenbauweise, dazwischen Vorkriegsbauten mit schmutzigen Fenstern, die Öffnungen zum Teil mit Brettern vernagelt, dicke Schichten von Staub auf den Resten der Acanthusornamentik. Und überall der Geruch von erkalteter Asche.

Das Haus in der Wilhelmstraße 72 stand noch – ein dreistöckiges Gebäude aus roten Klinkerziegeln, verziert mit eierschalenfarbenen Säulen von antikem Anklang, nicht so heruntergekommen wie die anderen Altbauten, einzelne Teile wirkten renoviert. Es gab sogar Klingelschilder.

Da stand tatsächlich *Amann*, erster Stock rechts.

Etwas in ihr sagte, das kann nicht sein. Da erlaubte sich irgendwer einen Scherz. Oder jemand hatte vergessen, das Namensschild auszuwechseln. Oder ein anderer aus der Familie wohnte inzwischen da. Vielleicht jemand, der ihren Vater kannte oder gekannt hatte. Aber dass er selbst hier noch lebte, dass ihr lebenslanger Wunsch in Erfüllung gehen sollte, lag jenseits ihrer Vorstellungskraft. Ihr ganzes bisheriges Leben hatte sie sich immer nach etwas gesehnt, sie war es so gewohnt, so sehr, dass sie Sehnsucht als etwas empfand, das zu ihrem Leben gehörte. Außerdem war sie sich jetzt keineswegs mehr sicher, ob die Erfüllung einer Sehnsucht wirklich glücklich macht. Am liebsten waren ihr solche Glücksmomente, die überraschend eintraten. Oft wusste sie erst im Nachhinein, dass sie glücklich gewesen war.

Sie läutete nicht. Stand da wie gelähmt. Wovor hatte sie Angst? Angst vor der Demütigung, abgewiesen zu werden? Ja, das auch. Aber stärker war etwas anderes. Ihre Angst vor schrecklichen Entdeckungen war wieder da. Sie sog die Frühlingsluft in sich hinein, sah das Bild der Regenpfeiferfrau wie im Nebel vor sich. *Such deine Ahnen. Von ihnen hast du deine Lebenskraft und deine Aufgabe bekommen.* Sie wusste doch jetzt, worin ihre Aufgabe bestand. Warum konnte sie damit nicht zufrieden sein?

Er war nicht da gewesen für sein Kind, hatte es nicht beschützt. Die Erklärung dafür fehlte noch. Und damit fehlte auch die Antwort auf die Frage, woher sie ihre Lebenskraft hatte.

Sie ging zwei Querstraßen zurück zu einem Imbissstand, der ihr auf dem Weg in die Wilhelmstraße aufgefallen war. Mit einer Tasse Milchkaffee versuchte sie, dem Schwindel im Kopf beizukommen.

Wer immer ihr öffnen würde, sie musste ein Sprüchlein bereit haben. Sie konnte sich nicht auf spontane Einfälle verlassen, nicht, wenn sie so aufgeregt war. Sie riss eine Seite aus ihrem Notizbuch, probierte einige Sätze, entschied sich für einen und sagte ihn mehrmals vor sich hin. Dann ging sie zurück in die Wilhelmstraße, drückte den Klingelknopf.

Auf ihr Läuten summte der Türöffner. Eine alte Frau mit glatt nach hinten gebundenem grauem Haar schaute über das Geländer nach unten.

„Zu wem wollen Sie?“

Eddas Puls pochte im Hals, in den Ohren, in den Fingerspitzen. Sie ging die Treppe hoch, ohne ganz bei sich zu sein.

Die Frau fragte noch einmal: „Zu wem wollen Sie?“ Ihre Stimme klang sachlich, ohne den geringsten Anklang an den hiesigen Akzent. Den breiten Körper bedeckte eine Strickjacke in Weinrot mit Stickereien am Revers. Die Rüschchen einer Seidenbluse im zarten Rosa lugten am Kragen und an den Handgelenken hervor. Aus einem blaugrün karierten Faltenrock kamen Beine in fleischfarbenen Strümpfen, die an den Knöcheln Falten warfen und in schwarzbraunen Schuhen steckten, Schuhe mit breitem, etwas erhöhtem Absatz, wie sie häufig von alten Damen getragen werden.

„Wen suchen Sie?"

Die Frau musste einmal ziemlich groß gewesen sein, denn trotz ihres gebeugten Rückens konnte Edda ihr direkt in die graublauen Augen schauen, Augen, die durch die dicken Gläser einer altmodischen Hornbrille unnatürlich vergrößert wirkten. Ein Eulenkopf auf einem runden Körper.

Edda schluckte:

„Es geht um eine etwas ungewöhnliche Familienangelegenheit." Sie holte tief Atem, um auch noch den Rest ihres Satzes hervorzubringen: dass sie Oskar Amann suche, Doktor der Philosophie und Kapellmeister, der hier in diesem Haus einmal gelebt haben soll. Sie vergaß zu sagen, dass es sich um ihren Vater handelte.

„Wie heißen Sie?"

Edda stellte sich vor als Tochter von Frau Margarete Gerhardt, geborene Heinson. Die Alte legte sich die Hand auf den Mund, als wollte sie einen Schrei unterdrücken.

„Kommen Sie herein!"

Sie führte Edda durch einen düsteren Korridor, in den mehrere geschlossene Türen mündeten, zum Zimmer am Kopfende des Flurs. In dem hellen Raum roch es nach Honigwachskerzen; ein Bücherregal, das bis unter die Decke reichte, füllte eine Wand vollständig aus; vor einem Fenster befand sich ein wuchtiger Schreibtisch mit Schnitzereien in den Holztüren; vor dem anderen Fenster stand ein runder Tisch mit geschwungenen, bauchigen Beinen, um den sich schwere Stühle gruppierten. Dorthin bat die alte Frau sie, Platz zu nehmen.

„Möchten Sie etwas trinken?"

„ Wasser reicht mir."

„So?"

Während die alte Dame nach draußen schlürfte, strich Edda über die Tischplatte. Sie merkte, dass ihre Hände leicht zitterten. Die kühle Glätte des Holzes unter ihren Handflächen beruhigte sie. Welch schöne Maserung der Tisch hatte. Ein goldleuchtendes Holz, mal heller, mal dunkler, durchzogen von unendlich vielen feinen Linien, eine Symmetrie ohne erkennbare Gesetzmäßigkeit, die Topografie einer Landschaft mit Schattierungen, die das Relief zerklüfteter Gebirgszüge andeuteten. Fasziniert starrte Edda auf die zur goldenen Scheibe ausgebreitete Erdoberfläche.

„Was ist das für ein Holz?", fragte sie.

„Erlenwurzel. Gefällt es Ihnen?"

Die alte Dame stellte ein Tablett auf den Tisch und füllte aus einer Karaffe Wasser in die Gläser.

„Der Tisch ist schon lange im Familienbesitz", erzählte sie dabei. „Nach dem Krieg hat Mutter ihn auf dem Dachboden versteckt. Sie fürchtete, das wertvolle Stück könnte auf Anordnung von oben eingezogen werden und als Brennholz enden."

Plötzlich hielt sie inne und sah Edda unverwandt an:

„Sie sind also die Tochter von Margarete Heinson. Ich habe mir immer gewünscht, dass Sie eines Tages den Weg hierher finden. Ich bin Amalia Amann, die Schwester ihres Vaters. Wie viel Zeit haben Sie? Ich nehme an, Sie sind auf Durchreise."

Amalia Amann. Jetzt erinnerte sich Edda an den Namen. Amalia Augusta, zwei Jahre jünger als ihr Bruder hatte in den Akten gestanden.

„Nein", sagte Edda und erschrak über sich, weil sie meinte, ihre Stimme habe sich schroff angehört. Sie riss sich aus ihren Gedanken und fügte rasch hinzu, sie wolle so lange in Leipzig bleiben, um alles – oder jedenfalls so viel wie möglich – über ihren Vater zu erfahren. Dafür sei sie hergekommen.

„Mein Bruder lebt nicht mehr", sagte Amalia Amann. „Und Margarete? Lebt ihre Mutter noch?"

Während Edda berichtete, nickte die alte Frau nachdenklich. Sie stützte sich an der Tischkante ab, um aufzustehen, ging mit unsicheren Schritten zum Schreibtisch und holte aus einer Schublade einen Karton hervor. Damit kehrte sie zurück an den Erlenwurzeltisch.

„Könnte ich vielleicht?“

Amalia Amann nahm einen Schluck aus dem Wasserglas, dann tasteten ihre Finger langsam, gleich Fühlern einer vorsichtigen Libelle, über die Bilderkanten in der Pappschachtel. Manchmal verharrten sie ein wenig zitternd, als würden sie Witterung aufgenommen haben.

Der Kontrast zwischen dem schweren Körper und den feingliedrigen Händen kam Edda bekannt vor. Das Bärentier ihrer Träume schien kurz auf – wie es mit feingliedrigen Tatzen nach Luftfischen griff.

„Ich war neun, Oskar elf, als wir die Nachricht von Vaters Tod erhielten. Gefallen in den Schützengräben an der Somme.“ Amalia blickte Edda mit zusammengezogenen Augenbrauen an.

„Ach, was erzähl’ ich da. Das interessiert Sie doch gar nicht.“

„Doch, doch. Bitte sprechen Sie weiter.“ Edda hätte beinahe aufgeschluchzt. Wie konnte sie sich nur verständlich machen. Die Bedeutung, die das alles für sie hatte. Plötzlich gab es da eine Familie. Ihre Familie. Etwas, wohin sie gehörte.

„So“, sagte Amalia versonnen und legte verschiedene Bilder vor Edda hin.

„Unsere Mutter war viel jünger als unser Vater. Fünfzehn Jahre jünger. Schauen Sie dieses Jugendbild ... der Inbegriff eines deutschen Mädchens ... verträumt, weich, mit dem schmachtenden Blick, der in den Männerseelen den Beschützer weckt. Nach Vaters Tod blieb ihr nichts anderes übrig, als die Rolle der Ernährerin zu übernehmen ... wie damals so viele Frauen. Nun stand sie den ganzen Tag in der Apotheke und verkaufte Arzneien. Als ich erwachsen war, hat sie mir einmal gestanden, das habe auch etwas Gutes gehabt ... sie brauchte dann nicht mehr diese langweilige Rolle der Frau an seiner Seite spielen ... schön sein, huldvoll lächeln ... na, Sie wissen schon ... nichts weiter als ein Zierfisch in einem Aquarium."

Das Sprechen schien der alten Frau Mühe zu bereiten. Immer wieder machte sie Pausen und schloss kurz die Augen.

„An Vater erinnere ich mich kaum ... ein strenger Patriarch ... hier, sehen Sie sich dieses Bild an."

Die Fotografie zeigte einen kahlen Kopf, randlose Gläser vor den Augen, eine tiefe Falte zwischen den Augenbrauen. Ein ergrauter Backenbart, dessen Enden nach oben spitz zuliefen, teilte das Gesicht in eine obere und eine untere Hälfte.

„Finanziell ging es uns nach Vaters angeblichem Heldentod besser als den meisten anderen. Arzneien werden immer gebraucht. Das Geld reichte sogar für gute Schulen. Oskar konnte weiterhin die Thomasschule besuchen. Vielleicht haben Sie einmal etwas vom Thomanerchor gehört."

Edda nickte.

„Es gibt ihn immer noch." Amalia beugte sich über den Tisch und goss in Eddas Glas und in ihr eigenes Wasser nach.

„Gott, was bin ich doch für eine unbegabte Gastgeberin", schalt sie sich. „Ich bin es einfach nicht gewohnt, Gäste zu haben. Aber ich freu' mich so, dass Sie da sind."

Die alte Frau blinzelte und fragte: „Wo waren wir stehen geblieben? Ach ja, bei Vaters Heldentod."

„Thomasschule, er hat im Thomanerchor gesungen."

„Ja. Richtig. Wenn ich Oskar von der Schule abholte, kam ich absichtlich etwas früher, um den Gesang zu hören. Der Musikraum lag im ersten Stock mit den Fenstern zur Straße. Seine Schule kam mir vor, wie ein Gebäude, in dem Engel unablässig Gottes Schöpfung bejubeln. Wie Kinder eben sind. Ich bat Mutter: Könnte ich vielleicht ... Es ging nicht. Auf die Thomasschule konnten Mädchen nicht gehen. Damals jedenfalls nicht."

Die Nachmittagssonne schien auf die Bücher, brachte die farbigen Rückenstreifen zum Leuchten und zauberte auf Gläser und Wasserkrug glitzernde Punkte.

„Ich wollte gar nicht über mich reden. Sie sind wegen meinem Bruder, Ihrem Vater, gekommen, nicht wegen mir."

Edda, die bemerkt hatte, wie die sonst noch klare Stimme der alten Frau sich belegt hatte, wie sie Silben verschluckte, wie die Pausen länger wurden, glaubte, dass dieser Satz eine versteckte Aufforderung enthielt.

„Auf welche Schule sind Sie gegangen?"

„Oh", sagte Amalia, „Mutter schickte mich auf die Höhere Töchterschule von Hugo Gaudig ... eine der ersten Schulen, in der es auch für Mädchen Unterricht in naturwissenschaftlichen Fächern gab." Während sie sprach, strich sie hin und wieder langsam über das Erlenwurzelholz. Eine sanfte, fast zärtliche Geste, als würde sie den Körper eines lebendigen Wesens streicheln.

„Sie können sich gar nicht vorstellen, welche Empörung das auslöste. Ob Mutter vorhätte, einen Blaustrumpf aus mir zu machen, eine dieser Emanzen, die keinen Mann bekommen?"

Draußen schlug eine Kirchenuhr.

„Wie schnell die Zeit dahinrast. Ich muss noch etwas erledigen. Kommen Sie morgen wieder. Morgen um drei Uhr nachmittags."

Edda ging zurück zum Bahnhof. Wieder zu Fuß. Dieses Mal, um den inneren Aufruhr zu beruhigen. Sie bemerkte nur flüchtig das Licht der letzten Sonnenstrahlen – das purpurne Leuchten in den Fenstern, die den Himmel spiegelten.

Über allen Dingen schwebte das Gesicht von Amalia Amann. Wie gerne sie in dieses Gesicht geschaut hatte.

Zwei Frauen

Bevor sich Edda am nächsten Tag in die Wilhelmstraße aufmachte, sah sie sich in den Geschäften am Bahnhof um. Sie suchte nach einem Geschenk, das sie der alten Dame mitbringen konnte, fand schließlich etwas, das ihr geeignet schien – eine lila Kerze mit feiner Marmorierung.

„Aber das ist doch nicht nötig", sagte Amalia Amann mit feinem Lächeln und bat, das Päckchen gleich öffnen zu dürfen. Sie stellte die Kerze auf den Erlenholztisch und nickte. „Lila auf Gold ... "

Auf dem Tisch stand das Tablett mit Gläsern und der Wasserkaraffe, dazu ein Teeservice in zartblauem Muster. Auch den Karton mit den Fotografien hatte sie bereitgestellt.

„Tee wird uns gut tun", sagte sie, beugte sich über den Tisch und schenkte ein. Sie trug heute eine dunkelblaue Jacke, in der sie schlanker wirkte.

„Wo waren wir gestern stehen geblieben? Ach ja ... Thomasschule. Waren Sie schon einmal in der Thomaskirche? Sie sollten sich den Chor anhören. Ich glaube, sie singen jeden Tag. Morgens oder abends."

Wieder spazierten die Libellenfühler über die Bilderkanten in der Pappschachtel.

„Hier, schauen Sie ... Oskar im Matrosenanzug und ich im weißen Spitzenkleidchen."

Edda betrachtete unentwegt das Gesicht von Amalia. Die Furchen unter den Augen und von den Nasenflügeln zu den Mundwinkeln, die feinen Härchen über der Oberlippe, die wohlgeformten Ohren. Das Erstaunen in ihrem Inneren wollte nicht aufhören. Zu dieser Familie gehörte sie. Sahen sie sich ähnlich? Edda versuchte, im Geiste ihr eigenes Gesicht neben das von Amalia zu stellen. Es gelang ihr nicht.

Amalia hatte etwas gefunden.

„Hier. Oskar als Barde." Sie legte das Foto vor Edda hin. Ein fülliger junger Mann mit dicker Brille und streng nach hinten gekämmtem Haar. In den Augen lag bereits jene Verlorenheit, die Edda von den späteren Fotos kannte. Als suchten sie in weiter Ferne nach Halt. Die Laute in seinen Händen passte nicht zur Kleidung – dem englischen Tweedjackett und der Knickerbockerhose.

„Oh, was haben wir denn hier?" Kopfschüttelnd holte sie aus der Schachtel ein Bild hervor. „Wusste gar nicht, dass sich das in meinem Besitz befindet. Ein Hochzeitsfoto. Oskar und seine Frau."

Oskar Amann, groß und breit, sah aus wie ein Zirkusdirektor mit seinem Zylinderhut und dem weißen Schal, lässig um den Hals gewunden. Und auch die kleine, rundliche Frau an seiner Seite wirkte verkleidet. Breitbeinig stand sie da im weißen Brautkleid und hielt den Blumenstrauß wie eine Kerze.

„Mechthild kam aus Annaberg ... Oberschlesien. Grenzlanddeutsche. Die Deutschen aus den Grenzgebieten waren bekannt für ihren Nationalismus. Ich gestehe offen, ich mochte die Frau nicht ... für meinen Geschmack zu bodenständig ... sicherlich zupackend und mit Gespür fürs Praktische. Er hatte sie als Hilfe für seine Schreibarbeiten angeheuert. Ich hatte nie den Eindruck, dass sie Oskar verstand ... ‚Ach red' nicht so klug, Professorchen', unterbrach sie ihn oft. Auch vor anderen. Als einmal ein Stuhl unter ihm zusammenkrachte – das morsche Holz hatte sein Gewicht nicht ausgehalten – lachte sie minutenlang. Gewiss, er war kein handwerkliches Genie ... er war zerstreut ... aber warum musste sie überall herumerzählen, wie lang er gebraucht hatte, um ein Paket zu verschnüren und wie oft er Schlüssel vergaß. Seine Stärken lagen woanders ... er war ein genialer Organisator, ein Theoretiker, ein Philosoph ... ich weiß nicht, was Oskar an ihr fand."

Edda dachte an die Mädchen mit starkem Knochenbau, die Oskar Amann auf einer Dorfkirmes während seiner Zeit als Singleiter im Grenzgebiet zu Polen kennengelernt hatte. Eine davon würde später vor der hochschwangeren Margarete die Tür zuschlagen.

Sie goss Tee in die Tassen.

„Ach wie reizend von Ihnen", sagte Amalia und nippte vorsichtig von dem heißen Getränk.

„Als Kapellmeister der Wehrmacht reiste mein Bruder viel ... vor allem nach Norwegen. Er schickte uns regelmäßig Grußkarten. Ich lebte inzwischen in Berlin. Dort hatte ich Chemie studiert und promoviert. Ich hoffte auf eine wissenschaftliche Karriere, und als ich eine Stelle in einem medizinischen Labor bekam, glaubte ich, diesem Ziel ganz nahe zu sein."

Die Stimme der alten Frau war leiser geworden, schien tief versunken in die Zeit, in die sie sich zurückversetzt hatte.

„Einmal fuhr ich nach Oslo ... ohne mich anzukündigen. Ich wollte ihn überraschen. Am Empfang seines Hotels – es gehörte zu den first-class Häusern an einer Prachtstraße ..."

„Karl Johans Gate" entfuhr es Edda.

Amalia sah sie erstaunt an. "Sie kennen Oslo?"

„Ja." Verlegen strich sich Edda die Haare aus der Stirn. Sie hatte die alte Frau aus ihrem Erinnerungsfluss gerissen. „Ich erzähle Ihnen später davon. Aber jetzt, jetzt machen Sie weiter! Bitte!" Das sagte sie fast beschwörend und hoffte, dabei nicht aufdringlich zu wirken.

„Also in diesem first-class Hotel sagten sie mir, dass er meist erst spät zurückkomme. Ich hinterließ eine Nachricht für ihn und schaute mich in der Stadt um. Um die Zeit des Wartens zu nutzen, besuchte ich am Abend eine Aufführung des *Per Gynt* im Nationaltheater. Kennen Sie das Stück?"

Edda nickte.

„Unter den Zuschauern in einer der vorderen Reihen entdeckte ich nach der Pause Oskar. Sie können sich nicht vorstellen, wie mich das freute. Ich hatte gerade Kummer ... na ja, das Übliche, was einen als jungen Menschen quält, wenn eine Beziehung auseinander geht ... ich sehnte mich nach dem Gespräch mit ihm ... einem, dem ich ganz und gar vertraute, nicht wie der andere, der mich verraten hatte. Kaum war der letzte Vorhang gefallen, ging Oskar zum Bühnenausgang mit einem Strauß Blumen ... Ich wartete auf der Straße auf ihn."

Amalia unterbrach sich kurz, um einen Schluck Tee zu trinken.

„Als er herauskam, hing eine junge Frau an seinem Arm ... eine der Schauspielerinnen ... irgendeine Nebenrolle hatte sie gespielt. Hübsches Gesicht ... ja, das hatte sie. Auf dem nussbraunen Haar ein extravaganter Hut, knöchellanger Pelzmantel, Schuhe mit hauchdünnen Absätzen, im freien Arm das Blumenbukett. Sie schmiegte sich eng an ihn und kicherte so laut, dass die letzten Besucher, die aus dem Theater kamen, sich nach den beiden umdrehten. Doch sie hielt es nicht lange aus, untergehackt bei ihm zu gehen. Als wäre er für sie zu langsam, trippelte sie vor und wieder zurück, stieß kleine Schreie des Entzückens aus, als sie in einer Schaufensterauslage ein Paar roter Stiefeletten entdeckte. Wie beschwippst ... in Champagnerlaune kam sie mir vor. Am Hotel hielt ihnen ein Boy in Livree die Eingangstüre auf und salutierte."

Amalia seufzte.

„Das Gespräch mit ihm war mir danach nicht mehr wichtig. Ich fuhr nach Berlin zurück, ohne ihn zu treffen. Von der Schnapsidee, jemand überraschend zu besuchen, bin ich seitdem geheilt. Oskar sah mich beim nächsten Familientreffen forschend an. Mein Blick muss ihn als Antwort gereicht haben."

Die alte Frau schwieg eine Weile.

„Es kamen die schlimmen Zeiten ... der ständige Luftalarm ... die Tage und Nächte in den Kellern ... einstürzende Häuser, Feuer, Rauchwolken ... Trümmerberge. Ich sah Oskar nur noch selten ... und wenn, sprachen wir nicht miteinander ... es waren ständig andere um uns herum ... nein, wir hatten uns nichts mehr zu sagen ... vielleicht später. Ich hoffte auf das Ende des Krieges."

Das Bücherregal lag nun im Schatten. Doch noch immer fiel ein Streifen Licht in den Raum und verwandelte die alte Frau, die mit dem Rücken zum Fenster saß, in eine dunkle Silhouette. Sie nahm das dicke Hornbrillengestell ab und rieb sich die Augen.

„Ich will Sie nicht wegschicken." Amalia putzte die Brillengläser mit einem Zipfel ihrer Jacke. „Wissen Sie, es tut mir gut, dass ich die Geschichte erzähle. Das Erzählen ist ... es ist wie ... wie eine Befreiung. Wenn Sie nicht gekommen wären, hätte ich es aufschreiben müssen. Aber so ist es einfacher." Sie setzte sich die Brille wieder auf und sagte besorgt: „Sie kommen doch morgen wieder?"

Edda stand auf, obwohl es ihr schwer fiel. Die Frau in Champagnerlaune hatte ihre Gedanken in Besitz genommen.

„Natürlich. Morgen um drei Uhr. Wie immer."

Edda machte sich auf den Weg zur Thomaskirche. Sie orientierte sich mit Hilfe des Stadtplans, fragte hin und wieder Passanten. Alle gaben bereitwillig Auskunft. Später verstand Edda den Stolz, der in den Antworten mitschwang.

Am verschlossenen Hauptportal der Kirche klebte ein Zettel: *Motette am Freitag, den 24. März, 18 Uhr*

Das war heute. Noch eine Stunde bis zu Beginn. Eine Stunde, um sich die Kirche anzusehen und auch, um den Straßenlärm und die Eindrücke der Stadt hinter sich zu lassen.

Sie ging um die Kirche herum, suchte nach einem anderen Zugang und fand am Osteingang zwei wartende Menschen.

„Keine Sorge, sie öffnen in fünfzehn Minuten. Sie proben noch."

Leiser Gesang drang aus dem Kirchengemäuer. Als hätte der Wind einen Klangkörper zum Schwingen gebracht. Wie in einer Luftspiegelung stand vor ihr das Gaukelbild einer anderen Zeit – klösterlicher Tageslauf mit nächtlichem Wachen und frühmorgendlichem Gebet – jahrhundertealte Frömmigkeit, die sich in der Sehnsucht nach einer reinen Seele verzehrt.

Die Motette begann mit Orgelmusik und einer Ansprache des Pfarrers. Die Knaben erhoben sich auf der Empore. Edda konnte von ihrem Platz aus keine Gesichter erkennen. Das war ihr nicht mehr wichtig, als der Gesang sie hinauftrug.

Seifenblasen

„Wo waren wir gestern stehen geblieben? Ach ja, Margarete Heinson. Ich bekam sie erst wieder nach dem Krieg zu Gesicht ... in Berlin. Oskar hatte sich überwunden und mich ins Vertrauen gezogen. Er bat mich, in der Klinik, in der sie entbunden hatte, nach ihr zu sehen."

Edda beugte sich gespannt vor. Amalia erzählte jetzt mit einer gewissen Kühle, die Edda fast schmerzlich empfand.

„Margarete klagte hemmungslos. Es gelang mir nur mühsam, aus dem Wirrwarr von Vorwürfen und Erinnerungsfetzen ihre Geschichte zu rekonstruieren ... dabei beherrschte sie Deutsch perfekt. Sie fand den wuchtigen Mann im schwarzen Anzug, der seinen breitkrempigen Hut so gut wie nie in der Öffentlichkeit absetzte, nicht besonders attraktiv. Er habe so streng ausgesehen, dass er ihr sogar Angst machte. Wie ein Kommissar, der Leute verhört. Aber es imponierte ihr, dass er jeden Abend ins Theater kam. Abend für Abend. Meist saß er in der Mitte einer der vorderen Reihen. Er ließ ihr Blumen in die Garderobe bringen und lud sie zum Essen ein. Sie schlemmten geräucherten Wildlachs, Krabben aus Spanien, exotische Früchte aus den Tropen. Delikatessen, die in diesen Kriegsjahren ein Vermögen kosteten. Er erfüllte ihr jeden Wunsch, kaufte ihr, was sie wollte ... den Hut mit dem hauchfeinen Chiffon-Schleier ... die Brillantohrringe ... den Pelzmantel aus Waschbärfell ... ja und natürlich die roten Schuhe. Es interessierte sie nicht, was er tagsüber machte, überhaupt interessierte sie sich nicht für Politik. Es reichte ihr zu wissen, dass er Macht hatte. Woher sollte denn sonst das Geld kommen, das er so großzügig ausgab?"

Während Edda der Stimme zuhörte, sah sie die hochschwangere Margarete Treppen hochsteigen und spürte etwas, das Mitgefühl sein mochte und sie schwerer atmen ließ. Hastig trank sie von dem Tee, den Amalia wieder bereitgestellt hatte, leerte die Tasse mit einem Mal. Amalia blickte sie durch ihre dicken Brillengläser prüfend an.

„Bitte, erzählen Sie weiter“, bat Edda. „Es ist wichtig für mich.“

„Nun ja. Ich stelle Ihnen die Dinge aus meiner Sicht dar. Natürlich. Aber Sie wollen es wissen. Und dazu haben Sie auch ein Recht.“ Amalia zog sich die Bluse zurecht.

„Also Margarete träumte von einem Engagement an einem deutschen Theater. All die großen Rollen. Maria Stuart, Ophelia, Hedda Gabler und wie sie alle heißen. Sie sah ja gut aus. Dunkle Locken, katzengrüne Augen. Und dann ihr Lachen. Manchmal das Strahlen eines Kindes im Glücksrausch, dann wieder das huldvolle Lächeln einer Königin, die ihrem Volk zuwinkt.“

Die alte Frau streichelte in einer weichen Linie die Luft, als wolle sie das Gehabe einer königlichen Hoheit nachahmen.

„Oskar würde ihr sicher helfen. Er würde schon darauf achten, dass sie die richtigen Rollen bekäme. Sonst erfüllte er ihr ja auch jeden Wunsch.“ Amalia schüttelte den Kopf, als wäre sie darüber noch immer verwundert.

„Sie glaubte ihm nur zu gerne, wie unglücklich er in seiner Ehe sei. So bald wie möglich würde er sich scheiden lassen.“

An diesem regnerischen Tag lag der Raum früher als sonst im Schatten. Mehr denn je erinnerte sie der dunkle Umriss der Frau an ein mächtiges Tier, seltsam vertraut.

„Als dann der Krieg für die Deutschen verloren war, habe sie sofort gewusst, was sie tun müsse. Sie würde ihm in sein Land folgen und an seiner Seite stehen – treu bis in den Tod.“ Amalia zitierte das übertrieben theatralisch, um kundzutun, was sie davon hielt.

„In Oslo war es ohnehin für sie gefährlich geworden. Nach der Kapitulation der Deutschen wurden in Norwegen die Mädchen verfolgt, die sich mit einem Deutschen eingelassen hatten. Man rasierte ihnen die Kopfhaare und trieb sie durch die Straßen. Vor allem Mädchen aus den unteren sozialen Schichten wurden so bestraft. Vielleicht wäre Margarete ungeschoren davon gekommen, sie war ja kein Dienstmädchen. Aber eine Karriere als Schauspielerin war nun ausgeschlossen. Da war es wohl vielversprechender für sie, Oskar nach Berlin zu folgen."

Amalias Silhouette schwankte leicht, und der Stuhl, auf dem sie saß, knarzte.

„Mit dem Pass einer verstorbenen Rotkreuzschwester gelang ihr die Flucht nach Berlin. Sie machte sich keine Gedanken. Sie war sich ganz sicher, hatte nicht den geringsten Zweifel, dass Oskar sie heiraten würde. Und dann zerplatzten ihre Lebenspläne wie Seifenblasen."

Die alte Frau schwieg eine Weile.

„Ich stellte Oskar zur Rede. Er bestritt, Margarete die Ehe versprochen zu haben. Er habe nie daran gedacht, sie zu heiraten. Er könne sich ein Leben mit ihr nicht vorstellen. Zu verwöhnt, zu launisch. Ein Paradiesvogel für schöne Abende, das ja, aber nichts für den Alltag. Keine ruhige Minute hätte er dann mehr, um zu arbeiten. Er versicherte, ja er gelobte es regelrecht, sich um das Kind zu kümmern. Er habe bereits arrangiert, dass Margarete in eine ordentlich geführte Klinik eingeliefert wurde."

Eddas Mund war plötzlich so trocken. Hastig griff sie nach der Kanne und füllte die Tassen nach.

„Zusammen fuhren wir zu Margarete in die Klinik. Sie schaute mich mit ihren grünen Katzenaugen überaus dankbar an. Ich erkannte in diesem Blick, dass ihre ganze Hoffnung auf mein Vermittlungsgeschick baute. Ich verstand sie nur zu gut. In diesem Augenblick erschien es mir, als würden wir uns schon lange kennen. ... dagegen fühlte ich für Oskar nur Verachtung. Er benahm sich ganz anders als sonst. Verlegen ... ungelenk ... mit einem idiotischen Lächeln im Gesicht ...

er beachtete Margarete kaum. Nicht einmal das Kind interessierte ihn. Er stand herum, steif wie ein Säulenheiliger, die Hände tief in die Taschen seines schwarzen Mantels vergraben und starrte aus dem Fenster mit diesem blöden Grinsen im Gesicht."

Das Kind interessierte ihn nicht, sagte ein Echo in Eddas Kopf. Etwas zeriss in ihr. Laut und heftig. Einen Moment lang glaubte sie, dass es sogar für Amalia hörbar war. Aber was zählte das jetzt schon. Den dunklen Schutzengel gab es nicht mehr, hatte ihn nie gegeben. Ihre Hoffnung auf einen Vater, den sie in Ehren halten konnte, trotz seiner historisch fragwürdigen Rolle, war mit einem Mal zerplatzt. Zerplatzt wie eine Seifenblase. Zerplatzt wie die Lebenspläne ihrer Mutter. Eigentlich könnte die Geschichte jetzt zu Ende sein, dachte sie. Doch sie hörte weiter auf die Stimme der alten Frau, unbeteiligt, emotionslos, geschützt von jener unsichtbaren Membran, die ihr von jeher dabei geholfen hatte, nichts mehr zu empfinden.

„Ich hatte meine Leica eingepackt und fing an, das schlafende Kind zu fotografieren. Es hatte die Augen fest zusammengepresst, als wollte es von der Welt nichts wahrnehmen. Die Mutter eines anderen Säuglings bot sich an, eine Aufnahme von Kind und Eltern zu machen ... weder Oskar noch Margarete reagierten ... bis ich dich schließlich in die Arme nahm. So entstand dieses Foto ... schau ... wie befangen die beiden dastehen. Wenn Du möchtest, kannst Du das Bild behalten."

Unversehens war die alte Dame ins Du hinübergewechselt. Es half Edda, sich wieder zu spüren.

„Danke! Ich habe dieses Foto im Nachlass von Frau Margarete gefunden."

„Sie meinen im Nachlass Ihrer Mutter?" Das Erstaunen schien die alte Frau die Vertrautheit vergessen zu lassen.

Edda fühlte sich ertappt. Noch immer konnte sie in Frau Margarete nicht ihre Mutter sehen. Und stimmte das nicht sogar? Weder Vater noch Mutter hatten sich zu ihrem Kind bekannt.

Amalia wandte sich wieder dem Foto zu.

„Als ich Margarete das Kissen überreichen wollte, zuckte sie zurück. Wenn ich es nicht gehalten hätte, wäre es heruntergefallen. Und Oskar sagte die ganze Zeit nicht ein Wort."

Amalia streckte die Hand nach ihr aus. „Du siehst blass aus, Kindchen. Wir machen wohl besser Schluss für heute."

„Eines ist mir noch wichtig. Dann geh' ich", sagte Edda. „Wann und wie ist er gestorben? Ich glaube, mehr brauch' ich nicht zu wissen."

„Er lebte nur noch kurze Zeit. Ein paar Tage später kam er zusammen mit seiner Frau bei einem Verkehrsunfall ums Leben. Zeugen hatten beobachtet, wie er Mechthild mitriss, obwohl die Ampel schon auf Rot geschaltet war. Ein angetrunkener amerikanischer Soldat, der in seinem Rausch zu schnell fuhr, hatte den Jeep nicht mehr abbremsen können und sie beide erfasst."

Die alte Frau sah Edda aufmerksam an: „Komm morgen wieder. Wie immer um drei Uhr. Es gibt noch einiges, was du wissen solltest."

Krautiger Sandboden

„Du siehst müde aus, als hättest du nicht geschlafen. Wäre auch nicht verwunderlich. Es beschäftigt dich, was in ihm vorgegangen sein mag."

Edda tat das vertrauliche Du gut, sie genoss die Wärme, die sich darin ausdrückte und versuchte die Rührung, die sie erfasst hatte, zu verdrängen, indem sie nach einer Blumenvase für die Lilien fragte, die sie mitgebracht hatte.

Amalia nickte in der ihr eigenen nachdenklichen Art, als die Blumen auf dem Tisch standen.

„Weißt du Kindchen, im Nachhinein gibt es immer viele Erklärungen. Schuldgefühle ... Lebensüberdruss ... die Verantwortung, die er sich aufgebürdet hatte, die ihm zu groß erschien. Zudem musste er damit rechnen, vor ein Kriegstribunal gestellt zu werden ... seine Karriere wurde ihm zum Verhängnis ... Vielleicht war ihm auch erst jetzt bewusst geworden, wem er gedient hatte. Wir waren ja alle getäuscht worden, hatten in unserer Gutgläubigkeit nicht bemerkt, was uns da raffiniert gefälscht als Idealismus verkauft wurde." Amalia schaute Edda ernst an.

„Zum Kummer über Oskars Tod kam noch die Sorge, dass diese halbverrückte Norwegerin jetzt allein war mit dir. Margarete hatte das Wöchnerinnenheim verlassen, ohne eine Adresse anzugeben. Ich fragte in der norwegischen Militärmission, klapperte die Ausgabestellen für Lebensmittel ab ... ohne Erfolg ... schließlich fand ich sie in einer düsteren Spelunke voller Menschen, die mir ziemlich lichtscheu vorkamen ... Schieber oder noch Schlimmeres. In dicken Schwaden hing Zigarettenqualm unter der Decke, und die Leute stanken erbärmlich nach Alkohol." Amalia schüttelte sich.

„Hinter dem Tresen stand Margarete und bediente diese Herrschaften. Sie trug eine breitschultrige Jacke und einen engtaillierten Rock ... die Lippen geschminkt in schreiendem Rot. Um ihre Augen lag der dunkle Schatten, der von zu wenig Schlaf zeugt. Offensichtlich arbeitete sie in diesem dubiosen Etablissement als Bedienerin ... oder vielmehr als Bardame." Die alte Frau schnaubte verächtlich.

„Als ich ihr von Oskars Tod berichtete, zuckte sie gleichgültig mit den Schultern. Die Abzüge der Fotos steckte sie teilnahmslos in die Tasche ihres Jacketts. Wie es dem Kind geht, wollte ich wissen ... ich kannte noch nicht deinen Namen. Wütend zischte sie mich an: ‚Edda gehört mir. Nur mir.' Dann drehte sie sich um und verließ den Raum durch eine Hintertür." Die alte Dame seufzte und schwieg minutenlang, bis sie sich beruhigt hatte.

„In der Nachbarschaft ihrer Arbeitsstelle hatte niemand Margarete je mit einem Säugling gesehen. Ich rannte mir die Fersen wund in dieser Stadt, die nur noch aus Ruinen bestand ... nun ja. ... jedenfalls weitgehendst. Alles, was einigermaßen ganz geblieben war, hatten die Alliierten belegt. Überall lungerten Soldaten. Es war eine der wenigen Zeiten in meinem Leben, in der meine stattliche Figur von Vorteil war. Im schwarzen Mantel deines Vaters und seinem breitkrempigen Hut wirkte ich nicht sehr weiblich. Ich hatte mir seine Erkennungszeichen ohne Bedenken angeeignet. Kein Soldat kam auf die Idee, mich zu entwürdigen."

Etwas Spitzbübisches blitzte im Gesicht der alten Dame auf.

„Ich fragte die Frauen, die von den Mauerresten Ziegel für Ziegel abtrugen und an die Straßenränder schichteten. Sie schauten mich mit müden Augen an und schüttelten die Köpfe. Alle vermissten sie Angehörige ... Mitleid war keine Hilfe beim Überleben. In der norwegischen Militärmission bekam ich den entscheidenden Hinweis. Ich fand dich in einem Heim, das von Missionsschwestern geführt wurde. Ein paar Holzbaracken auf krautigem Sandboden. Dazu einige Kisten, vorne mit Maschendraht verkleidet, in denen Kaninchen untergebracht waren. Auf einer Seite begrenzte ein Bahndamm das Gelände ... auf der anderen standen Föhren, bis hinunter an die Havel. Die Güterzüge rumpelten mehrmals am Tag vorbei und hinterließen regelmäßig ihre Wolken von stinkendem Qualm. Die Schwestern hatten das gesamte Gelände eingezäunt. Zum Schutz der Kinder, sagten sie. Eine Menge Kinder ... alle in einem jämmerlichen Zustand. Die frommen Schwestern mühten sich rührend, diese halbverhungerten Geschöpfe durchzubringen." In Gedanken versunken, strich Amalia über den Erlenholztisch.

„So oft wie möglich kam ich vorbei und brachte etwas mit. Nicht nur für dich ... Decken, Kinderkleidung, Milch, Schokolade. Mutter kam nach Berlin. Wir verramschten das Tafelsilber der Familie, Schmuck, Gemälde. Jedes gute Stück, das wir aus Leipzig mit dem Zug herbeischaffen konnten, verscherbelten wir in den Antiquariaten, die damals wie Pilze aus dem Boden schossen. Die alliierten Bediensteten waren verrückt nach außergewöhnlichen Souvenirs. Wir bekamen dafür Zigaretten, und für Zigaretten erhielten wir Lebensmittel ... das, was die Amis und Briten von ihren Rationen nicht selbst verbrauchten. Insgeheim waren wir froh, uns mit dem Tauschhandel ablenken zu können. "

Dann veränderte sich die Stimme der alten Frau unvermittelt, wurde leiser, als berichte sie von einer Verschwörung oder sonst etwas Geheimen.

„Wir kamen auf die Idee, dich mitzunehmen nach Leipzig. Aber das erlaubten die frommen Schwestern nicht ... nein, das erlaubten sie nicht. Nur mit Einwilligung der Mutter könnten sie uns das Kind geben, sagten sie ... alles andere wäre ungesetzlich."

Die lila marmorierte Kerze flackerte. Während Amalia weitersprach, starrte Edda in die Flamme, sah darin das weiträumige Gelände am Fluss mit den Föhren. Vor einer niedrigen Holzbaracke saß ein Kind auf einer Bank, daneben eine große Person im langen, schwarzen Mantel und breitkrempigen Hut, die etwas vorlas.

„Wenn ich in deinem Blickfeld auftauchte, recktest du mir die Ärmchen entgegen und deine Augen strahlten ... du fingst an zu krabbeln und zu sprechen, und als du laufen konntest, wolltest du jauchzend die Spatzen erhaschen, die nach den Brotkrümeln im Hof pickten ... zusammen fütterten wir die Kaninchen im Stall ... oder wir saßen vor einer der Baracken in der Sonne und schauten uns Bilderbücher an ... du konntest nicht oft genug die Geschichte von dem Bärenkind hören, das auf seiner Mutter herumturnt. Ich musste die Bärin spielen und dich auf den Schultern mit schwankendem Bärengang durch das Gelände tragen."

Eine tiefe Ruhe, die nicht von außen kam, sondern aus einem Zentrum in ihr selbst, erfasste Edda. Dort, wo sich die Leerstelle befunden hatte, das schwarze Loch, dessen Sog sie nie ganz entkommen war, dort befand sich nun eine kleine, wärmende Kugel, vollkommen rund.

„Ich wollte nicht mit Margarete zusammentreffen", sagte Amalia. „Margarete war so unberechenbar. Anfangs schaute ich mich auf dem Weg zum Heim immer um ... fragte die Schwestern, bevor ich dich aufsuchte, ob du Besuch hättest, bat sie, mir rechtzeitig Bescheid zu geben. Aber deine Mutter kam nie ... das machte uns unvorsichtig. Es geschah, was kommen musste."

Mit der Wärme in ihrem Körper hörte Edda die Stimme der alten Dame wie ein sanftes Raunen.

„Margarete sah mich mit dir zusammen auf der Bank bei den Kaninchenställen ... am nächsten Tag warst du fort. Erneut lief ich mir die Hacken ab. Keines der Kinderheime in Berlin kannte eine Edda Heinson. Vielleicht hatte dich Margarete bei Pflegeeltern untergebracht oder sie war zurück nach Norwegen gegangen. In der Militärmission wussten sie dieses Mal nichts. Ich dehnte meine Nachforschungen weiter aus ... über Berlin hinaus ... in die sowjetische Besatzungszone. Jemand erzählte, in der Nähe von Leipzig soll es ein Heim für norwegische Kriegskinder geben ... ein Haus Sonnenschein oder so ähnlich. Als ich hinfuhr, sagten mir die Leute im Dorf, das Heim sei schon vor einem halben Jahr aufgelöst worden. So viel ich auch suchte, ich habe dich nicht mehr gefunden."

Edda goss Tee in die Tassen.

„Mutter wurde krank und gebrechlich ... nach einem Herzinfarkt kam sie nicht mehr alleine zurecht. Ich zog wieder nach Leipzig, um in ihrer Nähe zu sein. Nach ihrem Tod kamen die Jahre der Einsamkeit ... arbeiten, essen, schlafen ... die Normen erfüllen, Fünfjahrespläne abarbeiten ... nicht auffallen, normal sein, dazugehören ... irgendwann einmal merkte ich, dass ich eine alte Frau geworden war ... Es klingt wahrscheinlich äußerst kitschig, aber ich habe nie aufgehört, daran zu glauben, dass du zurückkommst. Und siehst du, Kindchen, ich habe recht behalten."

Ulm

Vor ihrem Fenster standen Flieder- und Holundersträucher, sie sah auf Reihen von Pappeln und Eschen. Wenn sie sich auf dem Balkon ausruhte, kam sie sich vor wie auf einer Waldlichtung. Sie schmückte ihre Veranda mit scharlachroten Geranien, stellte zwischen die Kästen ein Vogelhäuschen und freute sich über ihre kleinen Besucher: Spatzen, Buchfinken, Meisen, Amseln, hin und wieder ein Eichhörnchen.

Victor hatte sich als Kavalier gezeigt und der Unterhaltssumme, die der Scheidungsanwalt forderte, ohne Diskussion zugestimmt. Ob sie den Namen Sanz beibehalten wolle, hatte der Anwalt gefragt. Die Entscheidung, den vertrauten Klang, der sie so lange geschützt hatte, abzulegen, fiel ihr nicht leicht. Und was, stattdessen? Gerhardt, wie vor ihrer Ehe? Doch es gab keine Geschichte, die sie mit diesem Namen verband. Frau Margarete konnte sie nicht mehr danach fragen. Heinson – überlegte sie. Aber auch das stimmte nicht. Schließlich hatte sie sich für Amann entschieden. Zu Ehren von Amalia Amann.

Auch nach der Scheidung traf sie sich häufig mit Victor. Sie gingen zusammen Essen oder besuchten Ausstellungen oder Konzerte. Sie hatten sich jetzt mehr zu erzählen als in den Jahren der Ehe.

Nach einigen vergeblichen Bewerbungen bekam sie die Stelle, die sie sich gewünscht hatte. Die Arbeit in der städtischen Bibliothek war nicht anstrengend: Titel katalogisieren, Register von Sachwörtern und Autorenverzeichnisse anlegen, Benutzerkarteien aktualisieren.

Abends machte sie sich Notizen, wollte ihre Geschichte festhalten – um immer wieder eintauchen zu können in die Erlebnisse, mit jedem Lesen aufs Neue. An den Wochenenden unternahm sie ausgedehnte Wanderungen: in die Berge oder auf die Hochflächen der schwäbischen Alb mit ihren Wacholderheiden oder in die Täler mit den kleinen Flüssen, die der Donau zustreben. Hin und wieder besuchte sie die Höhlen, in der einst Bären gehaust hatten und später die kunstsinnigen Urmenschen der Gattung *homo sapiens.*

Der Frauenkreis von damals hatte sich aufgelöst. Core war wie die meisten von ihnen weggezogen, von den verbliebenen Frauen konzentrierte sich eine auf ihre neue Partnerschaft, den beiden anderen fehlte der Elan, neue Mitglieder in die Runde zu holen.

Solche Kreise haben kein langes Leben, erklärte Core am Telefon. Sie drehten sich eine Weile, gäben Anstoß, bis die Frauen – einer unsichtbaren Fliehkraft gehorchend – sich in alle Winde zerstreuten und neue Kreise bildeten.

Mauersegler sirrten am Himmel über der Stadt, schossen wie berauscht vom Licht über die blaue Unendlichkeit, ernährten sich in der Luft, schliefen in der Luft, paarten sich in der Luft. An Straßenecken, in Parkanlagen und Innenhöfen hüllte sich der Holunder in weißen Schaum und verströmte seinen Champagnerduft. Amseln, Finken und Meisen drosselten ihren Gesang, weil sie sich um ihre Brut zu kümmern hatten.

Täglich nahm sie einen anderen Weg von der Bibliothek nach Hause. Aber so viele Varianten gab es nicht, um ihren Hunger nach Erlebnissen zu stillen. Das meiste bot der Weg entlang der Donau, den sie schließlich täglich ging. Auch wenn es ein Umweg war.

Ein Paar Mandarinenten schwamm mit feierlicher Aufmerksamkeit flussabwärts, gefolgt von einer Schar flauschiger Bällchen, die ruckartig, als hätten sie einen Stoß versetzt bekommen, den Abstand zu den Großen aufzuholen suchten. Im kniehohen Gräsermeer der Auwiesen – zwischen Margariten, Klatschmohn und Kornblumen – tauchten Graugänse auf. Gleich urtümlichen Lastschiffen schaukelten die holzgrauen Gänseleiber dem Fluss zu. In einer Esche, löchrig vom

Hämmern der Spechte, entdeckte sie einen Waldkauz, der sich von der Abendsonne bescheinen ließ. Als es zu dämmern anfing, hörte Edda das feine Zirzen der jungen Käutzchen. Eng aneinander geschmiegt saßen sie auf einem Ast, zwei kleine Gespenster im hellen Gewand ihres Kindheitsflaums und schauten auf die Welt herab, als wunderten sie sich.

Abends in ihrer Wohnung holte sie die Gitarre hervor, wiederholte die wenigen Griffe, die sie noch aus ihrer Pfadfinderzeit beherrschte und sang dazu die alten Lieder. Ihr Vater musste eine schöne Stimme gehabt haben. Auch ihre Stimme klang gut, aber hier in der Wohnung kam sie sich albern vor. Ihr Singen löste keine Resonanz in ihr aus – keine Freude oder diese süße Melancholie, wie sie es von den Nächten an den Lagerfeuern ihrer Jugend kannte.

Ihre Gedanken wanderten nach Norden, trafen Heikka und Nils, hörten den Wolfsgesang der Huskys und das muntere Plaudern am Esstisch, hörten Nils Singsang beim Erzählen und Hannas Lachen. *Du bist hier immer willkommen,* hatte Hanna zum Abschied gesagt.

Die Nachricht vom Tode Amalias kam, und so fuhr sie nach Leipzig. Als der Sarg in die Erde gelassen wurde, brannten ihre Augen. Sie erinnerte sich an das Kind, das diese Frau geliebt hatte, an den plötzlichen Verlust und die quälende Sehnsucht, die sie nach dieser Trennung heimgesucht hatte. Es war kein verzweifeltes Weinen, eher wie eine schwermütige Weise an einem stillen Gewässer, an dessen Ufer Trauerweiden ihr langes Haar hängen lassen.

Über den Himmel zogen Wolken – pausbäckige Engelsgesichter, dazwischen ein Gesicht mit dicken Brillengläsern. Die Strömungen des Windes verwandelten es in einen Bärenkopf. Mit feingliedrigen Tatzen fischte das Wolkentier nach Luftfischen. Du suchst nach Verbundenheit, sagte die Bärin. Dann gehe nach Norden. Immer geradeaus.

Quellenhinweise

- Von Sirilya Dorothee von Gagern habe ich den Begriff *Dellentheorie* übernommen.
- *Hey jude* ... Beatlessong (S. 5)
- Der Refrain *Sie war nur armer Leute Waisenkind* (S. 15) stammt aus einem Gedicht von F. Villon.
- Der Vortrag über Höhlenbären (S. 40ff) beruht auf Studien von Gernot Rabeder u.a., *Der Höhlenbär.*
- *Am Anfang war die Nacht* (S. 69) ist entnommen aus: Karl Kerenyi, *Die Mythologie der Griechen.*
- In Nils und Heikkas Geschichte ist Material verarbeitet, das Ebba Drolshagen über Wehrmachtskinder und ihre Mütter gesammelt hat; *Nicht ungeschoren davongekommen; Wehrmachtskinder.*
- Der Geschichte Oskar Ammans liegt ein Prozess zugrunde, der in Akten des Bundesarchivs dokumentiert ist.
- Über die Misshandlung von Kindern und Jugendlichen in kirchlich geführten Heimen informiert Peter Wensierski; *Schläge im Namen des Herrn.*